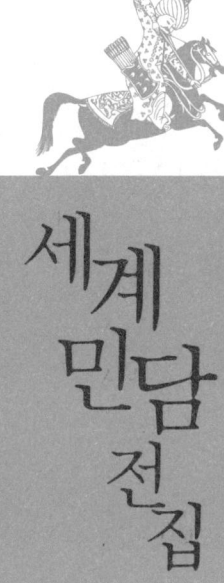

세계 민담 전집

07

터키 편

이난아 엮음

황금가지

세계 민담 전집을 펴내면서

민담이란 한 민족이 수천 년 삶의 지혜를 온축하여 가꾸어 온 이야기들입니다. 그 민족 특유의 자연관, 인생관, 우주관, 사회 의식이 속속들이 배어 있는 민담은 진정 그 민족이 발전시켜 외부와 교통해 온 문화를 이해하는 곳간입니다. 세계화 시대를 맞아 국경의 의미가 나날이 퇴색되고 많은 사람들이 인류 공통의 문제를 피부로 느끼는 지금, 한편으로는 국가와 민족 인종 간의 몰이해로 인한 충돌이 더욱 빈번해져 가고 있습니다. 서로의 문화를 진정으로 이해해야 할 필요성이 더욱 커진 오늘, 한 민족의 문화에서 민담이 갖는 중요성을 생각할 때, 우리나라에 아직 믿고 읽을 만한 민담 전집을 갖지 못했다는 것은 여러 모로 불행한 일이 아닐 수 없습니다.

지금까지 세계 여러 민족의 옛이야기들이 전혀 출판되지 않았던 것은 아니지만, 개별적으로 나와 망실되고 절판된 데다가 영어나 일본어 판에서 중역된 것이 대부분이었고, 그나마 아동용으로 축약 변형되어 온전한 모습으로 소개되지 못했습니다. 황금가지에서는 각 민족의 고유 문화를 이해하는 실마리가 될 민담을 올바르게 소개하고자 다음과 같은 원칙에 따라 편집을 진행하였습니다.

첫째, 근대 이후에 형성된 국가의 구분에 얽매이지 않고 더 본질적인 민족의 분포와 문화권을 고려하여 분류하였습니다. 국가적 동질성과 문화적 동질성이 반드시 일치하지는 않기 때문입니다.

둘째, 각 민족어 전공자가 직접 원어 텍스트를 읽은 후 이야기를 골라 번역했습니다. 영어 판이나 일본어 판을 거쳐 중역된 이야기는 영어권과 일본어권 독자들의 입맛에 맞도록 순화되는 과정에 해당 민족 고유의 사유를 손상시켰을 우려가 높습니다. 황금가지 판 『세계 민담 전집』은 해당 언어와 문화권을 잘 이해하고 있는 전공자들이 엮고 옮겨 각 민족에 가장 널리 사랑받는 이야기, 그들의 문화 유전자가 가장 생생하게 드러나는 이야기들을 가려 뽑도록 애썼습니다.

셋째, 기존에 알려져 있던 각 민족의 대표 민담들뿐 아니라 그동안 접하기 힘들었던 새로운 이야기들을 여럿 소개합니다. 또한 이미 들은 적이 있는 이야기일지라도 축약이나 왜곡이 심했던 경우에는 원형에 가까운 형태로 재소개했습니다.

황금가지 판 『세계 민담 전집』은 또한 작은 가방에도 들어가는 포켓판 형태로 제작되어 간편하게 들고 다니며 읽을 수 있게 하였습니다. 세계를 여행하면서 그 지역에 뿌리를 두고 자라난 이야기들을 읽고 확인하는 것도 이 전집을 읽는 또다른 즐거움이 될 것입니다.

세계 민담 전집 편집부

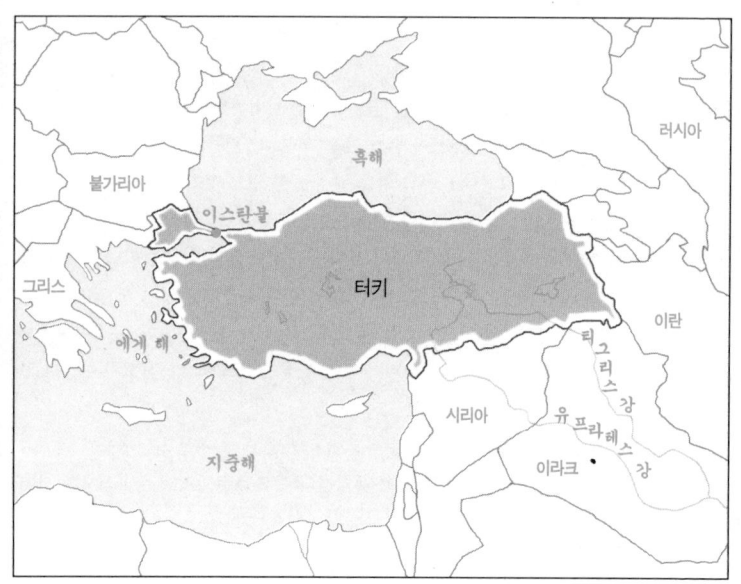

러시아

불가리아

흑해

이스탄불

그리스

에게 해

터키

이란

지중해

시리아

유프라테스강

티그리스강

이라크

●──터키의 영토는 78만 제곱킬로미터의 면적으로 남한의 약 일곱 배에 달한다. 농업과 목축이
주된 산업이며 밀은 거의 자급자족한다. 에게 해와 지중해, 흑해 연안 등지에서 목화와 담배, 차,
올리브 등을 재배하며 기후가 건조한 아나톨리아 고원에서는 양과 염소를 방목한다. 터키 산 담
배와 카펫의 품질은 세계적으로도 유명하다. 지진 활동이 활발하여 석탄, 철광석, 크롬 등의 광
물도 풍부하게 산출된다. 이 책에서는 이처럼 아름다운 자연 환경 속에서 용감하고 지혜롭게 살
아 온 터키 인들의 이야기를 소개한다.

황 금 가 지   세 계   민 담   전 집   터 키 편

요정에게 장가든 남자

옛날 아주 오랜 옛날 어느 시골 마을에 한 여인이 살고 있었다. 그리고 매일 그 여인의 집 앞을 지나가는 한 젊은이가 있었다. 그는 여인이 매일 집 앞에 우유 한 사발을 버리는 것을 보고는 어찌 된 일일까 궁금해했다.

어느 날 젊은이가 그 집 앞을 지나갈 때였다. 젊은이는 여인이 커다란 대야에 가득 든 우유를 길가에 쏟아 버리는 것을 보고 궁금증을 참지 못했다.

"지금 버리는 것이 무엇입니까?"

여인은 젊은이의 얼굴도 쳐다보지 않고 집 안으로 들어가면서 대답했다.

"뭐긴 뭐야, 내 딸이 손을 씻은 후 나온 땟물이지."

이 대답을 듣고 놀란 젊은이는 고개를 숙이고 움푹 파인 곳에 담긴 것을 자세히 들여다보았다. 그것은 깨끗한 우유였다. 그는 집으로 뛰어가 어머니에게 말했다.

"어머니, 아랫마을에 어떤 여인이 살고 있는데, 내가 그곳에 지나갈 때마다 우유 한 사발을 버려요. 오늘 또 그러고 있기에 궁금해서 물었더니 자기 딸이 손을 씻은 후 나온 땟물이라고 했어요. 그런데 제가 보니 아주 깨끗한 우유였어요. 손에서 나온 땟물이 이 정도라면 얼마나 아름다운 처녀일까요."

젊은이의 어머니가 말했다.

"애야, 말도 안 되는 소리 하지 마라. 어떻게 그런 일이 있을 수 있니?"

아들은 정말이라고 주장했다.

"어머니, 제가 언제 거짓말하는 것 보셨어요? 제가 본 것은 정말로 우유였다니까요."

"그래, 그것이 사실이라고 치자. 그게 우리와 무슨 상관이야?"

"무슨 상관이냐뇨? 어머니는 지난번에 저에게 장가들 때가 왔고, 결혼해서 가정을 꾸리고 자녀를 갖는 것이 가장 큰 행복이라고 말씀하셨잖아요? 지금이 그때예요. 그 여인에게 가서서 딸을 며느리로 달라고 말씀하세요."

그래서 젊은이의 어머니는 며느리감을 보기 위해 그 집으로 갔다. 그런데 사실 그 여인은 딸은커녕 아직 시집도 가 본 적이 없는 몸이었다. 농담으로 젊은이에게 그렇게 말했던 것이다.

여인은 자신의 처지를 감추고 이렇게 말했다.

"지금 제 딸은 아파서 누워 있답니다. 꼭 볼 필요가 있을까요? 제 딸은 아주 예쁘고 부지런하답니다. 제 딸을 보지 않고 며느리로 삼으시려면 그렇게 하세요. 지금은 보여 줄 수 없으니까요."

젊은이의 어머니는 그 여인네의 딸이 아프다고 하는 말을 믿었다. '손의 때가 우유처럼 하얀 처녀는 물론 예쁘겠지.' 라고 생각하면서 여인으로부터 결혼 승낙을 받고 집으로 돌아왔다. 어머니는 지체하지 않고 결혼 준비를 하기 시작했고, 드디어 혼례식 날이 되자 신부를 태워 데려올 마차를 여인의 집으로 보냈다.

시골 여인은 신부 마차를 보자 갑자기 다급해졌다. 어떻게 해야 하나? 누구를 신부라고 마차에 태울 것인가? 이렇게 고심하고 있을 때 머릿속에 무슨 생각이 떠올랐다. 즉시 부엌으로 들어가 커다란 대야에 밀가루를 가득 채워 물을 붓고 반죽을 하기 시작했다. 그런 후 그 반죽으로 사람 모양을 만들고는 마르기를 기다렸다.

준비를 다 마친 후 부엌으로 들어갔을 때 밀가루 반죽으로 만든 인형은 잘 말라 있었다. 그녀는 그 인형을 방으로 옮긴 다음 신부 옷을 입히고 머리에 화관을 씌웠다. 밀가루로 만든 신부는 진짜 신부 같았다.

그러나 여인은 신랑 집에 들어가면 누가 신랑의 팔짱을 낄 것인가 생각했다. 이렇게 되면 자신이 한 일이 드러나게 될 것이고 모든 사람 앞에서 우스운 꼴이 될 게 뻔했다.

여인이 혼자 이렇게 생각할 때 신부를 태운 마차는 커다란 호수 옆을 지나가고 있었다. 호수가 넓고 깊은 것을 본 여인의 머리에 한 가지 생각이 번뜩 스쳤다.

여인은 밀가루로 만든 신부의 옷을 벗기고 마부 몰래 호수로 내던졌다. 그러곤 "아이고 세상에, 내 딸이 호수에 빠졌어요!" 하고 소리쳤다.

마차가 멈췄고, 사람들이 여인 주위로 몰려들었다. 그녀는 계속해서 울었다. 이리하여 신부가 호수에 빠졌다는 소식이 신랑 집에 전해졌다.

이 소식을 전해 들은 신랑은 비탄에 빠져 친구들과 함께 호숫가로 갔다. 그는 나무로 뗏목을 만들어 호수 한가운데로 나가 호수 깊이 그물을 던졌다.

그때 호수 밑에서는 요정 세 명이 공놀이를 하고 있었다. 그녀들은 위에서 그물이 내려오는 것을 보고 말했다.

"세상은 어떤 곳일까? 저 그물에 물고기 대신에 우리가 걸린다면 위로 올라갈 수 있을까?"

이렇게 이야기를 하고 있을 때 그물이 요정들 곁으로 꽤 가까이 다가왔다. 가장 나이 어린 요정이 말했다.

"나는 어망을 잡고 세상으로 올라갈 거야. 모두들 잘 있어!"

어린 요정은 다가오는 그물을 꽉 잡았다. 위에 있는 사람들은 어망이 무거워진 것을 느끼고 위로 끌어올렸다. 물 위로 예쁜 소녀가 올라오자 여인이 소리쳤다.

"아, 내 딸이 나왔다!"

그들은 처녀를 데려와 마차에 태웠다. 여인은 즉시 처녀에게 혼례복을 입히고 화관과 베일을 씌웠다. 그리고 누군지는 모르지만 하여간 이 처녀 덕분에 커다란 난관에서 벗어나게 되었다며 마음을 놓았다. 마차는 다시 움직여 혼례식을 올릴 집에 도착했다. 이리하여 신랑과 신부는 성대한 혼례를 올리고 부부가 되었다.

어느 날부터인가 신랑은 농담으로 신부를 '시골 처녀'라고 부르더니 이제는 아예 이름 대신에 '시골 처녀'라고 부르기 시작했다. 처음에는 그러려니 하던 신부는 점점 기분이 상했다. 그래서 신랑이 뭐라고 말하든지, 무엇을 원하든지 한마디도 하지 않았다. 신랑은 어떻게 해서든지 그녀가 입을 열게 만들고 싶었다. 그리하여 어느 날 농담으로 이렇게 말했다.

"계속 말을 하지 않으면 방에 가둬 버릴 거야."

"방에 가두고 싶다면 가둬요."

신랑은 신부의 대답에 화가 나서 그녀를 정말로 방에 가두고 말았다. 그날 이후로 집안일은 신랑의 큰누이가 맡아 하기 시작했다.

어느 날 큰누이는 열쇠 구멍을 통해 신부가 갇혀 있는 방 안을 들여다보았다.

"시골 처녀가 지금 뭐하는지 한번 볼까."

그때 요정은 방석에 앉아서 이렇게 말하고 있었다.

"불아, 붙어라!"

그러자 방 안에서 달그락거리는 소리가 나면서 석탄이 가득 채워진 화로가 스스로 움직여 요정 앞에서 멈추었다. 신랑의 큰누이는 눈이 휘둥그레져서 방 안에서 일어나는 일을 구경했다.

요정이 다시 한번 말했다.

"기름아, 이리 오너라!"

이번에는 안에 기름이 든 튀김 냄비가 스스로 와서 화로 위에 앉았다. 잠시 후 기름은 화롯불 위에서 지글지글 끓기 시작했다. 요정은 두 손을 튀김 냄비 안에 넣으면서 말했다.

"열 손가락아, 생선이 되어라!"

그러자 튀김 냄비 안에서 생선 열 마리가 요리되기 시작했다. 생선이 요리된 후 요정은 생선 열 마리를 접시에 담아 신랑에게 점심 식사로 보냈다. 신랑의 큰누이는 요정이 한 일을 보고 질투가 났다. 큰누이는 혼잣말로 "그녀가 한 대로 나도 할 수 있어." 하고 말하며 부엌으로 갔다.

"불아, 붙어라!"

그러나 아무 일도 일어나지 않았다. 그녀는 할 수 없이 화로에 직접 불을 지폈다. 그리고 다시 외쳤다.

"기름아, 이리 오너라!"

그러나 역시 아무 일도 일어나지 않았다. 할 수 없이 튀김 냄비에 기름을 넣고 화로 위에 얹었다. 그리고 외쳤다.

"열 손가락아, 생선이 되어라!"

그러고는 요정이 했듯이 손가락을 뜨거운 튀김 기름 속에 넣었다. 손가락이 타자 그녀는 소리를 지르며 부엌에서 뛰쳐나왔다. 집 안 사람들이 몰려들었다. 그녀는 시골 처녀가 했던 것과 똑같이 하고 싶었지만 손가락이 타 버렸다고 설명했다. 큰누이가 손가락을 덴 것을 보고 매우 마음이 상한 신랑은 이번에는 둘째 누이에게 집 안일을 맡겼다.

어느 날 요정은 정원에 있는 우물에서 물을 긷고 있었다. 신랑의 둘째 누이도 창문을 통해 그녀를 구경하고 있었다. 그때 요정은 두레박을 우물에 막 빠뜨린 참이었다. 하지만 요정은 침착하게 머리카락 한 올을 뽑더니 우물 속으로 드리웠다. 머리카락은 한없이 늘어나 우물 바닥에 닿았다. 이렇게 해서 손쉽게 두레박을 건져 올렸다.

신랑의 둘째 누이도 요정이 한 일을 보고 질투심에 불탔다. 둘째 누이는 혼잣말로 "그녀가 한 대로 나도 할 수 있어." 하고 말하며 정원으로 나왔다. 그러곤 우물가에 가서 일부러 두레박을 우물 속으로 빠뜨렸다. 그런 후 두레박을 건져 올리기 위해 머리칼 한 올을 뽑아 우물 속으로 드리웠다. 그러나 머리카락은 늘어나지 않았다. 이번에는 머리를 우물 속으로 넣고 머리칼을 드리웠다. 그래도 안 되자 우물 바닥에 닿도록 머리를 밑으로 기울이다가 그만 발이 땅에서 떨어져, 둘째 누이는 우물물에 익사하고 말았다.

둘째 누이도 봉변을 당하자 신랑은 신부를 찾아갔다.

"당신 때문에 큰누이는 손가락을 데었소. 그리고 둘째 누이도 물에 빠져 죽고 말았소. 도대체 무얼 어떻게 한 거요? 말해요! 그렇지 않으면 당신은 절대 어디에도 갈 수 없을 것이오!"

"당신 맘대로 하세요!"

신부에게 화가 난 신랑은 벌떡 일어나서 나와 버렸다. 집안일은 어쩔 수 없이 막내 누이에게 돌아갔다.

어느 날 집에 먹을 빵이 떨어졌다. 막내 누이는 혼잣말로 "어떻게 하지, 지금 먹을 빵이 없는데……." 하고 말하며 허둥대고 있었다. 요정은 막내 시누이가 중얼거리는 소리를 듣고 집에 빵이 없는 것을 알게 되었다. 요정은 즉시 팔을 걷어붙이고 말했다.

"화덕아, 이리 오너라!"

그러자 달그락거리는 소리와 함께 방 한가운데 커다란 화덕이 나타났다. 막내 누이는 무슨 일인가 궁금해하면서 요정을 주의 깊게 관찰하기 시작했다.

요정이 말했다.

"불아, 이리 오너라!"

잠시 후 화덕이 활활 타기 시작했다. 요정은 불을 잠시 바라본 후에 다시 말했다.

"밀가루 반죽아, 이리 오너라!"

그러자 달그락거리는 소리와 함께 커다란 반죽이 든 대야가 등장했다. 요정은 즉시 옷을 벗고 오븐 속으로 들어갔다. 그러고는 머리카락으로 빗자루를 만들어 재와 불을 분리한 후 오븐에서 나왔다. 일은 착착 진행되었다. 대야에 든 반죽을 잘라 빵 모양으로 만들어 오븐에 넣자 금세 대야 가득 담고도 남도록 빵이 만들어졌다. 요정은 완성된 빵을 남편에게 보냈다.

열쇠 구멍으로 요정이 하는 양을 지켜본 막내 누이는 샘이 나서 혼잣말로 중얼댔다.

"이 빵을 시골 처녀가 만들었다고 하면 내 동생은 금방 화가 풀려 그녀와 화해를 할 거야. 나도 그녀처럼 빵을 만들 수 있어."

막내 누이는 곧장 부엌으로 뛰어가 외쳤다.

"아궁이야, 불 붙어라! 반죽아, 만들어져라!"

그러나 불은 붙지 않았고, 반죽도 만들어지지 않았다. 그녀는 할 수 없이 화덕에 불을 붙이고, 대야에 물과 밀가루를 부어 반죽을 하기 시작했다. 그러고는 요정이 했던 것처럼 불과 재를 머리카락으로 쓸어 분리시키기 위해 화덕 속으로 들어갔다. 그녀는 화덕 속으로 들어가자마자 불에 타 숯덩이가 되었다.

막내 누이마저 잃어버린 신랑의 슬픔은 이루 말로 할 수 없었다. 그녀 역시 신부 때문에 죽었다고 여긴 신랑은 곧장 요정 곁으로 갔다.

"당신 때문에 내 누이가 죽었소. 왜 그랬소?"

신랑은 누이들이 질투 때문에 그러한 재앙을 당했다는 것을 모르고 있었다. 요정이 대답을 않자 그는 무섭게 화를 내며 그곳에서 나와 거리로 나가 버렸다.

신랑이 나간 후 요정은 외쳤다.

"기름통아, 꿀통아, 이리 오너라!"

작은 통 두 개가 달그락거리며 요정 앞으로 다가왔다.

"자, 너희들은 지금 시장에 가서 기름 장수에게서 기름을 받아 채우고, 꿀 장수에게서는 꿀을 받아 채워서 우애 있게 집으로 돌아오너라!"

작은 통 두 개는 달그락거리며 방에서 나가 열린 대문을 통해 길로 나섰다. 둘은 금세 앞서 가는 신랑을 따라잡고 그 곁을 지나갔다.

신랑은 작은 통 두 개가 사람처럼 걷는 것을 보곤 놀라서 그 뒤를 따라가기 시작했다.

두 통은 서로 앞서거니 뒤서거니 하면서 시장에 도착해 어떤 가게 앞에 멈추어 섰다. 기름 장수가 통들 중 하나에 기름을 담았다. 그런 후 그들은 꿀을 파는 가게로 갔다. 꿀 장수도 남은 통에 꿀을 담았다. 이 일을 마치자 통들은 왔던 길을 돌아서 갔다. 신랑도 그들의 뒤를 따랐다. 통들은 달그락달그락 잘만 걸었다.

대문에서 집 안으로 들어갈 때 기름통과 꿀통이 서로 부딪혀 꿀통의 주둥이 부분이 깨져 버렸다. 이에 속이 상한 꿀통은 울기 시작했다.

"이게 뭐야, 아씨에게 얘기해서 네 주둥이도 깨지게 할 거야."

기름통이 달랬다.

"그건 사고였어. 아씨가 손에 몽둥이를 들 때 내가 '아씨의 달 아버지, 해 어머니, 별 형제들을 생각해서 저를 때리지 마세요.'라고 말하면 나를 때리지 않을 거야."

통들은 달그락달그락 걸어서 요정이 있는 방 문 앞에 도착했다. 신랑도 그 뒤를 따랐다. 꿀통은 방 안으로 들어가 울면서 말했다.

"아씨, 기름통이 제 입술에 상처를 만들었어요."

요정은 근처에서 몽둥이를 찾아 기름통을 때리려 했다. 막 때리려고 하는데 기름통이 통사정을 하기 시작했다.

"아씨, 저를 때리지 마세요. 아씨의 달 아버지, 해 어머니, 별 형제들을 생각해서 저를 때리지 마세요. 사고였어요."

요정은 이 말을 듣고 들고 있던 몽둥이를 던져 버렸다. 그 순간 신랑이 방 안으로 들어오면서 말했다.

"당신의 달 아버지, 해 어머니, 별 형제들을 생각해서 이제 말 좀 하시오!"

그제야 요정은 입을 열었다.

"당신은 제가 어디서 왔고 누구인지 물어본 적이 있나요? 당신은 '시골 처녀'라고 저를 조롱했어요. 제가 만약 진짜 시골 처녀였다 하더라도 꼭 그렇게 조롱해야 했나요? 당신이 제게 아무것도 물어보지 않으셨기 때문에 저도 당신에게 화가 나서 말을 안 했어요."

남편이 들어 보니 아내의 말도 일리가 있었다.

"당신이 옳아. 잘못한 사람은 항상 죗값을 치러야 하지. 나는 오늘날까지 그 죗값을 치렀다고 생각하오. 이제 모든 것이 해결되었소. 이제 당신이 누구이고 어디에서 왔는지 말해 주시오."

"저는 세 요정 자매 중 막내입니다. 어느 날 호수 바닥에서 놀고 있었는데 위에서 그물이 내려오는 것을 보았습니다. 우리는 저 그물에 일부러 걸려 위로 올라가 세상이 어떤지를 본다면 어떨까 하고 말하기 시작했지요. 그러다 제가 언니들과 헤어져 그물을 붙잡고 위로 올라오게 된 겁니다. 그때 어떤 여자가 '저 애가 내 딸이에요!' 하고 소리치더니 저를 데리고 이곳으로 왔습니다. 혼례식도 올렸고요. 그런데 당신은 저에게 '시골 처녀'라고 놀리기 시작했습니다. 저도 당신에게 화가 났어요. 그래서 한마디 말도 하지 않기로 했지요. 그런데 당신은 도리어 저를 방에 가두었어요."

이렇게 하여 부부는 화해를 하였고 그날 이후로 오랫동안 행복하게 잘 살았다.

내 운명을 찾습니다

옛날 아주 오랜 옛날에 왕이 살았다. 이 왕에게는 세 명의 왕자가 있었는데, 첫째의 이름은 카야였고 둘째의 이름은 얄츤, 그리고 막내의 이름은 아자르였다.

어느 날 나이가 많은 왕이 불치병에 걸렸다. 왕은 아들들을 머리맡으로 불렀다.

"사랑하는 아들들아, 내가 죽은 후 왕위는 큰아들 카야가 물려받을 것이다. 내 보물 창고에 있는 금은보화의 절반은 얄츤에게 물려주마. 막내아들 아자르에게는 농경지와 내 머리맡에 걸려 있는 칼과 내가 왕이 된 후 탔던 귀중한 말을 물려주마. 나의 소원은 너희 삼형제가 서로 우애 있게 잘 지내고, 이 나라 백성들을 행복하게 잘 살게 해 주는 것이니라."

늙은 왕은 이렇게 유언을 남기고 며칠 후 눈을 감았다.

큰아들 카야는 왕위를 물려받을 준비를 하였고, 둘째 아들 얄츤도 보물 창고에 있는 금은보화의 절반을 나누어 가질 준비를 했다.

그런데 그때까지 왕에게 충성을 다했던 재상이 사실은 속으로 왕이 되려는 야욕을 품고 있었다. 재상은 카야와 얄츤을 죽이고 전국 방방곡곡에 북을 울리며 자신이 왕위에 올랐음을 알렸다.

형들에게 일어난 끔찍한 일을 전해 들은 막내 아자르는 아버지가 물려주신 칼을 들고 말을 타고서 달아났다. 뒤도 돌아보지 않고 쏜살같이 말을 몰아 달렸기 때문에 새 왕이 보낸 병사들은 그를 따라잡지 못했다. 그리하여 아자르는 조국의 경계선을 건너 죽음의 고비를 넘겼다.

그는 쉬지 않고 달려서 산을 넘고 강을 건너, 마침내 넓은 초원에 도달하였다. 초원의 한가운데에는 커다란 저택이 있었다. 사방을 둘러보았지만 문을 찾을 수 없었다. 그는 화가 나서 저택의 벽을 허물려고 말을 타고 칼을 든 채 저택으로 돌진했다. 그런데 칼을 뽑은 순간 멈추지 않을 수 없었다. 왜냐하면 칼이 칼집에서 나오자마자 그 앞에 아랍 인 거인 열 명이 나타나 큰 소리로 이렇게 말했던 것이다.

"명령만 내리십시오! 불태울까요, 무너뜨릴까요?"

아자르는 아버지가 물려준 칼이 마법의 칼인 것을 알고 무척 좋아했다. 그는 윗입술은 하늘에, 아랫입술은 땅에 닿는 거대한 아랍 인들에게 말했다.

"아니다, 불태우지도 말고 무너뜨리지도 마라. 내가 안으로 들어갈 수 있도록 저택의 문을 열어라."

거인 열 명은 눈 깜짝할 사이에 저택으로 돌진하더니 수많은 문들 가운데 하나를 열었다. 순식간에 일어난 일이었다. 아자르가 칼을 칼집에 넣자 거인들은 사라졌다. 아자르는 말에서 내려 저택으로 들어갔다. 아무런 인기척도 없었다. 천장은 금으로 장식이 되어 있었고, 바닥에는 온통 양탄자가 깔려 있었다. 저택 곳곳에는 값비싼 천들로 만들어진 긴 의자와 희귀한 장식품들이 놓여 있었고, 화려한 방들이 끝도 없이 이어져 있었다. 부엌에는 냄비 가득 음식이 끓고 있고, 음료수와 후식들도 줄줄이 준비되어 있었다.

아자르는 손에 칼을 꼭 쥐고 사방을 둘러보면서 큰소리로 외쳤다.

"여보시오. 이 저택의 주인은 없소? 손님을 환영하지도 않소? 나를 두려워하지 마시오. 나는 해로운 사람이 아니오!"

이 말이 끝나자 수많은 방들 중 하나의 문이 천천히 열리더니 한 남자가 나와서 아자르를 향해 걸어왔다.

"어서 오십시오. 안으로 들어오시지요. 저희 저택을 방문해 주셔서 감사합니다."

아자르와 그는 대화를 나눈 후 곧 친해졌다. 저택의 주인이 아자르에게 물었다.

"당신의 이름은 무엇이며 어디에서 왔으며 어디로 가는 길이오?"

"저의 이름은 아자르입니다. 저는 배필을 찾는 중입니다. 저의 아버지는 왕이었지요. 돌아가신 후에 왕위를 큰형에게 물려주었는데, 사악한 재상이 큰형과 작은형을 모두 죽이고 자신이 왕이 되었지요. 그래서 저는 어쩔 수 없이 제 나라를 떠나 운명을 찾아 나섰습니다. 그런데 당신의 이름은 무엇이오?"

저택의 주인이 말했다.

"저의 이름은 아테시*입니다. 이 저택에서 살고 있지요. 이 세상의 모든 벌레와 새들은 제 명령을 따른답니다. 그 덕에 제가 원할 때 언제 어느 곳에서 무슨 일이 일어나고 있는지 알 수 있답니다. 단지 휘파람 한 번만 불면 되지요. 그러면 모든 벌레들과 새들이 제 곁으로 모여든답니다. 그들은 제가 원하는 대로 뭐든지 다 하지요. 당신은 어떤 장기가 있지요?"

"저의 장기는 이 칼에 숨어 있지요. 원하시면 보여 드릴까요?"

아테시의 대답을 기다리기도 전에 그는 칼을 빼들었다. 그 순간 아랍 거인 열 명이 나타났다.

"명령만 내리십시오! 불태울까요, 무너뜨릴까요?"

"아니다, 불태우지도 말고 무너뜨리지도 마라."

아자르가 칼을 칼집에 집어넣자 거인들은 사라졌다. 아테시는 손님이 매우 장기가 뛰어나고, 많은 것을 할 수 있다는 것을 알고 말했다.

"보아하니 당신도 나처럼 이 세상에 아무도 없는 것 같군요. 우리 의형제를 맺고 같이 여행을 다닙시다. 어떻소?"

아자르도 아테시의 제의가 마음에 들었다. 아자르는 선뜻 손을 내밀며 말했다.

"받아들이겠소. 지금 당장 길을 나섭시다. 죽을 때까지 진정한 친구로 남읍시다. 항상 서로를 도와줍시다. 웃을 때도 함께 웃고, 울 때도 함께 웁시다."

그들은 이렇게 서로 맹세를 한 후 말을 타고 길을 나섰다.

산을 넘고 강을 건너, 들꽃이 만발한 길을 따라 쉬지 않고 달려 어느 도시에 도착했다. 그들은 도시의 시장을 만나 자신들을 소개한 후 하룻밤 머물 곳을 부탁했다. 시장은 이들에게 작은 별장을 마련해 주었다.

한밤중이었다. 잠을 청하던 아자르가 갑자기 칼을 빼 들었다. 아랍 인 거인들이 나타나 말했다.

"명령만 내리십시오! 불태울까요, 무너뜨릴까요?"

"아니다, 불태우지도 말고 무너뜨리지도 마라. 시장의 궁전 앞에 그 궁전보다 더 크고 아름다운 궁전을 만들어라. 아침이 되기 전에 다 만들어 놓아라!"

아랍 인 거인들은 사라지더니 몇 시간만에 거대한 궁전을 지었다. 아자르와 친구 아테시는 그 궁전으로 들어가 편히 쉬었다.

시장이 아침에 일어나 보니 자신의 궁전 앞에 거대하고 아름다운 궁전이 세워져 있는 것이었다. 그래서 신하들 중 한 명을 불러 새 궁전의 주인을 데려오라고 명령했다. 신하는 가서 아자르와 아테시를 데려왔다.

"이 궁전을 하룻밤 사이에 누가 어떻게 지었소?"

시장이 묻자 아자르는 공손하게 대답했다.

"제가 지었습니다. 원하시면 저의 장기를 보여 드리지요."

그가 칼을 빼들자 앞에 아랍 인 거인들이 나타나 말했다.

"명령만 내리십시오! 불태울까요, 무너뜨릴까요?"

시장은 기겁을 했다.

"아이고 아이고, 저것들을 내 눈앞에서 사라지게 하시오!"

아자르가 칼을 다시 집어넣자 거인들은 거짓말처럼 사라졌다. 시장은 젊은이들의 장기가 매우 뛰어난 것을 보고 내심 기분이 좋아서 아자르에게 물었다.

"매우 용감한 젊은이 같구려. 당신을 내 사위로 삼고 싶은데 받아들이겠소?"

아자르는 시장이 자신을 친근하게 대하는 것을 보자 기뻤다.

"감사합니다, 존경하는 시장님. 그렇지만 제 친구가 저보다 나이가 많고 결혼할 준비도 되어 있습니다. 만약 사위로 제 친구를 받아 주신다면 우리 둘 다 행복할 것 같습니다."

아자르는 아테시를 바라보며 물었다.

"그렇지, 아테시?"

"물론 나도 기쁠 거야. 그런데 우린 서로 헤어지지 않기로 약속 했잖아?"

"그래, 하지만 결혼은 중요하고 좋은 일이야. 우리도 언젠가는 결혼해서 가정을 꾸릴 거잖아? 자녀들을 낳아 기르는 것도 국가에 충성하는 일이야. 그리고 자네가 결혼한다고 해서 영원히 헤어지는 것은 아니야. 우리는 언젠가 다시 만날 거야."

아테시는 아자르의 말을 듣고 수긍했다. 아자르만큼이나 아테시를 마음에 들어했던 시장은 주저하지 않고 그를 사위로 맞았다.

그날로 시장의 딸과 아테시는 약혼을 하고, 곧장 혼인 준비를 시작했다. 이리하여 몇 날 며칠 동안 축하연을 베풀면서 성대한 혼례를 올렸다.

새로 결혼한 신랑 신부는 매우 행복했다. 아자르도 진심으로 그들의 행복을 빌었다. 드디어 아자르가 떠날 날이 다가왔다. 아자르는 친구 아테시를 불러 말했다.

"난 이제 길을 떠나야 해. 계속해서 나의 운명을 찾아야 하니까. 어디서 찾을지는 모르지만……. 자, 이 하얀 종이를 받아 베개 밑에 감추어 둬. 매일 아침 잠에서 깨어나면 이 종이를 봐. 만약 종이가 노랗게 변했다면 그건 내가 위험에 빠져 있다는 신호야. 그때 나를 도우러 와 주면 좋겠어. 만약 종이의 색깔이 변하지 않는다면 언젠가 내가 자네를 찾아오겠네."

두 친구는 서로 끌어안았다. 아자르의 말과 안장이 준비되고 있을 때 그들은 시장에게 갔다. 아자르는 시장에게 작별을 고하고, 궁전에 머무는 동안 자신을 환대해 주어서 고맙다고 말했다. 시장도 그에게 좋은 여행이 되라고 격려했다. 그리고 언제든지 원할 때 자신의 궁전에 와서 머물라는 말도 잊지 않았다.

시장과 작별한 아자르는 새로 결혼한 신부를 방문하여 친구 아테시와 행복하게 오래오래 살기를 기원하고는 그들과 헤어졌다.

아자르는 칼을 허리에 차고, 말에 올라타 쏜살같이 그곳을 떠났다. 그는 한적한 길을 날아가듯 달리면서 어느 곳으로 가야 할지를 곰곰이 생각했다. 그렇게 쉬지 않고 몇 날 며칠을 달렸다. 물가에 닿으면 멈춰 쉬었고, 마을이 보이면 먹을 것을 얻으면서 계속 길을 갔다. 어떤 때는 숲 속에서 새소리를 들으며 휴식을 취했고, 어떤 때는 시냇가에 앉아 말에게 신세 한탄을 하곤 했다. 그러면 말은 마치 주인의 마음을 안다는 듯 고개를 끄덕이며 소리를 내곤 했다.

길을 가다가 어느 집 앞에 당도했다. 그곳은 집이라기보다는 동굴과 흡사했다. 입구와 창문은 있었지만 뒷부분은 완전히 산에 묻혀 있었다.

그는 말에서 내려 문을 두드렸다. 잠시 후 커다란 철문이 삐걱 소리를 내며 열렸다. 아자르는 나무에 말을 묶어 놓고 안으로 들어갔다. 한 남자가 그를 맞이했다.

"어서 오십시오!"

"반갑습니다."

아자르는 남자를 따라 어두운 복도를 지나 방으로 들어갔다. 아자르는 자신을 소개하고 자신이 지금까지 겪은 이야기를 하나 하나 말해 준 후 남자에게 물었다.

"그런데, 당신은 누구시오? 이름은 무엇이오? 이 동굴 같은 곳에서 어떻게 살고 무엇을 하시오?"

"나의 이름은 알레브^{불길}요. 나도 당신처럼 홀홀단신으로 평생을 이곳에서 지냈소. 잘 와 주었소. 내 친구가 되어 주시오. 당신이 맘에 드오."

"나도 당신이 맘에 드오. 서로 좋은 친구가 되었으면 하오. 그리고 이 음침한 동굴을 내가 저택으로 만들어 주겠소."

알레브는 손님의 마지막 말을 이해하지 못했다. 그때 아자르가 칼을 뽑자 아랍 인 거인들이 나타났다. 알레브가 놀라 바라보고 있을 때 거인들이 말했다.

"명령만 내리십시오! 불태울까요, 무너뜨릴까요?"

"아무것도 원하지 않는다. 아자르, 거인들에게 사라지라고 말해 주시오!"

아자르가 칼을 다시 칼집에 넣자 거인들은 사라졌다. 알레브가 놀란 가슴을 쓸어내리며 말했다.

"세상에, 대단하군. 정말 놀랄 일이오. 그렇지만 나도 당신에게 뒤지지 않는 장기가 있소. 내가 원하는 때에 지하에서 무슨 일이 일어나는지 알 수 있다오."

"그렇다면 우리가 왜 여기에 이렇게 앉아 있어야만 하오? 세상에 나가 우리의 운명을 함께 찾읍시다."

"맞는 말이오. 우리가 이렇게 힘이 있는데 이러고만 있을 수 없지. 당장 길을 나섭시다."

그들은 곧바로 말을 타고 길을 나섰다.

두 친구는 서로 이야기하면서 며칠 동안 함께 길을 갔다. 말에서 내려 걷기도 하고, 시냇물을 헤엄쳐 건너기도 했다. 어떤 날은 나뭇가지 위에서 잠을 자기도 했고, 어떤 날은 마을에서 손님으로 머물기도 했다.

이렇게 밤낮으로 길을 가다가 어떤 나라에 도착하게 되었다. 그들은 왕을 알현한 뒤 자신들이 밤을 지새울 곳을 청하기로 했다.

그런데 이상하게도 사람들이 허둥지둥 두려워하고 있는 것처럼 보였다. 지나가는 사람들에게 무슨 일이 있느냐고 물으니, 어떤 나라가 침략해 와서 왕의 군대가 곧 패배할 지경에 놓여 있다고 했다.

상황이 이러한데 왕에게 머물 곳을 부탁하는 것은 무리인 것 같았다. 그래서 그들은 신하들 중 한 명에게 침식을 부탁했다. 그는 왕의 허락을 받아 이 두 사람에게 궁전에서 머물 곳을 마련해 주었다.

다음 날 아자르와 알레브는 궁전을 나섰다. 이렇게 맥없이 앉아 있느니, 가서 전쟁이나 구경하자는 생각이었다. 그들은 말을 타고 쏜살같이 달려 전쟁터에 도착했다. 적군의 수는 왕의 군대보다 터무니없이 많았다. 왕의 군대는 계속해서 후퇴하고 있었으며 아무리 봐도 승산이 없었다.

아자르는 참지 못하고 친구 알레브에게 말했다.

"넌 여기 있어, 나는 전쟁터로 가겠어!"

그는 말을 몰아 전장으로 향했다. 양국의 지휘관은 멀리서 먼지를 일으키며 달려오는 사람을 보고 군사들에게 명령을 내렸다.

"잠시 멈춰라!"

적군의 지휘관은 지금 말을 타고 오는 사람이 항복을 알리러 온 사자라고 생각했다.

아자르는 양국의 군대 사이로 들어갔다. 먼저 왕의 지휘관에게 경례를 했다. 지휘관이 인사를 받자마자 병사들도 큰소리로 응답했다. 아자르는 적군의 지휘관에게도 인사를 했지만, 적군의 지휘관과 병사들은 아무런 반응을 보이지 않았다. 아니, 오히려 적군의 지휘관은 사납게 소리 지르고 있었다.

"하고 싶은 말이 있으면 빨리 해라! 항복한다는 전언을 가지고 왔으면 즉시 말해라! 그러지 않으면······."

아자르는 인사도 받지 않는 이 지휘관의 행동에 화가 났다.

"그러지 않으면 어떻게 하겠소?"

그러자 적군 지휘관은 벌컥 화를 냈다.

"어떻게 하겠느냐고? 단칼에 목을 베어 버리겠다!"

아자르는 호탕하게 웃은 후 칼을 빼 들었다.

"그렇게 날 죽이고 싶다면 담판을 짓자!"

적군의 지휘관도 칼을 빼 들고 아자르를 향해 달려왔다. 아자르는 눈앞에 우뚝 서 있는 아랍 거인들을 향해 "지휘관은 내게 맡겨 두고 너희들은 병사들을 무찔러라!"라고 명령한 후 적군의 지휘관을 향해 전속력으로 돌진했다.

왕의 지휘관과 군사들은 놀라서 그저 어안이 벙벙할 뿐이었다. 눈 깜짝할 사이에 전쟁터는 아수라장으로 변했다. 칼들이 부딪히는 소리, 고함 소리, 서로 싸우는 소리가 한데 엉키고, 뿌연 먼지 속에서 아무것도 식별할 수 없었다.

거인들은 짧은 시간에 적군을 모조리 무찔렀다. 살아남은 적군 병사라곤 한 명도 없는 가운데 아자르와 적장은 여전히 대결을 계속하고 있었다. 적장은 몇 군데 상처를 입어 거의 기진맥진했다. 그는 뒷걸음치고 있었고, 아자르는 계속해서 공격을 가하며 그에게 소리쳤다.

"내 앞에서 독 안에 든 쥐 꼴이 되었구나! 내가 지금까지 너를 죽이지 않은 이유는 네 부하들이 죽어 가는 꼴을 보이고 싶었기 때문이다. 이제 부하가 한 명도 남지 않았으니 너도 그들 곁으로 보내 주마!"

말을 마친 아자르는 말을 전속력으로 몰아 적군 지휘관 앞을 막고는 칼을 휘둘러 그의 목을 쳤다. 아자르는 돌아서서 이 결투를 지켜본 왕의 지휘관과 병사들에게 인사를 보낸 다음 쏜살같이 말을 몰아 친구 알레브의 곁으로 돌아갔다.

한편 왕의 병사들은 승리의 노래를 부르며 도시로 돌아왔다. 지휘관은 곧장 왕을 알현하여 한 용감한 젊은이가 말을 타고 전장에 나와 적군을 무찌르고, 적장의 목을 단칼에 베어 버린 후 도시로 돌아왔다고 보고했다. 왕은 그 용감한 청년을 즉시 궁전으로 데려오라고 명령했다.

신하들은 아자르와 알레브가 머물고 있는 곳에 가서 그들을 왕 앞으로 데리고 왔다. 왕은 그들을 기쁘게 맞이했다. 그들도 존경을 표하며 왕의 손에 입맞춤을 했다. 왕이 물었다.

"적군을 혼자서 무찌른 용감한 젊은이가 누구인가?"

아자르는 아무 말도 하지 않고 앞만 바라보았다. 친구 아자르가 자기 자랑하는 것을 좋아하지 않는다는 것은 안 알레브가 대신 대답했다.

"그 일은 제 친구 아자르가 했습니다, 전하."

왕은 자신이 한 일을 내세우는 것을 부끄럽게 여기는 용감한 청년의 곁으로 가 그의 이마에 입을 맞추었다.

"자네가 한 일은 매우 훌륭하다. 자네에게 어떤 포상을 내려야 좋을지……."

아자르는 왕의 말이 끝나기도 전에 서둘러 말했다.

"전하, 제가 뭐 그렇게 대단한 일을 한 것은 아닙니다. 단지 제가 할 일을 했을 뿐입니다. 포상을 받을 순 없습니다."

이러한 말을 들은 왕은 더욱더 흡족한 기분이 들었다.

"그렇다면 나의 아들이 되는 게 어떻겠나? 나는 이제 나이도 먹었고 슬하에 아들도 없으니……. 내가 죽은 후 이 나라를 통치할 의향은 없는가? 아니면 내 딸을 자네에게 줄까?"

"전하의 사위가 되는 것은 저로서는 더할 나위 없는 영광입니다. 그렇지만 제 친구 알레브는 저보다 나이가 많습니다. 결혼은 저보다는 알레브가 해야 합니다."

"그렇다면 문제는 없겠군. 자네 둘 다 매우 용감한 젊은이들 같으니 자네 대신에 알레브를 내 사위로 삼겠네. 자네는 내 아들로 여기고."

알레브는 친구와 헤어지게 되어 마음이 아팠지만 한편으로는 왕의 사위가 되는 것이 기쁘기도 했다.

왕은 또 아자르에게 물었다.

"혼자서 그 많은 적군을 어떻게 무찔렀는지 말해 주지 않겠나?"

이 말을 듣고 아자르는 왕에게 한마디도 하지 않고 대뜸 칼부터 빼 들었다. 언제나처럼 아랍 거인들이 그들의 앞에 나타났다.

"명령만 내리십시오! 불태울까요, 무너뜨릴까요?"

아자르는 칼을 다시 집어넣었다. 아랍 거인들이 사라진 후 아자르는 말했다.

"적군들은 이 거인들의 도움으로 무찔렀고, 지휘관의 머리는 제 칼로 베었습니다."

왕은 아자르의 등을 쓰다듬으며 웃었다.

"그렇다면 지금부터 어디로 가서 무엇을 할 건가?"

아자르도 웃으며 왕에게 대답했다.

"저의 운명을 계속 찾아야겠지요. 찾을 때까지 계속 가겠습니다."

아자르와 알레브는 왕의 허락을 받고 물러 나왔다. 알레브는 아자르를 구석으로 잡아끌며 슬픈 표정으로 물었다.

"우리 서로 헤어지지 않기로 약속했잖아!"

"그렇지만 서로 헤어지지 않기 위해서 우리의 운명을 발로 찰 수는 없잖아. 너는 이제 네 운명을 찾았으니 정직하게 열심히 일하고 왕을 잘 섬겨야 해. 그리고 사람들이 너를 존경할 수 있도록 행동해야 해."

그는 친구의 어깨에 손을 얹으며 말을 계속했다.

"우린 영영 헤어지는 게 아니야. 어느 날인가 다시 만날 거야. 어쩌면 너의 도움을 필요로 할 날이 올지도 몰라."

그러고는 호주머니에서 종이 조각을 꺼내 알레브에게 내밀었다.

"이걸 받아. 그리고 베개 밑에 항상 숨겨 놔. 매일 아침 잠에서 깨어나자마자 이 종이를 봐. 만약 종이가 노랗게 변해 있다면 그건 내가 아주 위험한 상황에 처해 있다는 의미야. 그러면 나를 도우러 달려와. 종이에 아무 이상이 없다면 내가 잘 지내고 있다고 생각하고 걱정하지 말고. 자, 이제 그만 헤어질 시간이야. 왕에게 폐를 끼치고 싶지 않아. 나를 대신해서 왕에게도 안부를 전해 줘."

두 친구는 서로 끌어안았다. 아자르는 알레브의 행복을 기원하며 궁전에서 나와 말을 타고 길을 나섰다.

아자르는 또다시 달렸다. 물가에서, 숲 속에서, 나무 아래에서 쉬어 가면서 몇 날 며칠을 달렸다.

그러던 어느 날 그는 도시에 도착하게 되었다. 화려하게 장식된 집들과 온갖 진귀한 꽃이 자라나는 정원, 그리고 깨끗하게 정돈된 거리를 보며 아자르는 감탄을 금치 못했다. 지금까지 이처럼 아름다운 도시를 본 적이 없었다.

그는 말에서 내려 도시 이곳저곳을 걷기 시작했다. 그러나 한참을 가도 사람의 그림자조차 보이지 않았다. 너무나 조용해서 겁이 날 지경이었다. 이 도시에 사는 사람들은 다 어디로 갔을까? 가끔 이 집 저 집 문을 두드려 보기도 했지만 문을 여는 사람은 없었다. 문이 열려 있는 집에 들어가 방을 둘러보았지만 아무도 보이지 않았다.

이렇게 한참 돌아다니는데 거대한 저택 앞에 있는 우물이 눈에 띄었다. 아자르는 우물에서 물 한 모금을 마시고는 앉아서 주위를 둘러보았다.

'이렇게 큰 도시에서 사람 한 명쯤은 만나겠지.'

그때 무슨 소리가 들렸다. 귀를 기울여 보니 그 소리는 여자가 흐느끼는 소리였다. 그는 자리에서 벌떡 일어나 소리가 나는 쪽을 향해 걸었다. 울음소리는 저택에서 흘러나오고 있었다. 그는 문을 밀어서 열고 안으로 들어가 보이는 대로 이 문 저 문 열어 보기 시작했다.

커다란 방으로 들어가니 긴 의자에서 아리따운 처녀가 울고 있었다. 그는 곧장 그녀에게 다가갔다.

"울지 마시오. 무슨 걱정이 있든지 해결 방법이 있을 것이오."

너무 울어 눈이 퉁퉁 부은 처녀가 대답했다.

"제가 울지 않으면 누가 울겠어요. 이 도시에 저 말고는 아무도 없어요. 거대한 괴물이 우리 도시에 살고 있는 사람들을 모두 잡아가 죽여 버렸거든요. 저의 아버님은 이 도시의 시장이셨지요. 그런데 괴물이 조금 전 저의 아버님마저 데리고 갔어요. 이제 저밖에 남은 사람이 없어요. 조금 있으면 저마저 데리러 올 거예요. 제발 저를 혼자 버려 두지 마세요. 저는 죽고 싶지 않아요."

가엾은 처녀는 아자르의 손과 발을 잡으며 구해 달라고 애원했다. 바로 그때 천둥 같은 커다란 굉음이 울렸다. 처녀는 공포에 질려 숨을 곳을 찾기 시작했다.

"무서워하지 마시오. 내가 괴물을 만나러 가겠소. 운이 없으면 당신과 내가 죽을 수도 있을 거요. 아니면 내가 그를 죽일 수도 있고. 그럼 다녀오겠소."

"괴물을 이길 사람은 아무도 없어요. 당신과 저는 곧 죽을 거예요. 가지 마세요! 가지 마세요!"

아자르는 처녀의 만류를 뿌리치고 밖으로 뛰쳐나갔다. 밖에 나가자마자 그는 그 자리에 멈춰 서고 말았다. 끝이 보이지 않는 긴 꼬리, 산만 한 몸, 사원의 첨탑보다 더 큰 키, 커다란 머리통을 가진 무시무시한 괴물이었다. 괴물이 저택을 향해 발걸음을 옮길 때마다 쿵쿵 천지가 뒤흔들렸다.

아자르가 칼을 빼 들자 아랍 거인 열 명이 나타났다.

"명령만 내리십시오! 불태울까요, 무너뜨릴까요?"

"불태우지도 말고 무너뜨리지도 마라. 저 괴물을 죽여라!"

거인들은 즉시 괴물을 향해 달려갔다. 거인들은 뛰어가면서 몸이 점점 더 커졌다. 팔, 다리, 몸통, 머리가 계속 커지더니 괴물 곁으로 갔을 때는 괴물과 크기가 같아졌다.

그리고 끔찍한 싸움이 시작되었다. 하늘이 신음을 내뱉고 땅이 뒤흔들렸다. 거인들은 얼마 지나지 않아 거대한 괴물을 땅에 눕혔다. 잠시 후 괴물의 몸은 산산조각이 나 버렸다. 괴물의 피가 도시의 거리에 냇물처럼 흘렀다.

아자르는 칼을 집어넣고 저택으로 들어갔다. 그리고 여전히 두려움 때문에 덜덜 떨고 있는 처녀의 손을 잡아 창 쪽으로 데리고 갔다. 아름다운 처녀는 괴물의 주검과 거리에 흐르는 피를 보고는 눈

앞에 펼쳐진 광경을 믿을 수 없다는 듯 연신 눈을 비비더니 잠시 후 아자르의 손등에 입맞추며 울기 시작했다.

"당신은 제 목숨을 살려 주셨어요. 왜 조금만 더 일찍 오셔서 제 어머니, 아버지, 형제 그리고 사람들의 목숨을 구해 주지 않으셨어요? 제게는 이제 아무도 없어요. 이제부터 뭘 어떻게 해야 하지요?"

아자르는 웃으며 처녀의 등을 쓰다듬었다.

"당신은 혼자가 아니오. 운명은 우리 둘을 서로 만나게 만들었소. 만약 원한다면 내 아내가 되어 주시오. 앞으로 함께 삽시다."

아름다운 처녀는 이 마음씨 착한 젊은이를 웃으며 바라보았다.

"좋은 아내가 되도록 노력할게요. 제 목숨을 구해 주셨으니 죽을 때까지 당신의 행복을 위해 살겠어요."

아자르는 처녀의 말을 듣고 행복했다.

"그렇다면 우리 이곳에서 살면서 장인께서 이루어 놓은 이 아름다운 도시가 옛 모습을 되찾을 수 있도록 함께 노력합시다."

이렇게 해서 그들은 행복하게 살았다. 아자르는 매일 활을 들고 산과 숲에서 사냥을 즐겼으며 냇가에서 물고기를 잡으러 다녔다. 그가 밖에 나가 있을 때면 부인은 집안일을 하며 남편이 잡아 온 사냥감과 물고기로 음식을 준비했다.

이렇게 즐거운 날들을 보내고 있을 때 예기치 않은 재앙이 발생했다. 어느 날 아자르가 집에 없을 때 누군가가 문을 두드렸다. 문을 열어 보니 몸이 비쩍 마르고 코가 길고 날카로우며 뾰족한 턱에다 이가 없는 합죽이 노파가 서 있었다.

"이봐요, 아름다운 처자. 나는 아주 먼 길을 걸어왔다오. 이 도시에서 이 저택 말고는 그 어떤 곳에서도 인기척을 볼 수 없었다오.

저택의 굴뚝에서 연기가 나는 것을 보고 얼마나 기뻤는지……. 여기까지 정말 겨우 왔다오. 제발 나를 가엾게 여겨 빵 한 조각과 물 한 모금만 주구려."

아자르의 아내는 노파를 집 안으로 들이고 먹을 것과 물을 주었다. 노파는 앞에 놓여 있는 음식을 먹으며 계속 기도했고, 음식을 다 먹은 후에는 아자르의 아내에게 재미있는 이야기를 들려주었다. 이리하여 그들은 금세 좋은 친구 사이가 되었다. 그렇지만 노파가 사실은 마녀라는 것을 그녀는 모르고 있었다. 아자르의 모든 힘이 그 영험한 칼에서 나온다는 것을 안 마녀는 아자르의 아내에게 물었다.

"저기 벽에 걸려 있는 것이 그 마법의 칼인가?"

아자르의 아내는 앞으로 어떤 일이 벌어질지 모르고 대답했다.

"예, 벽에 걸려 있는 저 커다란 칼이 그 칼이에요. 사냥 갈 때는 들고 가지 않지요."

"세상에! 정말 아름다운 칼이군. 좀 봐도 되겠나?"

이 말을 하면서 노파는 벽 쪽으로 걸어가 칼을 집어 들고 이리저리 관찰하기 시작했다. 그러고는 햇빛 아래에서 자세히 보고 싶다며 밖으로 나갔다. 아자르의 아내도 노파를 따라갔다.

노파는 문 앞에서 멈춰 서서 그녀에게 말했다

"저기 있는 내 항아리는 마법의 항아리야. 위에 올라타면 저절로 걷기 시작하지. 함께 한번 타 보지 않겠나?"

아자르의 순진한 아내는 노파가 나쁜 짓을 할 거라고는 생각도 못 하고 호기심에 차서 노파의 뒤를 따라갔다. 노파는 먼저 항아리에 앉아서 아자르의 아내를 무릎에 앉혔다. 그러곤 몰래 가슴에 품고 있던 뱀 채찍을 휘두르자 항아리는 공중에 붕 떴다. 아자르의 아내는 무서워서 소리치기 시작했다. 그러나 노파는 커다란 목소리로 깔깔거리며 웃었다.

"아름다운 처자, 왜 그렇게 놀라지? 봐, 얼마나 잘 날고 있어? 항아리가 땅에서 걷지 않고 하늘에서 날잖아? 별로 큰 차이는 없어. 나는 지금 너를 평생 못 보던 궁전으로 데려가 부자 왕자에게 줄 거야. 이 텅 빈 도시에서 혼자 뭐할 거야? 이제 울어도 소리쳐도 소용없어. 쓸데없이 속 끓이지 마. 다시 돌아갈 수 없으니까."

그제야 아자르의 아내는 마녀의 계략을 알아차렸다. 그녀는 공중에서 발버둥치고 소리치고 노파를 주먹으로 쳤지만, 노파는 더 큰 소리로 깔깔거리며 웃을 뿐이었다.

그들이 탄 항아리가 번개처럼 가고 있을 때 노파는 손에 들고 있던 아자르의 칼을 떨어뜨렸다. 칼이 허공에서 떨어질 때 노파가 말했다.

"자, 봐. 네 남편의 마법의 칼이 카라콜^{검은 호수}에 떨어지고 있어. 잠시 후면 호수 속으로 사라질 거야. 아무도 그 칼을 꺼내지 못할 거야. 네 남편도 내 손에서 너를 구해 내지 못할걸. 쓸데없이 고집 피우면 널 죽여 버릴 거야."

불쌍한 아자르의 아내는 마법의 칼이 카라콜에 빠져 잠겨 버리는 것을 보며 자신의 희망도 사라지는 것을 알았다. 그녀는 입을 다물었다.

그들은 한동안 항아리를 타고 하늘에서 날아가다가 거대한 궁전 위에서 멈추었다. 항아리는 땅을 향해 내려가기 시작했다. 가까이서 본 궁전은 엄청나게 거대했으며 주위는 높은 벽과 넓은 강으로 둘러싸여 있었다. 하얀 대리석과 수정으로 만든 궁전은 햇빛을 받아 반짝반짝 빛나고 있었다.

항아리는 궁전 정원의 잔디 위에 내렸다. 노파는 그녀의 팔을 끌고 궁전으로 들어갔다. 그리고 대리석으로 된 거실을 지나고 수정 계단을 올라 그녀를 어두컴컴한 방 안으로 밀어 넣었다.

"조용히 여기 앉아 있어! 나는 지금 가서 왕자님을 뵐 거야. 내일 와서 너를 데려가지. 궁전의 터키탕에서 목욕을 한 후 예쁜 옷을 입고 왕자님께 너를 선보일 거야."

불쌍한 아자르의 부인은 닥쳐 온 재앙 앞에서 엉엉 울기만 했다. 마녀는 방문을 꽝 닫고는 자물쇠를 채우고 사라졌다.

한편 아무것도 모르는 아자르는 사냥을 마치고 집으로 돌아와 저택에 아내가 없는 것을 보곤 당황했다. 저택을 샅샅이 뒤졌지만 아내는 없었다. 마법 칼도 벽에서 사라진 것으로 보아 아내가 도망쳤다고 생각한 아자르는 깊은 시름에 잠겼고, 얼마 지나지 않아 몸져 눕게 되었다.

그러던 어느 날 친구 아테시와 알레브는 베개 밑에 감추어 놓은 종이가 노랗게 변한 것을 보곤 아자르에게 뭔가 심상치 않은 일이 일어났음을 알게 되었다.

아테시는 궁전의 창문을 통해 밖으로 나와 휘파람을 불었다. 땅 위의 모든 벌레와 새들이 왁자지껄 궁전 주위로 몰려들었다. 아테시는 그들에게 아자르의 생사를 물었다.

벌레들과 새들은 입을 모아 말했다.

"살아 있어요! 어떤 도시의 저택에서 몸져누워 있어요!"

아테시는 곧장 말을 타고 친구를 찾아 나섰다.

같은 날 알레브도 휘파람을 분 후 귀를 땅에 갖다 대고 지하에서 들려오는 소리에 귀 기울였다. 땅 속에 살고 있는 모든 생명체가 아자르가 아직 죽지 않았다는 것을, 그래서 아직 땅속으로 오지 않았음을 말해 주었다.

알레브는 다시 휘파람을 불면서 땅에게 소리쳤다.

"그렇다면 아자르가 지금 어디에 있는지 말해 주겠니?"

"그가 어디에 있는지는 지상에 살고 있는 늑대와 새들만이 알고 있습니다. 모든 벌레와 새들의 왕은 아테시라는 이름의 남자입니다. 그도 당신처럼 아자르의 가까운 친구입니다. 그는 아자르를 찾기 위해 지금 말을 타고 길을 나섰습니다. 우리는 그가 탄 말의 말발굽 소리를 듣고 있습니다. 지금 곧 당신의 궁전 앞을 지나갈 것입니다. 그를 찾아 인사를 나눈 후 함께 가십시오. 그래야만 아자르를 구할 수 있습니다."

알레브는 아래로 내려와 궁전의 문 앞에서 기다렸다. 얼마 지나지 않아 명마를 타고 왕자처럼 옷을 입은 건장한 청년이 달려왔다.

"당신의 이름이 아테시 맞소?"

"그렇소. 무슨 일이오?"

"당신이 아자르와 알게 된 후에 나도 아자르를 만나 의형제를 맺었소. 내 이름은 알레브요. 베개 밑에 있던 종이가 노랗게 변해 그가 위험에 처해 있다는 것을 알게 되었소. 우리 함께 가서 그를 구합시다!"

아테시와 알레브는 지체하지 않고 길을 나섰다. 바람처럼 달려 얼마 지나지 않아 아자르가 살고 있는 도시에 도달했다. 말에서 내려 곧장 저택 안으로 들어가 보니 아자르가 침대에 몸져누워 있었다.

아자르에게서 그간의 사정을 들은 그들은 마법의 칼을 찾지 못하면 그의 아내도 찾지 못할 것이고, 그의 아내를 찾지 못하면 아자르도 회복하지 못하리라는 것을 알게 되었다. 아테시는 창문을 열곤 길게 휘파람을 불었다. 모든 벌레와 새들이 저택 주위로 몰려

들었다.

아테시는 큰소리로 외쳤다.

"아자르의 마법의 칼이 어디 있느냐?"

산, 언덕, 길, 정원을 꽉 메운 새와 벌레들은 입을 모아 대답했다.

"마법의 칼은 땅 위에 없어요! 마법의 칼은 땅 위에 없어요!"

아테시가 손짓을 하자 모든 벌레와 새들이 흩어졌다.

이번에는 알레브가 긴 휘파람을 불며 땅을 향해 소리쳤다.

"마법의 칼이 어디에 있는지 내게 말해라!"

그러고는 땅에 귀를 바짝 대고 들었다. 지하에 사는 생물들은 모두 한목소리로 대답했다.

"마법의 칼은 카라콜에 있습니다. 마법의 칼은 카라콜에 있습니다!"

아테시와 알레브는 지체 않고 말에 올라 카라콜로 향했다. 그러곤 인근 마을 사람들을 모아 수로를 만들어 카라콜의 물이 시내 쪽으로 흐르게 만들었다. 호수에 물이 바닥나자 마법의 칼이 나타났다. 그들은 그 칼을 들고 전속력으로 말을 달려 아자르에게 돌아왔다.

아자르는 마법의 칼을 보고 약간 원기를 회복하는 것 같았다. 침대에서 일어난 아자르가 칼집에서 칼을 꺼내자 아랍 거인 열 명이 나타났다.

"명령만 내리십시오! 불태울까요, 무너뜨릴까요?"

"불태우지도, 무너뜨리지도 마라. 빨리 내 아내를 찾아 오너라!"

아랍 거인들은 순식간에 사라지더니 먼저 마녀를 죽인 후 아자르의 아내를 어두운 방에서 구출해 아자르에게 데려왔다. 아자르는 사랑하는 아내를 보자 곧바로 몸이 다 나아 침대에서 일어났다.

이렇게 해서 세 친구는 모두 함께 길을 나섰다. 셋은 다시 만나게 되어 너무나 기뻤고 즐겁게 길을 가며 함께 노래도 불렀다. 이렇게 날이 가고 달이 갔다. 마침내 그들은 알레브가 살고 있는 곳에 도착했다. 알레브와 헤어지고 난 후 아자르와 아테시는 다시 길을 나섰다.

산을 넘고 강을 건너 여섯 달 동안이나 길을 갔다. 그리하여 결국 아테시가 살고 있는 곳에 도달했다. 아자르와 그의 아내는 아테시와도 이별을 했다. 잠도 자지 않고 산, 강, 들을 지났다. 아자르는 어서 아버지의 나라에 돌아가고 싶었다.

마침내 기나긴 여행이 끝나고 아자르 부부는 고국에 도착했다. 고국 백성들은 아자르를 알아보곤 기뻐하며 환영했다. 모든 병사들과 백성들이 아자르를 껴안으며 그의 손을 하늘 높이 쳐들었다. 아자르의 형들을 죽이고 왕이 된 재상은 곧바로 자리에서 끌어내려졌고, 아자르는 왕위에 앉았다. 이윽고 성대한 축하연이 열려 아자르가 이 나라의 진정한 왕임을 만방에 알렸다.

국민들은 폭정으로 모든 사람을 힘들게 한 옛 왕에게 사형을 집행하려고 했으나 아자르는 이에 반대하고 결국 나라에서 추방하는 벌을 주었다. 새 왕과 왕비는 몇 날 며칠 향연을 베풀었으며, 그 후 행복하게 살았다.

눈⁸ 하나에 장미 한 송이를 드립니다

옛날 어느 나라에 젊은 왕이 살았다. 왕은 장가갈 때가 되자 적당한 왕비감을 찾았으나 마땅한 처녀가 없었다.

그러던 어느 날 어느 머나먼 나라에 울 때마다 눈에서 진주가 떨어지고 웃을 때마다 볼에서 장미꽃이 피는 아름다운 여자가 있다는 이야기를 듣게 되었다. 왕은 어머니를 그 여자가 산다는 나라에 보냈다.

왕의 어머니는 천신만고 끝에 그 처녀의 집을 찾았다. 그런데 그 처녀에게는 계모가 있었고, 그 계모에게는 친딸이 있었다. 처음에는 왕의 어머니가 찾아오자 황송해서 안절부절못했지만, 계모는 곧 정신을 차렸다. 그리고 울 때마다 눈에서 진주가 떨어지고 웃을 때마다 볼에서 장미꽃이 피는 딸이 의붓딸이라는 것을 숨기고 두 딸이 모두 자신의 친딸인 것처럼 소개했다.

왕의 어머니는 울 때마다 눈에서 진주가 떨어지고 웃을 때마다 볼에서 장미꽃이 피는 딸을 며느리로 맞이하고 싶다고 말했다. 계모는 이 말을 듣고 생각했다.

'그러니까, 울 때마다 눈에서 진주가 떨어지고 웃을 때마다 볼에서 장미꽃이 피기 때문에 왕이 의붓딸을 원하는 거야. 내 친딸은 좀 못생긴 데다 울 때마다 눈에서 진주도 떨어지지 않고, 웃을 때마다 볼에서 장미꽃이 피지도 않아. 의붓딸은 왕과 결혼하고 내 딸은 노처녀가 될 신세야. 이걸 어쩌지? 어떻게 하지?'

그런데 갑자기 계모의 머리에 번뜩 떠오르는 생각이 있었다. 계모는 꿍꿍이를 가지고 딸을 왕에게 시집보내겠다고 승낙했다. 그리하여 왕의 어머니는 가지고 온 반지를 처녀의 손가락에 끼워 주고는 돌아가서 아들에게 희소식을 전했다.

혼례식 준비가 끝나자 왕궁에서는 사돈에게 연락을 했다. 계모도 착착 혼사 준비를 했다. 그녀는 의붓딸에게 신부복을 입히고 아름답게 치장한 다음 의붓딸과 친딸을 데리고 마차를 타고 왕의 나라로 길을 나섰다.

며칠 동안 지루한 여행이 계속되었다. 울 때마다 눈에서 진주가 떨어지고 웃을 때마다 볼에서 장미꽃이 피는 딸은 배가 고파서 계모에게 빵을 달라고 했다. 계모는 미리 준비해 둔 아주 짠 빵을 의붓딸에게 주었다. 그녀는 단숨에 빵을 먹어 치웠다. 그렇지만 짜디짠 빵을 먹었기 때문에 얼마 지나지 않아 목이 마르기 시작했다. 그녀는 어머니에게 물을 달라고 했다. 하지만 호시탐탐 의붓딸을 해코지할 기회만 찾고 있던 계모였다.

"너희들은 마차에 앉아 있어라. 내가 가서 물을 가져오마."

계모는 마차에서 내려 잠시 돌아다니다가 돌아왔다.

"저기에 물이 흐르기는 한다만, 거인이 지키고 있더라. 거인은 '만약 나에게 눈 한 개를 가져오면 물을 주겠다.' 라고 하더구나.

눈을 주면 내가 네게 물을 가져다 주마."

울 때마다 눈에서 진주가 떨어지고 웃을 때마다 볼에서 장미꽃이
피는 딸은 어리둥절했다. 이게 도대체 무슨 일인가? 물 한 모금 때
문에 눈을 달라고 하다니? 그렇지만 눈을 주지 않으면 갈증 때문에
목이 탈 것 같았다. 가련한 처녀는 다른 방도가 없음을 알고 고통을
참아 가며 눈 하나를 빼어 계모에게 주었다. 계모는 잠시 후 다시
돌아와 거인이 주었다며 물이 든 양동이를 의붓딸에게 내밀었다.
아름다운 처녀는 벌컥벌컥 물을 들이켰다. 하지만 너무나 짜게 먹
어서인지 얼마 지나지 않아 다시 목이 마르기 시작했다. 곧 더 이상
참을 수 없는 지경에 이르렀다.

"어머니, 제발 물 좀 주세요. 목이 말라서 죽을 것만 같아요."

"너희들은 여기 있어라. 내가 가서 물을 구해 오마."

계모는 물을 찾는 체하느라 잠시 돌아다닌 후 다시 마차로 돌아
왔다.

"물을 찾기는 했지만 거기에도 거인이 있구나. 조금 전에 보았던
거인의 동생이다. 그 거인도 물을 마시고 싶으면 눈 하나를 달라고
하더라. 어떻게 하지?"

울 때마다 눈에서 진주가 떨어지고 웃을 때마다 볼에서 장미꽃이
피는 딸은 또 계모의 말을 믿었다.

'어떡하지? 지금은 한쪽 눈으로 주위를 볼 수 있지만 이 눈도 준
다면……. 그렇지만 주지 않는다면 갈증 때문에 죽을 것만 같은데.
게다가 아직 갈 길이 먼데.'

그녀는 목이 말라 죽느니 차라리 장님이 되는 게 더 낫다고 생각
했다. 그래서 비명을 지르며 남은 눈 하나를 빼어 계모에게 주었다.
계모는 물을 조금 가져와 딸에게 주었다. 마차는 다시 길을 떠났다.

숲 속을 지날 때였다. 계모는 잠깐 쉬자며 마차를 세우고는 의붓 딸이 입고 있는 신부복을 벗겨 친딸에게 입혔다. 그런 다음 의붓딸을 숲 속에 남겨 놓은 채 친딸과 함께 마차를 타고 길을 떠났다.

마차가 궁전에 도착하자 많은 사람들이 나와 그들을 맞았다. 계모와 딸은 궁전으로 들어갔다. 왕의 어머니가 보기에 이 아가씨는 울 때마다 눈에서 진주가 떨어지고 웃을 때마다 볼에서 장미꽃이 피는 처녀와 닮지 않은 것 같았다. 하지만 자기가 자세히 보지 않은 탓이라고 여기고 아들에게 그 처녀를 소개했다. 혼사는 예정대로 치러졌고, 왕은 계모의 친딸과 결혼했다.

한편 숲 속에 홀로 남은 처녀는 울기 시작했다. 장님이 되어 주위를 볼 수가 없으니 아무 데도 갈 수가 없었다. 울 때마다 눈에서 진주가 쏟아져 나왔다. 어느새 그녀 앞에는 진주가 수북이 쌓였다.

그때 숲에 나무를 베러 온 늙은 나무꾼이 그녀를 보고 물었다.

"아이고, 얘야. 이곳에서 무엇을 하고 있니? 눈도 안 보이는가 보구나."

처녀는 자신이 겪은 이야기를 들려주며 노인에게 호소했다.

"제발 저를 이곳에 남겨 두지 마세요. 눈이 보이진 않지만 일할 수 있어요. 이 진주들을 팔아서 생활할 수 있을 거예요."

마음씨 착한 노인은 대답했다.

"아무도 없는 고아가 되었구나. 정 그렇다면 너를 양녀로 삼을 테니 나와 함께 살자꾸나. 진주가 없다 하더라도 먹을 것은 있으니 걱정 말아라."

노인은 처녀의 손을 이끌어 오두막으로 데려갔다. 두 사람은 아버지와 딸처럼 서로 의지하며 살았다.

한편 궁전에서는 어떤 일이 일어나고 있을까? 결혼 후 왕은 아내의 눈에서 진주도 나오지 않고 볼에서 장미꽃도 피지 않는다는 것을 알고는 궁금해하며 아내에게 물었다.

"당신이 울면 눈에서 진주가 나오고, 웃으면 볼에서 꽃이 핀다고 하더니 이게 웬일이오? 다 거짓말이었단 말이오?"

"전하, 모든 일에는 순서가 있는 법이지요. 시도 때도 없이 장미가 피나요?"

왕은 아내의 말이 못미더웠지만 더 이상 캐묻지 못하고 밖으로 나와 버렸다. 딸과 어머니는 어찌 할 바를 몰랐다. 이 계절에 어디가서 장미를 구한단 말인가?

한편 숲 속 오두막에서는 노인이 딸에게 재미있는 이야기를 들려주고 있었다. 재미있다며 딸이 방긋 웃는 순간 그녀의 볼에 빨간 장미가 피었다. 노인은 딸의 볼에 핀 장미를 보고 처음에는 좀 놀랐지만 곧 크게 기뻐하였다.

딸이 말했다.

"아버지! 이 장미들을 가지고 가셔서 궁전 앞에서 '계절에 상관없이 장미를 팝니다. 눈 하나를 주시는 분께 장미를 드리겠습니다.' 하고 소리치며 지나가세요. 아무도 원하지 않으면 몇 번이고 그 주위를 맴도세요. 마음 나쁜 여자가 아버지의 목소리를 듣자마자 제 눈을 돌려주고 장미를 살 거예요. 그러면 그 눈을 가져오세요. 저도 빨리 밝은 세상을 보고 싶어요."

노인은 나뭇가지로 엮어 만든 작은 바구니에 장미를 담아 궁전 앞으로 갔다. 그리고 딸이 시킨 대로 큰 소리로 외치기 시작했다.

"계절에 상관 없이 장미를 팝니다! 눈 하나를 주시는 분께 장미를 드리겠습니다! 계절에 상관 없이 장미를 팝니다. 눈 하나를 주시는 분께 장미를 드리겠습니다!"

왕비는 노인의 목소리를 듣고 곧장 어머니에게 달려갔다.

"어머니, 어머니, 빨리 문 앞으로 가 보세요. 어떤 남자가 장미를 팔고 있어요. 어머니가 가지고 있는 눈 두 개를 주고 장미 두 송이를 사세요!"

계모는 노인에게 의붓딸의 두 눈을 주고 장미 두 송이를 샀다. 노인은 그 눈을 가져가 딸의 눈에 끼웠다. 이리하여 처녀는 다시 앞을 보게 되었다.

왕의 아내는 장미를 침실로 가져가 가장 잘 보이는 곳에 놓았다. 얼마 지나지 않아 왕이 돌아오자 아내는 그를 침실로 안내했다. 침실로 들어가자마자 왕이 말했다.

"아, 이 달콤하고 향기로운 냄새는 무엇인가?"

아내는 장미꽃을 남편에게 주었다.

"당신이 안 계실 때 제가 웃었더니 제 볼에서 장미 두 송이가 피었답니다. 자, 향기를 맡아 보세요!"

왕은 즐거워하며 장미 두 송이를 받아 코로 가져갔다.

"오! 무척 향기롭군."

왕이 장미 향기를 맡으며 "오!"라고 말한 순간 숲 속 오두막에 앉아 있던 처녀는 기절했다.

저녁 무렵 노인이 오두막으로 돌아와 보니 딸이 기절하여 바닥에 누워 있었다. 흔들어 깨우고 찬물을 얼굴에 끼얹었지만 아무런 소용이 없었다. 딸은 꿈쩍 않고 누워 있었다. 그는 딸이 죽은 줄 알고 숲에 작은 무덤을 판 다음 눈물을 흘리며 그녀를 묻었다.

양녀를 잃은 노인은 손수건으로 눈물을 훔치며 오두막으로 돌아왔다. 그날 마침 왕은 신하 없이 노인이 사는 숲으로 혼자 사냥을 나온 참이었다. 왕이 한창 사냥감을 찾으며 돌아다니고 있는데 말이 한 자그마한 둔덕 앞에서 갑자기 놀라며 뒷걸음질을 치는 것이었다. 왕이 말을 채찍질했지만 도저히 앞으로 나아가려고 하지 않았다.

그런데 자세히 보니 말이 앞발로 무엇인가를 헤집고 있었다. 왕은 말의 행동이 의심스러워 땅에 귀를 대고 무슨 소리가 나는지 귀 기울여 보았다. 아닌 게 아니라 땅 밑에서 여인의 울음소리가 들려왔다. 왕은 급히 땅을 파기 시작했다.

땅을 팔수록 소리가 더 커지더니 이윽고 웬 처녀가 나왔다. 왕은 매우 놀라며 처녀의 팔을 잡아 끌어올렸다. 그런데 이건 또 무엇인가? 처녀가 있던 자리에 진주가 수북이 쌓여 있는 것이 아닌가.

"아름다운 아가씨, 누가 당신을 이곳에 묻었소? 그리고 이 진주들은 또 무엇이오?"

왕의 말에 처녀는 웃으며 대답을 했다. 순간 처녀의 볼에서 빨간 장미꽃들이 피어났다. 그제야 왕은 모든 사실을 알게 되었다. 그는 아이처럼 즐거워하면서 소리쳤다.

"찾았다! 찾았어!"

왕은 진짜 부인의 머리와 옷에 묻은 흙을 털고는 말 앞에 태워 궁전으로 향했다.

궁전으로 가면서 그녀는 그 동안 겪은 일을 이야기했다. 왕은 궁전에 도착하자 부인과 장모를 불러들였다.

"모든 악행은 결국 드러나게 마련이다. 당신들이 저지른 일도 오늘 밝혀졌다. 벌을 받아 마땅하다. 무슨 벌을 줄까?"

장모는 자신들이 용서를 바랄 수 없는 처지임을 깨달았다.

"어떤 벌이든지 달게 받겠습니다."

왕은 어머니와 딸을 수십 마리 당나귀 꼬리에 매달고 산으로 쫓아 버렸다.

이리하여 왕은 울 때마다 눈에서 진주가 나오고 웃을 때마다 볼에서 장미꽃이 피는 처녀와 성대하게 혼례를 치르고 오래도록 행복하게 잘 살았다.

내 남편은 비둘기 왕자

옛날 옛날 아주 오랜 옛날 어느 나라에 왕이 살고 있었다. 왕에게는 눈에 넣어도 아프지 않을 무남독녀 외동딸이 있었다. 천신만고 끝에 겨우 얻은 딸인 데다가, 그 누구와도 견줄 수 없을 정도로 아름다운 공주였다.

어린 공주는 항상 유모와 함께 시간을 보냈고, 유모도 공주 곁을 떠나는 날이 없었다. 그러던 어느 날 방에서 유모와 이야기를 나누던 공주가 갑자기 이런 말을 했다.

"유모, 정말 지루해요. 저 수틀을 들고 정원에 나가요. 정원에서도 진주로 수를 놓을 수 있잖아요. 바람도 쐴 겸……."

그래서 유모는 한 손에는 수틀을 들고 다른 손에는 황금 가위, 진주를 담은 통, 황금 바늘이 든 바구니를 들고 공주를 따라 정원으로 나갔다. 온통 장미로 둘러싸인 아름다운 정원에는 한가운데에 대리석으로 만든 분수대가 있고 그 옆으로 과일나무 한 그루가 때마침 시원한 그늘을 드리우고 있었다.

공주와 유모는 그 그늘 아래 자리를 잡고 앉아 수틀에 진주로 수를 놓기 시작했다. 그런데 갑자기 위에서 밝은 빛이 쏟아졌다. 올려다보니 나뭇가지에 산호 빛 주둥이, 산호 빛 발을 한 비둘기가 날아와 앉는 것이었다. 그 아름다움에 취한 공주는 수를 놓는 것도 까맣게 잊어버리고 비둘기를 바라보았다.

이렇게 넋을 잃고 바라보고 있을 때, 비둘기가 갑자기 앉아 있던 나뭇가지에서 날아와 공주의 황금 가위를 물고는 푸드덕 날아가 버렸다. 그래도 공주와 유모는 그저 날아가는 비둘기를 멍하니 바라보고만 있었다.

다음 날 공주와 유모는 이번에는 은 가위를 가지고 정원으로 나가 대리석 분수대 옆에 앉았다. 공주가 수틀에 진주로 수를 놓고 있을 때 다시 아름다운 비둘기가 나타나 어제 앉았던 나뭇가지에 앉았다.

처음에 공주는 비둘기가 황금 가위를 가져왔을 것이라 생각하고 기뻐했다. 그러나 곧 비둘기의 아름다움에 현혹되어 황금 가위 따위는 잊어버리고 말았다. 바로 그때 아름다운 비둘기는 나뭇가지에서 날아올라 분수대 위를 한 번 휙 돌더니 공주의 황금 바늘을 잡아채 가 버렸다. 공주도 유모도 어떻게 해야 할지 모르고 비둘기의 꽁무니만 바라보고 있었다.

"걱정 마세요, 공주님. 뭔가 깊은 의미가 있는 것 같습니다. 저 비둘기는 마법의 새 같은데요."

다음 날 유모는 은 바늘을 가지고 공주와 함께 정원으로 나가 대리석 분수가에 앉았다. 둘 다 '오늘도 비둘기가 올까?' 라고 생각하며 주위를 둘러보고 있을 때 날갯짓 소리가 들려왔다. 잠시 후 그들은 아름다운 비둘기가 어제와 똑같은 가지에 앉는 것을 보았다.

공주는 또 일순간 모든 것을 잊어버리고 비둘기의 아름다움에 취해 버렸다. 비둘기는 날개를 펴고 유유히 주위를 돌아다니더니 갑자기 쏜살같이 분수가로 내려와 진주 통을 낚아채어 멀리 사라져 버렸다.

공주는 이제 진주 통이야 없어졌건 말았건 오로지 어서 내일이 되어 비둘기를 다시 보기만을 기다렸다. 그러나 그날 이후로 아름다운 비둘기는 정원에 나타나지 않았다.

시간이 흐를수록 비둘기를 다시 못 보게 된 공주의 슬픔은 더해만 갔다. 어느 날 아름다운 비둘기에 대한 그리움을 더 이상 참지 못한 가련한 공주는 아버지 앞으로 나아갔다.

"사랑하는 아버지, 저는 비둘기들을 아주 좋아해요. 비둘기 없이는 살 수 없어요. 온 나라에 있는 아름다운 비둘기 모두를 정원으로 데려오라고 명을 내려 주세요. 그 중에 마음에 드는 비둘기를 하나 골라 제가 기르고 싶어요."

왕은 하나밖에 없는 딸의 간곡한 청을 받아들여 전국에 있는 아름다운 비둘기들을 모아 오라는 명령을 내렸다.

그날 이후로 그 나라에서 비둘기를 기르는 사람들은 하나도 빠지지 않고 궁전의 정원으로 모여들었다.

공주는 행여나 그 비둘기를 다시 만날까 싶어 비둘기란 비둘기는 모조리 살펴보았다. 그러나 형형색색, 온갖 종류의 비둘기를 다 보았지만 그 어떤 비둘기도 전에 보았던 그 아름다운 비둘기와는 닮지 않았다. 비둘기를 찾을 희망을 잃어버린 공주는 결국 슬픔을 못 이겨 몸져눕고 말았다.

왕은 하나밖에 없는 딸이 이러한 처지에 놓이게 된 것이 무척이나 슬펐다. 용하다는 의원은 모조리 궁전으로 불러들였으나 그 어떤 의원도 공주를 치료하지 못했다.

이렇게 하루 하루가 지나가던 중, 공주는 무슨 생각이 떠오른 듯 유모에게 말했다.

"유모, 간청이 있어요. 나는 슬픔 때문에 곧 죽을 것 같아요. 지금 아버님께 모든 사람이 깜짝 놀랄 커다란 목욕탕을 만들어 달라고 말해 줘요. 이 목욕탕에서 온 나라의 모든 사람이 무료로 목욕할 수 있게 해 달라고요. 다만 목욕하고 나올 때 그 대가로 내게 자신들의 고민을 말해 줘야 해요. 이렇게 하면 그 비둘기를 잊어버릴 수 있을 것 같아요. 제발, 유모……."

유모는 왕 앞으로 나아가 공주의 간청을 알렸다. 하나밖에 없는 딸이 슬픔에서 벗어나게 할 방도를 찾고 있던 왕은 쾌히 유모의 청을 받아들였다. 그리고 나라 안에 있는 유명하다는 건축가들을 모조리 불러 모아 공주가 원하는 목욕탕을 지으라고 명을 내렸다.

짧은 시일 내에 으리으리한 목욕탕이 완공되었다. 그 목욕탕의 웅장함과 아름다움을 본 사람들은 입을 다물지 못했으며, 한번 안에 들어간 사람은 다시 나오고 싶어하지 않았다. 왕의 명을 받든 전령사가 전국을 돌아다니며 이렇게 외쳤다.

"목욕탕 입장은 모두에게 무료다! 그 대가로 목욕을 하고 나올 때 자신들의 고민이나 슬픔을 공주에게 말해 주어야 한다!"

다음 날부터 많은 사람들이 목욕탕으로 모여들기 시작했다. 목욕이 끝나면 사람들은 공주 앞으로 나가 먼저 감사의 말을 올리고 빨리 완쾌되기를 기원한 다음 자신들의 고민을 이야기하고 물러갔다.

이렇게 하루 하루가 흘러 어느 마을에 살고 있던 켈올란이란 아이의 귀에도 무료 목욕탕에 대한 이야기가 들어가게 되었다.

●──터키 목욕탕의 내부를 그린 옛 그림.

"어머니! 어머니! 우리도 그 목욕탕에 가 깨끗이 씻어요. 나오면서 공주님께 우리의 가난을 털어놓으면 되잖아요, 예? 어쩌면 공주님이 도와줄지도 몰라요."

켈올란의 말에 어머니는 화를 냈다.

"네 대머리를 공주님께 보여 주었다가는 우리를 목욕탕에서 쫓아낼 거야! 그러고 싶으냐?"

켈올란은 어머니께 공주가 마음씨가 착하고 누구든지 받아들여 고민을 들어 주며 아직까지 그 누구도 쫓아내지 않았다는 점을 들어 간곡히 부탁했다. 결국 어머니도 허락할 수밖에 없었다.

"그럼 지금 우물에 가서 물을 길어 오너라. 더러운 옷을 입고 갈 수는 없잖니?"

켈올란은 이 말을 듣고 매우 기뻐하며 주둥이가 깨진 물동이를 들고 쏜살같이 우물로 뛰어갔다.

그런데 우물에 가 보니 작은 닭이 염소 가죽 수통에 물을 채워 등에 메고 어디론가 날라 가는 것이었다. 닭이 사람처럼 일을 하는 것을 본 켈올란은 매우 놀랐다.

"세상에! 가만있자, 그런데 닭이 물을 어디로 가져가는지 좀 봐야겠군."

켈올란은 양동이를 놓고 닭의 뒤를 따라갔다. 닭은 한참 동안 길을 가더니 어떤 산자락에 도착해서는 웬 구멍 안으로 쏙 들어갔다. 켈올란이 그 구멍으로 가서 보니 깨끗하고 새하얀 대리석 계단이 지하로 연결되어 있었다. 켈올란은 닭을 따라 계단을 내려갔다.

한참을 내려간 끝에 계단이 끝나는 지점에 도착했다. 닭은 어딘가로 종종걸음을 쳐 댔다. 켈올란도 닭을 놓칠세라 열심히 달렸다. 가다 보니 긴 대리석 복도가 나왔다. 하얀 대리석으로 된 기둥이 줄

줄이 늘어 서 있고 금으로 장식된 반구형 궁륭이 번쩍번쩍 빛났다. 대리석 기둥 뒤에는 문들이 있는데 문 손잡이들은 홍보석, 녹옥, 금강석으로 되어 있었다.

켈올란은 복도를 보고 한번 놀랐다가 조금 더 걸어간 후 또 한번 놀라게 되었다. 눈앞에 천국 같은 정원이 펼쳐졌기 때문이다. 정원의 한가운데에는 대리석으로 된 커다란 분수가 있고 분수 옆에는 그 어느 왕도 가진 적이 없을, 홍보석과 녹옥으로 장식된 화려한 왕좌가 놓여 있었다.

분수에서는 무지개 빛 물이 솟아 나오고 꾀꼬리들은 꾀꼴꾀꼴 울었다. 켈올란은 처음 보는 형형색색의 꽃들이 뿜어 내는 향기를 맡으며 넋을 잃었다.

문득 주위를 둘러보니 닭은 이미 어디론가 사라지고 없었다. 그는 갑자기 두려운 생각이 들어 한구석에 몸을 숨기고 주위를 둘러보기 시작했다.

얼마 지나지 않아 새의 날갯짓 소리가 들려왔다. 머리를 들고 공중을 보니 아름다운 비둘기 두 마리가 날고 있었다. 비둘기 두 마리는 분수 위를 한 번 휙 돈 후 각각 자신의 왕좌 위에 가서 앉았다. 몸을 한번 부르르 떠는 순간 비둘기는 사라지고 아름다운 처녀와 잘생긴 청년이 모습을 드러냈다. 둘은 분수에 뛰어들어 장난치며 물놀이를 하다가 다시 비둘기로 변하여 날아가 버렸다.

비둘기가 날아가 버리고 한참이 지난 뒤에야 켈올란은 정신이 들었다.

"아이고 세상에! 내가 지금 뭘 하고 있지? 어머니가 나를 목이 빠지게 기다리고 계실 텐데. 화를 내실지도 몰라. 빨리 가야지."

그는 자리에서 일어났다. 그때 갑자기 없어졌던 닭이 다시 나타났다. 켈올란이 닭을 따라 대리석 기둥 사이를 걷다 보니 어느새 우물가에 도착했다.

켈올란은 주둥이가 깨진 물동이를 찾아 물을 채우고는 꾸지람을 들을세라 뛰어서 집으로 돌아갔다. 집에 도착하니 어머니는 화가 머리끝까지 나 있었다.

"지금까지 어디를 돌아다니다가 이제 오는 게냐?"

켈올란은 어머니에게 무엇을 말해야 할지 어리벙벙하기만 했다. 어머니는 양동이의 물로 옷을 빨았다. 이리하여 모자는 깨끗한 옷으로 갈아입고 함께 목욕탕으로 향했다.

목욕탕에서 나온 후 모자는 공주를 뵈러 갔다. 먼저 어머니가 고민을 털어놓기 시작했다. 말하다 보니 자신들이 얼마나 가난하며 근근이 살아가는지 구구절절 이야기하게 되었다.

어머니가 나간 후 켈올란이 공주의 앞에 나갈 차례가 되었다. 켈올란은 무엇을 말해야 할지 고민스러웠다. 어머니가 자신들이 얼마나 가난하게 사는지를 이미 말했으니 같은 얘길 할 수는 없었다.

'그래, 할 수 없어. 공주님께 고민 대신에 이야기를 해야지. 어쩌면 이제는 모든 사람들의 고민만 듣는 게 지겨울지도 몰라. 재미있게 해 드려야지.'

켈올란은 우물가에서 닭을 보고 뒤쫓아간 이야기와 낯선 곳에서 자신이 보고 들은 것을 이야기했다. 켈올란의 이야기를 듣고 있던 공주는 점점 궁금한 생각이 들어 자꾸 캐묻기 시작했다.

"그래서, 그 다음에 어떻게 됐지?"

켈올란은 신이 나서 이야기를 계속해 나갔다.

"내 곁으로 좀 더 다가오지 않겠니? 그런 다음 무슨 일이 있었어?"

이렇게 해서 켈올란은 본 것을 모두 다 이야기해 주었다. 이야기가 끝나자 공주는 켈올란에게 말했다.

"켈올란, 만약 나를 거기로 데려가 주면 그 대가로 이 목욕탕을 너에게 줄게, 어때?"

이러한 제의를 받을 거라고는 전혀 기대하지 않았던 켈올란은 기뻐서 기절할 것만 같았다.

"기꺼이 모시고 가겠습니다. 걱정 마십시오."

다음 날 아침 켈올란과 공주는 우물을 향해 길을 떠났다. 우물에 도착했을 때 공주는 자신의 눈을 믿을 수가 없었다. 정말로 닭이 가죽 자루에 물을 담아 등에 지고 어디론가 나르고 있었던 것이다. 공주는 호주머니에서 목욕탕의 황금 열쇠를 꺼내 소년에게 주었다.

"켈올란, 나는 약속을 지키겠어. 자, 목욕탕의 열쇠를 받아. 오늘 이 시간부터 목욕탕은 너의 것이야. 어머니와 함께 운영해. 편히 잘 살고. 나를 찾는 사람이 있으면 먼 여행을 떠났다고 말해 줘. 알았지? 그럼 안녕!"

켈올란은 아름다운 목욕탕을 가지게 되어 기뻐해야 할지, 공주님과 헤어지는 것에 슬퍼해야 할지 종잡을 수가 없었다. 그는 열심히 닭을 쫓아가는 공주님의 뒷모습을 보며 행운을 빌어 준 다음 기쁜 마음으로 목욕탕으로 달려갔다.

한편 공주는 닭이 놀라서 달아날까 싶어 조심스럽게 따라갔다. 한참을 가니 닭이 예의 그 구멍으로 쏙 들어갔다. 공주도 그 뒤를 따라 들어갔다. 지하로 통하는 대리석 계단을 내려가 모퉁이를 돌자 아버지의 궁전에 있는 정원과는 비교도 할 수 없을 만큼 아름다운 정원이 나왔다.

그때 어디선가 새가 퍼덕이는 소리가 들려와 공주는 구석에 몸을 숨겼다. 이윽고 아름다운 비둘기 두 마리가 날아와 의자에 앉았다.

자세히 보니 두 마리 중 한 마리는 궁전의 정원에서 황금 가위와 황금 바늘, 진주 통을 채어 간 비둘기였다. 공주는 너무 놀라 기절할 뻔했지만 정신을 바짝 차리고 다시 비둘기들을 관찰하기 시작했다.

왕좌에 앉아 있던 비둘기들이 몸을 한번 부르르 떨자 공주가 궁전 정원에서 보았던 비둘기는 잘생긴 청년으로 변하고 다른 비둘기는 눈부시게 아름다운 처녀로 변했다.

둘은 대리석 분수의 맑은 물 속으로 뛰어 들어가 웃으며 물놀이를 하더니 잠시 후 분수에서 나와 왕좌에 앉아 몸을 말렸다.

눈부시게 아름다운 처녀가 청년에게 말했다.

"왕자님, 저와 함께 카프 산_{터키 민담에 자주 등장하는 마법의 산}으로 가요."

"아니요, 공주. 나는 이곳에 남겠소."

"제 생각엔 요즘 왕자님에게 무슨 일이 있는 것 같아요. 혹시 인간을 사랑하게 된 것은 아니지요?"

청년은 이 물음에 대답을 하지 않았다. 그러자 아름다운 처녀는 실망한 듯 비둘기로 변해 날아가 버렸다.

"잘 있어요, 왕자님!"

비둘기가 날아간 후 젊은이는 왕좌에서 일어나 정원 저편에 있는 궁전으로 사라져 갔다.

어느새 날이 어두워지고 차가운 바람이 불기 시작했다. 공주는 자리에서 일어나 막연한 두려움 속에 청년이 사라진 쪽으로 발걸음을 옮겼다.

궁전에 도착해 보니 열린 문과 창문을 통해 불빛이 새어 나오고 있었다. 안은 요정의 궁전처럼 아름다웠지만 동물은 물론이고 사람의 그림자조차 찾아볼 수 없었다. 한참을 기다려도 아무도 보이지 않자 공주는 용기를 내어 안으로 들어갔다.

궁전 바닥에는 아버지의 궁전에도 없는 매우 진귀한 비단 양탄자가 깔려 있었고, 그 위에는 황금으로 조각된 커다란 화병들이 놓여 있었다. 그 밖에도 홍보석과 진주로 장식된 휘장, 레이스로 덮인 의자, 금강석과 녹옥이 박힌 왕좌, 형형색색의 대리석으로 만든 반원형의 기둥들, 수정 탁자 등등 어디를 둘러봐도 휘황찬란하게 빛나지 않는 것이 없었다.

공주가 천천히 걸어 문이 열려 있는 방으로 가 보니, 방 한가운데에 커다란 탁자가 있고 그 위에는 방금 만들어 김이 모락모락 나는 각양각색의 요리가 놓여 있었다. 생전 처음 보는 과일과 후식들도 있었다.

공주는 방 안으로 들어가 탁자 주위에 있는 황금으로 장식된 의자들 중 하나에 앉았다. 그러곤 음식을 하나 하나 맛보기 시작했다. 그러나 어찌 된 일인지 먹어도 먹어도 음식은 줄지 않았고, 과일도 후식도 처음 그대로였다.

공주는 수정 대접에 담긴 물에 손을 씻은 후 진주가 수놓인 수건에 손을 닦고 밖으로 나왔다. 대리석 계단을 올라가 보니 위층은 대낮처럼 밝았고 기다란 복도가 나 있었다.

넋을 잃고 걷다가 그녀는 어떤 방문 앞에 도달했다. 호기심에 문을 열었더니 그곳은 지금까지 본 적이 없는 아름다운 침실이었다. 방 한구석에는 황금으로 만든 침대가 놓여 있었다. 방 안에 있는 모든 물건은 홍보석, 녹옥 그리고 금강석으로 장식되어 있었다.

방 안을 둘러보고 있을 때 발소리가 들려왔다. 숨을 곳이 있나 급히 둘러보니 구석에 옷장이 놓여 있었다. 공주는 얼른 옷장 문을 열고 안으로 들어가 숨을 죽이고 열쇠 구멍을 통해 방을 지켜보기 시작했다.

잠시 후 청년이 방 안으로 들어왔다. 그는 긴 의자에 앉아 품에서 손수건을 꺼냈다. 손수건 안에는 비둘기가 낚아챈 간 공주의 황금 가위와 황금 바늘, 진주 통이 있었다. 그것을 본 공주는 놀라고 기뻐서 어쩔 줄 몰랐다.

청년은 땅이 꺼져라 한숨을 쉬었다.

"아! 이것들은 내 손에 있지만 지금 이 물건들의 주인은 어디에 있을까? 이곳에서 벗어나 그 아름다운 공주와 결혼하지 못한다면 난 자살하고 말 거야."

공주는 더 이상 옷장 속에서 있을 수가 없어 문을 열고 밖으로 뛰쳐나가 청년에게 달려갔다.

"왕자님, 저는 여기 있어요. 그러니 절대 자신을 해치는 일을 하지 마세요!"

전혀 예기치 못한 기쁜 일을 만나자 청년은 잠시 어안이 벙벙했다. 놀라움이 가라앉자 청년의 눈은 곧 기쁨으로 가득 찼다.

"공주님, 어떻게 여기에 왔지요? 여기는 사람이 올 수 없는 곳인데…… 잡히면 죽임을 당할 겁니다."

이에 공주는 아버지의 궁전 정원에서부터 시작하여 여기까지 오게 된 과정을 하나 하나 설명했다. 공주의 이야기를 다 듣고 난 청년은 이렇게 말했다.

"공주님, 공주님께서 보았던 그 처녀는 카프 산 뒤에 사는 요정 왕국의 공주입니다. 나는 공주님처럼 사람이며, 한 나라의 왕자이기도 합니다. 요정 공주는 나와 결혼하고 싶어하지만 내가 거절했습니다. 그래서 그녀는 나를 비둘기로 만들었답니다. 만약 공주님을 누가 본다면 우리 둘 다 살아남지 못할 겁니다."

"그렇다면 어서 앞장서서 이곳에서 나가요. 운명에 순종하고 왕자님께서 요정의 손아귀에서 벗어나는 날까지 기다릴게요."

"그렇다면 공주님은 오늘부터 내 아내가 된 겁니다. 당신을 이곳에 잘 숨겨 두겠어요. 아무도 눈치 채지 못할 거예요."

그날 이후로 왕자는 사랑하는 부인을 낮에는 비밀스러운 곳에 숨기고, 밤에는 밖에 나오게 해 즐겁게 지냈다. 꿈 같은 날들이 흘러갔다.

어느 날 공주는 왕자에게 말했다.

"희소식이 있어요. 곧 우리의 아이가 생길 거예요!"

"정말 기쁜 소식이구려! 말만 하시오. 당신이 원하는 것은 뭐든지 해 주리다."

"왕자님, 저는 여기에서 아이를 낳을 순 없어요. 아이를 잘 낳아키울 수 있는 무슨 방도가 없을까요?"

"걱정 마시오. 내가 당신을 우리 아버님의 궁전으로 데려가겠소. 하지만 나는 사람의 눈에 띄면 안 되니 아버지 궁전 입구까지만 데려다 주겠소. 거기서 기다리다가 궁전에서 일하는 사람이 나오면 '제발 저를 안으로 들어가게 해 주세요. 해산을 해야만 합니다. 계단 밑도 좋고 다락도, 미구간도 좋습니다. 제발 아이를 낳게 해 주세요.' 라고 애걸하시오. 이렇게 했는데도 당신은 안으로 들여보내지 않으면 '제발 바흐티야르^{행복}를 위해서라도 저를 안으로 들여보내 주세요.' 라고 말하시오."

공주는 왕자의 지시를 잘 새겨들었다. 왕자는 공주의 손을 잡았다.

"지금 눈을 감으시오."

공주는 눈을 감고 몇 초 동안 그렇게 서 있었다.

"이제 눈을 뜨시오."

공주가 눈을 떴을 때는 웅장한 궁전의 문 앞에 서 있었다. 사방을 둘러보며 왕자를 찾고 있을 때 머리 위에서 날갯짓 소리가 들렸다. 위를 쳐다보자 비둘기 한 마리가 빠르게 멀어지고 있었다. 공주는 궁전 문 앞 한구석에 앉아 기다렸다.

잠시 후 문이 열리고 안에서 하인 한 명이 나왔다.

"이봐요. 여기서 무얼 하고 있는 거요? 간청할 일이라도 있소?"

공주는 고개를 떨어뜨렸다.

"저는 집도 절도 없어요. 남편은 먼 나라에서 일하고 있고요. 우리는 아주 가난해요. 제발 저를 안으로 들여보내 주세요. 해산을 해야만 합니다. 계단 밑도 좋고 다락도 마구간도 좋습니다. 제발 아이를 낳게 해 주세요"

"여기가 내 집인 줄 아시오? 이곳은 왕이 기거하는 궁전이오. 잘못하면 나도 혼이 날 거요."

"제발 저를 안으로 들여보내 주세요. 더 이상 견딜 수가 없어요. 제발 바흐티야르를 위해서라도 저를 안으로 들여보내 주세요."

"그렇다면 잠시만 기다리시오. 금방 돌아오겠소."

하인은 궁전 안으로 들어가 집사장을 만나 여자가 얘기한 것을 알렸다. 집사장도 궁금하여 궁전 문으로 나왔다.

공주는 다시 한번 간곡히 요청했다.

"제발 바흐티야르를 위해서라도 저를 안으로 들여보내 주세요"

하인들은 공주의 팔을 부축하여 궁전 안으로 데려가 작은 창고에 들여보냈다. 방에 들어가자마자 공주는 진통을 시작했고 곧 달덩이 같은 아들을 낳았다. 하인들은 여자를 가엾게 여겨 침대와 이불을 넣어 주고 접시에 음식을 담아 가져왔다.

밤이 되었다. 날이 어두워지자 창고의 작은 창문에서 새의 날갯짓 소리가 들렸다. 공주가 고개를 들어 보니 창 밖에서 남편인 비둘기가 날개를 파닥이고 있었다.

"여보, 몸은 어떻소? 우리 아들은 무얼 하고 있소?"

"몸은 좋아요, 나의 바흐티야르님. 우리 아들은 새근새근 자고 있답니다."

"여보, 우리 아들의 이름은 꼭 흡티야르라고 하시오, 알겠소?"

"예, 알겠어요. 우리 아들의 이름은 이제부터 흡티야르예요."

남편이 비둘기에서 사람으로 변하여 자기 곁으로 올 거라고 생각한 공주는 그가 앉을 자리를 마련했다. 그러나 남편은 이렇게 말한 뒤 날아가 버렸다.

"여보, 나는 이제 가야 하오. 우리의 아들 흡티야르를 잘 돌봐 주시오."

그런데 그때 마침 문 앞을 지나가던 하인이 있었다. 하인은 방 안에 있는 여자가 누군가와 얘기를 하는 것을 듣곤 열쇠 구멍으로 안을 들여다보았다. 그러곤 곧장 집사장에게 달려가 자신이 들은 이야기를 전했다. 집사장은 하인이 말한 것을 별로 믿지 않았고, 그리하여 다음 날 밤 같은 시간에 방문 앞에서 안에서 들려오는 소리를 들어 보기로 했다.

다음 날도 비둘기 왕자가 창가에 날아와 아기는 잘 있는지 물었다.

"여보, 왕이신 나의 아버님과 어머님은 당신이 여기 있다는 것을 아직도 모르고 있소?"

"아직 모르고들 계세요."

"나는 이만 가 봐야겠소. 잘 있어요."

이러한 대화를 듣고 집사장은 자신의 귀를 의심하며 문을 열고 방 안으로 들어갔다.

"이봐요, 부인. 조금 전에 누구와 이야기를 나누었소?"

"나의 남편인 바흐티야르와 이야기했답니다."

"바흐티야르가 누구요?"

"비둘기예요."

집사장은 공주가 혹시 요정일지도 모른다고 생각하여 두려움에 떨며 달려가 왕에게 자신이 보고 들은 것을 알렸다.

왕은 '바흐티야르'라는 이름을 듣고는 매우 흥분했다. 어린 나이에 갑자기 사라져 버린 사랑하는 아들의 이름이 바흐티야르였던 것이다. 바흐티야르가 사라진 후 그의 방은 검은 천으로 덮여 아무도 출입을 못하도록 잠겨 있었다. 오랜 세월 동안 왕도 왕비도 하나밖에 없는 아들을 잃은 슬픔을 떨쳐 내지 못하고 있었다.

왕은 즉시 명령을 내려 바흐티야르의 방문을 열게 한 다음, 그 방으로 아이 엄마를 데리고 가 아이와 함께 바흐티야르의 침대에 눕혔다. 그날 이후로 왕과 왕비는 손자와 며느리를 애지중지 보살폈다. 어느 날 왕비는 며느리에게 말했다.

"애야, 제발, 내 아들에게 말해서 비둘기 처지라도 좋으니 우리가 보고 싶어한다는 말을 전해 다오. 너무 보고 싶어 참을 수가 없구나."

"예, 어머님. 알겠습니다. 오늘 저녁 꼭 어머님의 말씀을 전하겠습니다."

저녁이 되었다. 여느 때처럼 오늘도 비둘기가 날아와 창가에 앉았다.

"잘 지냈소, 여보? 사랑하는 흡티야르도 잘 지내지?"

"예, 우리 둘 다 잘 지내고 있어요. 그런데 당신께 부탁이 있는데요……."

"그래? 그 부탁이란 게 무엇이오?"

"아버님과 어머님이 밤낮을 눈물로 지새우고 있답니다. 비둘기 모습이라도 좋으니 당신을 단 한 번만이라도 보고 싶다고 하세요."

"알겠소. 그렇게 하겠소. 나도 부모님이 그리웠다오. 내일 저녁 이 시간에 이곳으로 오시라고 전해 주시오. 그렇지만 나에게 아무 말도, 아주 사소한 행동이라도 하지 마시라고 하시오. 만약 내 말을 듣지 않으신다면 나는 그 자리에서 죽고 만다오."

왕자는 이 말을 남기고 날아가 버렸다. 공주는 왕자가 남긴 말을 왕과 왕비에게 전했다.

다음 날 저녁 왕, 왕비, 대신들, 집사장, 하인, 하녀들 그리고 모든 궁전 사람들이 공주의 방에 모였다. 모두 흥분 속에서 비둘기를 기다렸다.

잠시 후 날갯짓 소리와 함께 비둘기가 창가에 날아와 앉았다. 비둘기는 아무 말도 하지 않고 방 안에 있는 사람들, 특히 아버지와 어머니를 한동안 바라보다가는 아무 말도 하지 않고 푸드득 날아가 버렸다. 비둘기가 날아간 후 왕비는 기절해 버렸다. 왕의 눈에도 눈물이 흘렀다.

모두 돌아간 후 왕비는 며느리에게 말했나.

"애야, 너도 보다시피 우리는 몇 년 동안 아들을 그리워했단다. 너도 알다시피 우리 대를 이을 왕자가 없단다 너두 왕자 없이는 살 수 없을 게다. 제발, 내일 저녁 바흐티야르와 이야기해서 그 애를 구할 방도가 없는지 알아보렴."

"어머님 말씀이 옳아요. 내일 왕자님과 얘기해 보겠습니다."

다음 날 날이 어두워지자 비둘기가 공주의 창가에 와 앉았다. 그리고 여느 때처럼 아들과 아내의 안부를 물었다.

"왕자님, 저희는 모두 잘 지내요. 그렇지만 당신 없이 지내는 나

날이 너무 힘들어요. 부모님도 모두 슬픔에 잠겨 있답니다. 어머님께서 어떻게 하면 당신을 도울 수 있을지 물으셨어요. 당신을 옛날 상태로 돌아오게 하기 위해 모든 것을 감수하시겠다고 말씀하셨어요."

"여보, 그 요정은 내가 태어난 지 40일² 만에 궁전에서 나를 훔쳐 왔다오. 그 후로 줄곧 그녀의 손아귀에서 벗어나지 못하고 있소. 이렇게 많은 시간이 흐른 후 그녀의 손에서 벗어나기란 쉽지 않소."

이 말을 한 뒤 왕자는 잠시 말을 멈추었다.

"오늘 저녁은 내가 말을 너무 많이 한 것 같소. 내일 와서 내가 헤어날 방도를 말해 주겠소."

그런 다음 비둘기는 푸드득 날아가 버렸다.

다음 날 저녁 왕, 왕비, 대신들, 집사장, 하인, 하녀들, 그리고 모든 궁전 사람들이 공주의 방에 모였다. 모두들 긴장하고 있는 가운데 비둘기가 날아와 창가에 앉았다. 그리고 언제나처럼 아내와 아들의 안부를 물었다.

"아버님과 어머님이 나를 구하고 싶어하시는 것을 알지만 이는 매우 어려운 일이오. 내가 가장 쉬운 방법을 말해 주겠소. 할 수 있다면 얼마나 좋겠소. 그렇지만 실패하면 이후로 나를 절대 볼 수 없을 것이오."

왕자가 이렇게 말하자 공주는 왕과 왕비의 얼굴을 쳐다보았다. 왕과 왕비는 뭐든 하겠다는 의미로 고개를 끄덕였다.

"그렇다면 왕자님, 당신을 구하는 가장 쉬운 방법이 무엇인지 말해 주세요. 왕과 왕비님께서 당신을 위해 무엇이든지 하겠다고 하십니다."

"지금부터 내가 말하는 것을 명심해서 듣고 그대로 하시오. 만약 내가 말한 대로 하지 않는다면 나는 어찌 할 방법이 없소."

"빨리 말씀해 주세요. 당신과 함께 살기 위해서는 무슨 일이든지 할 준비가 돼 있어요."

비둘기 모습을 한 왕자는 어머니, 아버지, 아내 그리고 아들을 한동안 쳐다본 후 말했다.

"지금 내 말을 잘 들으시오. 내일 아침 일찍 시종들은 시장에 가서 솜을 사시오. 반드시 솜을 땅에 닿지 않게 들고 궁전으로 가져와야 하오. 그런 다음 땅에 닿지 않도록 하여 솜을 꼬아 실을 만드시오. 또 땅에 닿지 않게 하여 그 실로 옷을 짜시오. 오후가 되기 전에 그 털실 옷을 들고 에윱 술탄 사원에 가시오. 그 사원의 뜰에 비둘기들이 놀고 있을 것이오. 그 비둘기 중 맨 앞에 몸은 하얗고 산호빛 주둥이에 산호 빛 발을 한 비둘기가 나요. 사원에서 오후 기도 시간을 알리는 소리가 들리기 전에 그 털실 옷을 내게 던지고 뒤돌아보지 말고 가시오. 모든 것을 오후 기도 시간 전에 마쳐야만 하오. 내가 말한 것 중 하나라도 잘못하면 다시는 나를 볼 수 없을 것이오."

말을 마치고 왕자는 날아가 버렸다. 그날 밤 공주, 왕, 왕비 그리고 모든 궁전 사람들은 아침까지 잠을 이루지 못했다.

드디어 날이 밝자 시종들은 새벽같이 시장에 가서는 상점 문이 열리자마자 솜을 사서 땅에 닿지 않도록 조심하여 궁전까지 가지고 왔다. 하인, 하녀 그리고 시종들이 모조리 동원되어 쉬지 않고 일한 끝에 털실 옷이 완성되었다.

털실 옷이 완성되자 미리 준비시킨 마차를 달려 에윱 술탄 사원으로 향했다. 어느새 정오가 거의 가까워 오고 있었다. 마차에서 내려 사원으로 들어가니 뜰에는 수백 마리 비둘기가 돌아다니고 있었다. 자세히 보니 맨 앞에 몸이 하얗고 부리와 발이 산호 빛인 비둘기가 있었다.

오후 기도 시간을 알리기 위해 무에진이 첨탑으로 올라가기 시작했을 때 시종장은 그 비둘기에게 다가가 털실 옷을 던지고는 뒤도 돌아보지 않고 마차에 올라탔다. 그리고 다른 시종들과 함께 궁전으로 향했다.

왕, 왕비 그리고 공주는 초조해하며 결과를 기다리고 있었다. 시종장은 궁전으로 돌아와 자신이 한 일을 일일이 설명했다. 사람들은 그제야 안도의 한숨을 내쉬며 궁전의 창문을 통해 밖을 내다보기 시작했다.

새 옷으로 단장한 궁전 사람들은 기쁨과 흥분에 넘쳐 궁전의 문, 계단 그리고 정원에서 왕자를 기다리고 있었다. 궁전의 정문에는 병사들이 줄지어 서 있었다. 사람들은 왕자가 언제 어떻게 올 것인지, 어떻게 생긴 사람일지에 대해 이야기하고 있었다. 한 명의 병사가 헐레벌떡 궁전의 정원으로 뛰어 들어와 기쁨에 넘친 목소리로 소리쳤다.

"오십니다, 오십니다!"

왕, 왕비 그리고 공주는 서둘러 정문으로 향했다. 잠시 후 키가 크고 아주 잘생긴 청년이 궁전 정문을 통해 안으로 들어왔다. 왕자는 달려와 아버지를 껴안았다. 부자가 상봉하는 모습은 그야말로 장관이었다. 그들은 한참 동안 떨어질 줄 몰랐다. 모든 사람이 기쁨의 눈물을 흘렸다. 왕비도 아들을 껴안고 싶어 안달하며 바라만 보고 있었다. 아버지와 어렵사리 떨어진 왕자는 어머니에게 달려가 손등에 입을 맞추고 껴안았다.

공주도 남편에게 다가가 아들 홉티야르를 내밀었다. 사랑하는 아들을 품에 안은 왕자는 한 손으로 공주의 손을 잡았다.

왕은 이제 아들이 돌아와 슬픔이 끝났으니 커다란 잔치를 벌이라고 명하고 가난한 사람들에게 돈과 음식을 나누어 주었다.

한편 이 소식은 공주의 어머니와 아버지에게도 전해졌다. 공주가 사라진 후 슬픔에 잠겨 있던 그들은 다시금 기쁨의 눈물을 흘렸다. 이리하여 왕자와 공주는 다시 혼례식을 올리고 행복하게 오래 오래 살았다.

마지막으로 켈올란은 열심히 일해 공주에게 받은 목욕탕을 더 크게 번창시켰다. 그는 생각날 때마다 공주님의 행복을 위해 기도하며, 어머니를 모시고 아내와 아이들과 함께 행복하게 살았다고 한다.

●——주

1 대머리 소년. 터키 민담에 자주 등장하는 인물로, 대머리라는 치명적인 약점을 가졌지만 착하고 영리해서 마침내 공주와 혼인하는 데 성공하는 역할로 나온다.

2 40은 터키 사람들의 생활과 밀접한 관련이 있는 숫자이다. 터키에서는 아기가 태어난 후 40일 동안은 외출하거나 남에게 보여 주지 않는다. 생후 40일 동안 엄마와 천사들이 아기를 보호해 준다고 믿기 때문이다. 또 사람이 죽은 후 40일째가 되면 고인의 가족들이 친척이나 다른 사람들에게 음식을 장만해 나누어 주는 풍습도 있다.

3 기도를 읊는 사람. 이슬람 교에서는 하루에 다섯 번(아침 6시경, 정오, 오후 4시경, 저녁 7시경, 저녁 8시경) 기도를 올리는데, 무에진이 사원 첨탑에 올라가 코란 구절을 읊어 줌으로써 기도 시간을 알린다.

똑똑한 아이는 모두가 좋아한다

옛날에 어느 나라에 왕이 살았다. 어느 날 왕은 대신 한 명을 불러 말했다.

"자, 1리라¹⁾ 여러의 화폐 단위를 받아라. 그 돈으로 숫양을 사서 그 고기를 가져오고 양털로 만든 옷을 가져오너라. 그렇지만 내가 준 돈과 숫양을 다시 가져와야 한다. 네게 40일의 기한을 주마. 내가 한 말을 이행하지 않으면 41일째가 되는 날 네 목을 치겠다."

대신은 곧장 자신의 방으로 달려가 양손으로 머리를 싸매고 고민에 빠졌다. 왕의 명령을 어떻게 이행할 것인가? 너무나도 어려운 일이었다. 그날 밤을 꼬박 샌 대신은 다음 날 생각도 정리할 겸 먼 나라로 여행을 떠나기로 결심했다. 그리하여 날이 밝는 대로 아무의 눈에도 띄지 않게 비밀리에 길을 나섰다.

대신은 한참 동안 걷다가 한 농부와 마주쳤다. 대신은 농부에게 가서 인사했다.

"먼 길을 걸어와 매우 피곤하여 이젠 걸을 힘도 남아 있지 않소.

저 언덕까지만 나를 업고 가면 거기에서 마을까지는 내가 당신을 업고 가겠소."

농부는 처음 보는 사람의 말을 들은 척도 하지 않았다. 그들은 한 마디도 하지 않고 걷기 시작했다. 잠시 후 숲이 나왔다. 대신은 다시 농부에게 말했다.

"저 숲에 혼자 들어가서 둘이 나옵시다! 어떻소?"

농부는 이 말에도 대꾸하지 않았다. 그들은 또 걸었다. 얼마 지나지 않아 어떤 집 앞에 다다랐다. 문 앞에 한 소녀가 서 있었다. 그제야 농부가 입을 열었다.

"자, 여기가 나의 집이오."

대신을 집을 한번 둘러보았다.

"좋은 집이구려. 하지만 배의 키가 굽었는걸요."

농부는 이 말을 이해하지 못해 떨떠름했지만 아무 말도 못 하고 집 안으로 들어갔다. 대신은 집 밖에 홀로 서 있다가 마을로 가 그곳에서 방을 빌려 머물렀다.

밤이 되어 농부는 저녁밥을 먹으려고 딸과 함께 식탁에 앉았다. 딸이 아버지에게 물었다.

"아버지, 오늘 아버지와 함께 마을까지 온 수염 난 아저씨가 누구예요?"

"나도 모르는 사람이란다. 오는 길에 만났다. 내게 이런저런 이야기를 하더라만 아무것도 이해할 수 없어서 대답을 못 했단다."

"무얼 물어보았기에 대답을 못 하셨어요?"

"먼저 '저 언덕까지만 나를 업고 가면 거기에서 마을까지는 내가 당신을 업고 가겠다.'고 하더구나. 왜 그런 말을 하는지 이해할 수가 없었지. 누군지도 모르고 처음 보는 사람을 내가 왜 업고 가야 하는지 화가 나서 대꾸도 하지 않았단다. 또 잠시 후 숲에 이르자 그 사람은 '저 숲에 혼자 들어가서 둘이 나옵시다!' 라고 말하더구나. 물론 그때도 무슨 말을 하는지 이해하지 못했고 기분이 상했지만 참았지. 그러곤 마을에 도착해서 그를 떼어 낼 심산으로 '여기가 우리 집이오.' 라고 말했지. 그런데 글쎄, 그자가 '좋은 집이구려. 하지만 키가 굽었군요.' 라고 말하더구나. 나는 화가 벌컥 나서 집 안으로 들어왔단다. 집이 무슨 배냐, 키가 있게? 미친 사람이 아니고서야, 원!"

딸은 아버지의 말을 주의 깊게 들은 후 말했다.

"아버지, 아버지가 실례하셨어요. 그 아저씨의 말들에는 모두 의미가 담겨 있어요. 먼저 식사를 계속하세요. 제가 그 말들이 무슨 뜻인지 말씀드릴게요."

딸로부터 대신이 한 말의 뜻을 전해 들은 농부는 식탁에서 일어나 곧장 대신이 묵고 있는 곳으로 갔다.

"죄송합니다. 제가 너무 피곤해서 선생께서 낮에 했던 말의 뜻을 이해하지 못했습니다. 귀도 잘 들리지 않고요. 저를 용서해 주십시오. 밥을 먹을 때 생각해 보곤 무슨 뜻인지 알게 되었습니다. 언덕까지 나를 업고 가면 거기부터 내가 당신을 업고 가겠다고 했던 말씀은 언덕까지는 내가 말하고 당신은 듣고 언덕을 넘어서는 당신이 말하고 내가 듣는다는 의미였지요? 숲에 혼자 들어가서 둘이 나오자고 했던 말씀은 지팡이를 하나씩 만들어 의지하며 걸어 나오자고 제의하신 것이고요? 저희 집 앞에 오셔서 집은 좋지만 키가 굽었다고 하신 말씀은 제 딸이 예쁘지만 코가 비뚤어졌다는 의미에서 하신 말이고요, 그렇죠?"

대신은 농부의 말을 주의 깊게 들었다.

"잘 이해하셨구려. 하지만 이건 당신 머리에서 나온 말은 아닌 듯합니다. 누가 말해 줬는지 솔직히 말씀해 보시지요."

농부는 잠시 생각한 후 대답했다.

"아무도 말해 주지 않았습니다."

그렇지만 대신은 농부가 한 말을 믿지 못하겠다며 사실을 얘기해 달라고 간청했다. 이에 농부는 어쩔 수 없이 대답했다.

"집 앞에서 보았던 제 딸을 기억하시지요? 그 애가 말해 주었답니다."

"당신 딸과 만나고 싶소. 그 아이가 우리보다 더 똑똑한 것 같소. 내게 큰 문제가 있는데, 어쩌면 당신 딸이 해결해 줄지도 모르겠소."

농부는 집으로 가 딸을 데리고 왔다.

"너처럼 똑똑한 딸을 두어서 너희 아버지는 좋겠구나. 똑똑한 아이는 모든 사람이 좋아하지. 내게도 해결할 문제가 있는데 네가 좀 도와다오."

"칭찬해 주셔서 감사합니다. 그런데 무슨 문제가 있으시지요?"

"왕이 나에게 1리라를 주면서 '그 돈으로 숫양을 사서 그 고기와 털을 가져오너라. 그렇지만 내가 준 돈과 살아 있는 숫양을 다시 가져와야 한다.'라고 말했단다."

소녀는 대신의 말이 끝나자 깔깔 웃었다. 대신은 매우 놀랐다.

"아니, 왜 그렇게 웃느냐? 이게 웃을 일이냐? 만약 왕이 명한 일을 40일 만에 못 해내면 41일이 되는 날 내 목을 치겠다고 말했단다. 나 같은 늙은이의 목이 달아나면 좋겠느냐?"

"정말 쉬운 일을 가지고 걱정하고 계시는군요. 걱정하지 마세요. 제가 아저씨의 목숨을 구해 드릴게요."

이 말을 들은 대신은 매우 기뻤다.

"고맙다. 애야. 그런데 어떻게 할 거니?"

"왕이 주신 그 1리라로 털을 깎지 않은 숫양을 사세요. 털을 깎은 후 그 양을 2리라에 파세요. 1리라를 두고 남은 1리라로 작은 털옷을 만드세요. 그리고 숫양의 꼬리 부분을 잘라 예전에 두었던 1리라와 털옷과 함께 접시에 올려서 왕에게 가져가세요. 됐죠?"

대신은 어린 계집아이의 비상한 머리에 놀랐다. 그는 목숨을 구해 준 아이와 아버지에게 고맙다고 말하고 마을을 떠났다.

대신은 먼 길을 다시 걸어 궁전으로 돌아가 왕의 명령을 이행했다. 왕은 대신에게 누가 조언을 해 주었는지를 물었다. 대신은 처음에는 말하려 들지 않았지만 왕이 다그치자 어쩔 수 없이 말했다. 이에 왕은 그 똑똑한 소녀를 만나고 싶어져서 마차를 보내 소녀를 궁전으로 불러들였다.

"네가 아주 똑똑하다고 들었다. 네가 얼마나 똑똑한지 한번 시험해 보자. 만약 내가 하는 말을 이행하지 못하면 감옥에 넣을 거다. 알겠느냐!"

소녀는 웃으며 대답했다.

"뭐든지 말씀만 하세요. 저는 신 말고는 그 누구도 두렵지 않아요. 무엇을 물으시든지 대답하겠어요."

소녀의 용감한 말에 왕은 웃으며 말했다.

"너는 참 용감한 아이구나. 그렇다면 지금부터 내 말을 잘 들어라. 내 마구간에 있는 암말이 사흘 안에 망아지 두 마리를 낳도록 만들어라. 그리고 저 유리병에 내가 지금 아흔아홉 개의 금화를 넣고 뚜껑을 봉하여 네게 줄 테니 지금 내 눈앞에서 그 뚜껑을 열고 금화 백 개를 꺼내어라. 그리고 마지막으로 내 앞에서 칠순 먹은 노인으로 변하여라. 이 모든 것을 하는 대가로 네가 말 두 마디를 할 수 있는 기회를 주마."

소녀는 망설임 없이 곧장 대답했다.

"그럼 당장 하지요. 먼저 전하께 말 두 마디 해도 되지요?"

"물론이지. 말해 보아라"

"해를 없애세요!"

소녀의 말을 들은 왕은 화가 나서 소리쳤다.

"애야, 너 정신 있느냐? 내가 어떻게 하늘에 떠 있는 해를 없앨 수 있겠느냐? 내가 할 수 있는 것을 말해라."

"해를 없애는 것이 불가능한 일이라고 하시면, 전하께서 제게 하명하신 것들은 가능한 일입니까?"

소녀의 말을 들은 왕의 분노는 삽시간에 사그라졌다. 소녀의 영특함에 놀란 왕은 소녀의 아버지에게 암소와 수소 그리고 농토를 하사하고, 소녀에게는 학교에 다닐 때 타라고 황금으로 장식된 마차를 선물로 주었다. 부녀는 병사들의 호위를 받고 마을까지 갔다. 그 후 부녀는 오랫동안 행복하게 잘 살았다.

젊어 고생은 사서도 한다

옛날 아주 오랜 옛날에 류즈갸르올루^{바람의 아들}라는 사람이 살았다. 그는 결혼을 하여 슬하에 누르유즈^{광채 나는 얼굴}라는 다섯 살짜리 아들과, 귤유즈^{장미 얼굴}라는 네 살짜리 딸을 두었다.

류즈갸르올루 가족은 남부럽지 않은 부자여서 무엇 하나 부족함이 없이 행복하게 살았다. 류즈갸르올루는 사냥을 좋아하여 영양처럼 아름다운 말을 타고, 쏜살같이 달리는 사냥개 두 마리를 데리고, 쏘기만 하면 맞추는 사냥총을 어깨에 메고 매일 아침 사냥을 나갔다.

류즈갸르올루는 여느 날처럼 아침 일찍 숲으로 사냥하러 나갔다. 그러나 이상하게도 그날은 하루 종일 돌아다녔는데도 사냥감을 찾지 못했다. 그는 잠시 쉬면서 말에게 물을 먹이려고 물가에 자리를 잡고 앉았다. 사냥개들도 그의 곁에 웅크리고 앉아 가쁘게 숨을 몰아쉬었다. 그런데 문득 사슴 한 마리가 그의 시야에 들어왔다. 사슴의 털은 햇빛을 받아 반짝반짝 빛나고, 생기 있는 검은 눈은 멀리서도 똑똑이 알아볼 수 있었다. 류즈갸르올루는 눈 한번 깜박이지 않고 사슴을 바라보았고, 사슴도 미동도 하지 않고 뚫어져라 그를 쳐다보고 있었다.

류즈갸르올루는 이 기회를 놓치지 않기 위해 벌떡 일어나 말에 올라탔다. 사냥개들도 일어나 쏜살같이 사슴을 쫓았다. 류즈갸르올루는 말을 달리며 계속해서 총을 쐈다.

그런데 이게 무슨 조화인지 류즈갸르올루가 총에 들어 있는 총알을 다 쏘도록 사슴을 맞힐 수가 없었다. 사냥감을 쏠 때마다 한 방에 명중시켰던 그였다.

사슴은 계속해서 도망쳤고, 그도 계속해서 뒤를 쫓았다. 결국 어느 산자락에서 사슴은 사라지고 말았다. 사슴이 어디로 사라졌을까 하고 여기저기 두리번거리고 있을 때 먼 곳에서 무슨 소리가 들려왔다. 누구의 목소리인지 확실치 않은 그 목소리는 이렇게 말하고 있었다.

"류즈갸르올루, 류즈갸르올루! 젊었을 때 부자로 살고 늙었을 때 가난하면 좋겠느냐? 아니면 젊었을 때 가난하게 살고 늙었을 때 부자로 살고 싶으냐?"

류즈갸르올루는 사슴을 찾는 것을 포기하고 계속해서 귓가를 맴도는 이 말을 곰곰이 생각하기 시작했다.

'이 말을 누가 했을까? 어떻게 대답을 하면 좋지?'

집으로 돌아와서도 그는 앉으나 서나 그 말만을 생각했다. 밤에는 이 생각 때문에 잠조차 이루지 못했다.

다음 날 아침 류즈갸르올루는 다시 사냥을 나섰다. 사방을 뛰어다녔지만 동물은커녕 새 한 마리 눈에 띄지 않았다. 그는 어제 앉았던 물가로 다시 갔다.

어제 보았던 사슴이 있었다. 그는 속으로 '오늘은 저 사슴을 놓치지 말아야지.'라고 생각하며 사슴을 쫓기 시작했다. 이번에도 몇 번이나 총을 쐈지만 맞힐 수가 없었다. 계속 쫓아가던 그는 어제 그 산자락에서 또 사슴의 흔적을 잃어버리고 말았다. 어제 들었던 그 소리가 또 들려왔다.

"류즈갸르올루, 류즈갸르올루! 젊었을 때 부자로 살고, 늙었을 때 가난하면 좋겠느냐? 아니면 젊었을 때 가난하게 살고, 늙었을 때 부자로 살고 싶으냐?"

류즈갸르올루는 궁금증이 더해 갔다. 주위를 둘러보았지만 아무것도 눈에 띄지 않았다. 그 자리에서 꼼짝 않고 기다렸지만 그 소리는 다시 들려오지 않았다. 그는 깊은 생각에 빠져 집으로 돌아왔다. 아내는 이틀이나 깊은 상념에 잠겨 있는 남편을 더 이상 참을 수가 없어 물었다.

"여보, 무슨 걱정이 있으세요? 어제부터 죽 깊은 생각에 빠져 있는 것 같군요. 지금까지 아무 걱정 없이 잘 살아 왔잖아요. 무슨 일인지 제게도 말해 줄 수 없나요?"

류즈갸르올루는 일생의 동반자에게 자신이 보고 들은 것을 이야기했다.

"그걸 뭐 그렇게 깊이 생각하세요? 사람이 자신의 마지막과 노년 그리고 은퇴 후를 생각하는 건 당연하지요. 내일 사냥을 가서 같은 소리가 또 들리면 '젊었을 때 가난하고, 늙었을 때 부자로 살고 싶다.'하고 대답하세요!"

류즈갸르올루는 부인의 말이 옳다고 생각했다. 다음 날 사냥을 갔을 때 또 그 사슴을 보았다. 따라가며 몇 번이나 총을 쐈지만 명중시키지 못했다. 잠시 쉬고 있을 때 또 그 소리가 들려왔다.

"류즈갸르올루, 류즈갸르올루! 젊었을 때 부자로 살고 늙었을 때 가난하면 좋겠느냐? 아니면 젊었을 때 가난하게 살고 늙었을 때 부자로 살고 싶으냐?"

류즈갸르올루는 망설임 없이 대답했다.

"젊었을 때 가난하고 늙었을 때 부자로 살고 싶다."

이 말을 한 후 그는 집으로 향했다. 집으로 가는 길에 사냥개 한 마리가 시내를 건너지 못하고 물에 빠져 죽어 버렸다. 류즈갸르올루는 개의 죽음을 보고 가슴이 아팠다. 그러더니 이번에는 또 말이 독초를 먹고 죽어 버렸다. 슬펐지만 이미 엎질러진 물이었다. 어쩔 수 없이 개 한 마리만 데리고 집에 거의 다 왔는데 이웃집 지붕에서 기왓장이 떨어졌다. 이렇게 해서 그는 따르는 사냥개들과 말을 하루 사이에 모조리 잃었다.

그때까지 슬픔이나 걱정을 모르고 살아 왔던 류즈갸르올루는 눈물을 흘리며 집으로 돌아왔다. 부인도 그를 따라 울기 시작했다. 그들 부부는 먹지도 자지도 않고 울면서 꼬박 밤을 새웠다.

그런데 구름 한점 없던 하늘에 갑자기 먹구름이 끼더니 폭풍이 휘몰아치고 천둥 번개가 치기 시작했다. 그런데 하필이면 번개가 류즈갸르올루의 저택 근처에 있는 마른 풀더미에 떨어져 불이 나고 말았다. 그 불은 저택까지 옮겨 와 눈 깜짝할 사이에 처마에 옮아 붙었다. 거대한 저택은 한순간에 불길에 휩싸였다.

류즈갸르올루는 간신히 아내와 아이들은 구해 냈지만, 물건도 돈도 입을 것도 하나 없이 길거리에 나앉게 되었다.

누르유즈와 귤유즈는 계속해서 울어 댔다. 아내도 아이들과 함께 울었다. 류즈갸르올루도 가슴이 무너졌지만 내색하지 않으려고 했다.

"너무 상심 마오. 어쩌겠소. 어차피 일어난 일인걸. 지금부터 열심히 일하면 집도 다시 사고 옛날처럼 잘살 수 있을 것이오."

폭풍은 거대한 저택이 잿더미로 변한 후에야 잠잠해졌다.

류즈갸르올루의 가족은 거의 헐벗은 채로 길을 나섰다. 그들은 산을 넘고 강을 건너 어느 마을에 도착했다. 가족은 그 마을에 있는 농장에서 일하기 시작했다. 가족 모두 밭일을 하면서 겨우 배를 채울 수가 있었다.

하지만 며칠이 지나자 그곳에서 더 이상 할 일이 없어졌다. 류즈갸르올루 가족은 다른 일감을 찾아 길을 나서야 했다. 미루나무 숲을 지나 가시밭을 지나 하루 종일 걸었다. 얼마 지나지 않아 넓은 시내가 나타났다. 시내를 건널 다리가 없어 헤엄쳐서 건너갈 수밖에 없었다. 류즈갸르올루와 부인은 헤엄쳐 건너갈 수 있었지만, 아직 어린 아이들이 문제였다. 류즈갸르올루는 나뭇가지들을 엮어 작은 뗏목 두 개를 만들어 그 중 한 대에 누르유즈를 태우고, 다른 한 대에 귤유즈를 태웠다. 류즈갸르올루는 한 손으로 헤엄을 치고 다른 한 손으로 누르유즈가 탄 뗏목을 끌었다. 부인은 귤유즈가 탄 뗏목을 끌었다. 시내 한가운데에 이르자 갑자기 물의 흐름이 빨라지면서 두 아이의 뗏목이 부부의 손에서 떨어져 나갔다.

부부는 건너편 땅으로 올라가 뗏목이 가는 방향으로 뛰어가려고 했지만 뗏목은 이미 눈앞에서 사라진 지 오래였다. 그래도 부부는 포기하지 않고 뗏목이 사라진 방향으로 뛰기 시작했다.

저녁이 되어 주위가 어두워졌다. 그러나 아이들의 흔적은 도저히 찾을 수가 없었다.

다음 날 아침 그들은 다시 길을 떠났다. 산과 강을 넘어 새들과 동물들을 벗삼아 계속 길을 갔다. 그들은 이 마을 저 마을을 돌아다니며 부유한 사람들의 머슴 노릇을 했다. 연명을 하려면 새벽부터 밤늦게까지 일을 해야 했다. 그러다 그곳에서 할 일이 없어지면 다시 길을 나섰다. 너무 피곤하여 더 이상 걸을 수 없을 때까지 계속 갔다.

어느 날 그들이 며칠을 머물던 마을에서 다시 길을 떠나려고 할 때 왕의 부관이 부하들을 거느리고 왔다. 마을마다 돌아다니며 궁전에서 일할 아름다운 처녀들을 찾던 그는 류즈갸르올루의 부인을 본 그는 그녀를 데려다가 궁전 요리사로 쓰려고 했다.

류즈갸르올루는 아내가 자신과 함께 고생하며 돌아다니느니 차라리 편한 곳에서 일하는 것이 더 낫다고 여겨 그의 제의를 수락했다. 이렇게 하여 류즈갸르올루는 홀로 남게 되었다.

그 후 류즈갸르올루는 수없이 많은 마을을 전전하며 오직 끼니를 굶지 않기 위해 닥치는 대로 일했다. 이렇게 사는 동안 어언 20년이 흘렀다. 류즈갸르올루는 때때로 옛날에 행복하게 살던 때를 회상했다. 아내, 아이들, 저택, 말, 사냥개가 떠오르면 절로 한숨이 나왔다. 하지만 그는 언젠가는 옛날처럼 행복하게 살 수 있는 날이 올 거라는 믿음을 버리지 않았다.

어느 날 그는 큰 도시에 도착하게 되었다. 류즈갸르올루는 너무나 배가 고파 쓰러질 것만 같았다. 빵 한 쪽을 얻어먹기 위해 빵 굽는 곳을 찾아 몇 시간을 돌아다녔다. 그러나 그렇게 큰 도시에서 눈을 씻고 봐도 사람 그림자라고는 찾아볼 수가 없었다. 마침내 빵집 하나가 눈에 들어왔다. 문이 열려 있었고, 빵도 있었지만 정작 사람은 눈에 띄지 않았다. 배가 고파 죽을 지경이지만 주인이 없는 빵집에서 빵을 먹는 것은 도둑질이었다. 류즈갸르올루는 빵집 앞에 앉아 주인을 기다렸다.

그런데 그날은 마침 그 나라에서 왕을 뽑는 날이었다. 그 나라에서는 왕이 죽으면 나라의 관습에 따라 모든 시민이 도시 광장에 모여 행운의 새를 날렸다. 그리하여 그 새가 머리 위에 앉는 자가 왕이 되었다.

류즈갸르올루가 빵집 앞에 기절한 것처럼 누워 있을 때 광장에서는 새를 날렸다. 수백 수천의 사람이 새가 누구의 머리에 앉을지 흥분 속에 지켜보았다. 새는 광장 위를 몇 번 맴돌더니 어디론가 날아갔다. 새를 따라가는 임무를 맡은 감시관이 뒤를 따랐다. 도시에 들어간 감시관은 행운의 새가 빵집 앞에 기절한 채 누워 있는 늙은 류즈갸르올루의 머리에 앉은 것을 보고 깜짝 놀랐다. 가까이 다가가 살펴보니 그 사람은 머리와 옷이 마구 흐트러지고 더럽고 비쩍 마른 게 몰골이 말이 아니었다. 그는 이건 뭔가 잘못되었다고 생각하며 류즈갸르올루의 머리 위에서 행운의 새를 낚아챘다.

"왕이 선출되는 이 시점에 넉살 좋게 잠을 자다니, 원."

감시관은 류즈갸르올루를 질질 끌면서 광장으로 데려왔다. 사람들은 이번 것은 무효라며 다시 행운의 새를 날려보냈다. 새는 광장 위에서 세 번 정도 원을 그리더니 다시 한번 류즈갸르올루의 머리에 앉았다.

"됐다, 됐어!"

"안 돼! 삼세번이야, 다시 한 번 새를 날려야 해!"

그리하여 세 번째로 행운의 새를 날리게 되었다. 이번에도 새는 곧장 류즈갸르올루의 머리에 가 앉았다. 이젠 아무도 반대를 할 수 없었다. 이렇게 해서 세상에 다시 없을 거지는 왕이 되었다.

궁전 사람들은 류즈갸르올루를 데려가 목욕을 시키고, 음식도 먹인 후 왕의 예복을 입혀 왕좌에 앉혔다.

엉겁결에 왕이 된 류즈갸르올루는 자신에게 일어난 일을 생각할수록 웃음이 나왔다. 그리고 젊었을 때 숲 속에서 들었던 소리를 떠올렸다.

이러한 생각을 하고 있을 때 부관이 왔다.

"왕이시여, 청이 있습니다. 거느리고 계신 병사 중 가장 유능한 병사 두 명을 제게 주십시오. 귀중한 궤를 지킬 병사가 필요합니다."

왕은 부관이 원하는 대로 병사 둘을 주었다. 부관은 그들을 데리고 어떤 방으로 들어가 바닥에 있는 기다란 궤를 가리키며 말했다.

"이 궤 안에 나의 소중한 물건이 들어 있다. 아무도 훔치지 못하게 잘 지켜라!"

부관이 돌아간 후 두 병사는 궤 주위를 왔다갔다하기 시작했다. 잠시 후 그들은 지루하기도 하여 시간도 보낼 겸 각자 지내 온 이야기를 하기로 했다. 한 명이 지금까지 자신에게 일어났던 일들을 말했다.

"내 이름은 누르유즈야. 옛날에는 아버지와 어머니가 있었고 아주 행복했어. 동생과도 재미있게 놀면서 시간을 보냈지. 그런데 어느 날 불행이 닥쳤어. 우리 집이 불타고 가축들도 몽땅 죽었지. 돈도 집도 없어진 아버지와 어머니는 우리를 데리고 길을 나섰지. 그런데 불행은 거기서 끝나지 않았어. 시내를 건너가려고 작은 뗏목에 탔는데 급한 물살에 휩쓸려 어쩔 수 없이 부모님과 헤어지게 된 거야. 다행히 방앗간 주인이 우리를 구해 주고 친자식처럼 돌봐 줬어. 나는 병사가 되어서 이곳에 오게 되었고, 여동생 귤유즈는 지금 방앗간에서 일을 돌보고 있지. 부모님이 정말 보고 싶어. 살아 계시는지, 잘 지내시는지……."

누르유즈의 눈에는 눈물이 맺혔다. 동료 병사가 그를 위로하고 있을 때 어디선가 쉰 목소리가 들려왔다.

"울지 마라! 울지 마라, 아들아! 나는 여기 있다. 어서 나를 구해 다오!"

그 목소리는 거의 신음소리 같았다. 병사들은 어디서 들려오는 소리인지 귀를 쫑긋 세웠다. 알고 보니 그 목소리는 궤에서 흘러나오는 것이었다. 그들은 부관의 명령을 어기고 장총의 끝과 개머리판으로 궤를 깨고 뚜껑을 열었다.

그런데 그 안에서 나온 사람은 뜻밖에도 누르유즈의 어머니였다. 어머니는 매우 늙고 말라 있었다. 그래도 어머니와 아들은 한눈에 서로를 알아보고 껴안고 입맞추었다.

부관은 궁전의 요리사를 시켜 준다며 누르유즈의 어머니를 데려와서는 자기 첩이 되라고 강요했고, 어머니가 끝내 거부하자 바다에 던져 버리려고 음모를 꾸몄던 것이다.

후환이 두려워진 누르유즈와 동료는 어머니를 데리고 곧장 왕의 앞으로 나가 부관의 악행을 고발했다. 누르유즈와 어머니는 왕좌에 앉아 있는 류즈갸르올루를 알아보지 못했지만, 류즈갸르올루는 아내와 아들을 한눈에 알아보았다. 그는 자리에서 벌떡 일어나 달려가 그들을 껴안았다.

오랜만에 가족과 해후한 왕 류즈갸르올루는 사랑하는 딸 귤유즈가 몹시 보고 싶었다. 류즈갸르올루 가족은 급히 마차를 대령시켜 딸이 살고 있는 방앗간으로 달려갔다.

류즈갸르올루와 아내는 아름다운 처녀로 자라난 귤유즈를 보고 다시 한번 감격의 눈물을 흘렸다.

류즈갸르올루는 아들과 딸을 친자식처럼 키워 준 방앗간 주인 내

외를 궁전의 재상으로 임명하고, 아내에게 몹쓸 짓을 한 부관은 나라에서 추방시켰다.

그날 이후로 류즈갸르올루 가족은 옛날보다 더 행복하게 살았다. 류즈갸르올루는 숲 속에서 들었던 말을 생각할 때마다 나이가 들어 맛보는 행복은 젊었을 때의 행복보다 더 소중하다는 것을 가슴에 새겼다.

소금처럼 소중한 사람

옛날 어느 나라의 왕에게 세 아들이 있었다. 그런데 그 왕은 그리 영리한 편이 아니어서 종종 나이와 직위에 걸맞지 않은 행동으로 사람들의 웃음거리가 되곤 했다. 왕은 나라 살림을 돌보는 일도 게을리하고 사냥을 하거나 연회를 베푸는 일로 세월을 보냈다.

어느 날 왕은 아들 세 명을 불러들였다.

"어디 말해 보거라, 나를 얼마나 좋아하느냐?"

아버지가 이상한 질문을 하는 데 익숙해진 왕자들은 그 질문에 신경을 쓰지도 않았다. 그렇지만 질문에 대답을 하지 않으면 왕은 화를 버럭 내곤 하였으므로, 먼저 큰아들이 대답했다.

"아버님, 저는 아버님을 금만큼 금강석만큼 좋아합니다."

큰아들의 대답에 왕은 매우 흡족해하면서 커다란 소리로 웃고는 작은아들에게 물었다.

"애야, 나를 얼마나 좋아하는지 말해 보아라!"

"아버님, 저는 아버님을 꿀만큼 케이크만큼 좋아합니다."

왕은 작은아들의 대답에도 크게 만족하여 껄껄 웃었다.

마지막으로 막내아들에게 물었다.

"그래, 막내야, 너는 나를 얼마나 좋아하느냐?"

막내아들은 곧장 대답을 하지 못하고 약간 주춤거린 후에 입을 열었다.

"아버님, 저는 아버님을 소금만큼 좋아합니다."

전혀 예상치 못한 대답을 들은 형들은 참지 못하고 킥킥거리며 웃었다. 왕의 얼굴도 갑자기 경직되었다. 왕은 눈썹을 치켜뜨며 말했다.

"뭐라고, 뭐라고? 나를 소금만큼 좋아한다고? 세상에 이런 후레자식이 있나! 이 세상에 소금보다 더 귀중한 것이 얼마든지 있건만."

왕은 옆에 있던 작은 보물상자에서 금이 담긴 꾸러미를 두 개 꺼내어 하나는 큰아들에게, 다른 하나는 작은아들에게 주었다. 그러고는 두 아들에게 물러가라고 손짓을 했다. 두 아들이 바닥에 입을 맞추고 나가자 왕은 손뼉을 짝짝 두 번 쳤다. 안으로 아랍 하인이 들어왔다.

"빨리 망나니를 대령시켜라!"

아랍 하인은 급히 밖으로 나갔다. 잠시 후 키가 크고 상체를 드러낸 거대한 아랍 망나니가 안으로 들어왔다.

왕은 막내아들을 가리키며 소리 질렀다.

"빨리 저 애를 끌고 나가 목을 베어라. 만약 내 명령을 어길 시에는 둘 다 죽여 버릴 것이다."

궁전에 있는 모든 사람들처럼 망나니도 막내 왕자를 좋아했다. 그러나 감히 왕의 명령을 거역할 수는 없었다. 그는 왕자를 질질 끌고 밖으로 나왔다. 그리고 왕자를 죽일 곳을 찾아 말을 타고 산으로 달려갔다.

한동안 달리던 망나니는 궁전에서 꽤 멀리 떨어진 산자락에서 멈추었다. 어린 왕자는 매우 근심스러운 표정이었다. 망나니와 아랍 하인은 왕자의 모습을 보고 측은한 생각이 들었다.

"왕자님, 저희는 왕자님을 해칠 수가 없습니다. 그렇지만 왕의 명령을 들으셨지요? 그러니까 입고 계신 웃옷을 우리에게 주십시오. 그 옷에 토끼 피를 묻혀서 '우리는 왕자님을 죽였습니다.' 라고 말하겠습니다. 왕자님은 지금 여기를 떠나서 다시는 이 나라에 돌아오지 마십시오."

왕자는 망나니의 친절을 기쁘게 받아들였다. 왕자는 목숨을 살려 준 그들에게 고맙다고 말하고는 타고 왔던 말들 중 한 마리를 얻어 먼 나라로 떠났다.

며칠 말을 달린 끝에 왕자는 드디어 어느 나라에 당도했다. 도시로 들어가는 길목에서 왕자는 제일 먼저 마주친 집의 문을 두드렸다. 나이 든 여자가 문을 열었다. 그는 이 세상에 아무도 의지할 데가 없으며 이 나라에는 처음이라고 말하면서 자신을 양아들로 삼아 달라고 부탁했다. 피붙이가 없었던 노인도 힘들이지 않고 다 자란 자식을 얻게 된 것을 기뻐하면서 양자로 삼겠다고 흔쾌히 허락했다. 노파는 왕자에게 먹을 것을 가져왔다. 배를 채운 왕자는 우물에 가서 손발을 씻고 말에게도 먹을 것을 주었다. 그러고는 노파가 준비해 준 침상에 들어가 깊은 잠에 빠져들었다.

다음 날 아침 잠에서 깨어난 왕자는 창을 통해 많은 사람들이 어디론가 우르르 몰려가는 것을 보았다.

"어머니, 모두 어디를 저렇게 가는 거지요? 축제가 있나요?"

"축제보다 더 중요한 일이 있단다, 아들아. 오늘 행운의 새를 날린단다. 왕을 선출하기 위해서지."

"어머니, 저도 가서 구경하고 싶어요. 같이 가요, 예?"

노파는 아들의 요청을 거절할 수 없었다. 그리하여 그들은 단정하게 차려입고 사람들과 함께 광장으로 갔다.

모든 사람들이 모이자 드디어 행운의 새를 날리는 행사가 열렸다. 사람들은 긴장 속에 새를 지켜보았다.

'혹시 내 머리에 앉지 않을까?'

'내 머리에 앉아, 제발.'

사람들은 저마다 기대에 차서 발뒤꿈치를 들었다. 그런데 뜻밖에도 새는 돌고 돌아 어린 왕자의 머리 위에 앉았다. 이를 본 사람들은 모두 불평을 쏟아 냈다.

"그는 우리가 모르는 사람이다. 생전 모르는 사람이 왕이 될 수는 없다!"

어쩔 수 없이 이번 선출은 무효가 되었다.

다음 날 아침 사람들은 다시 광장에 모였다. 이번에도 일이 잘못되면 사람들이 화를 낼 것이라 여긴 왕자는 비둘기가 보지 못하도록 길가 무덤의 비석 옆에 앉았다.

드디어 행운의 새가 하늘로 날아올랐다. 군중은 쥐죽은 듯이 고요했다. 사람들의 시선은 공중에서 날고 있는 새에게 집중되었다. 행운의 새는 공중에서 몇 바퀴 돌더니 또 비석 옆에 앉은 왕자의 머리에 내려앉았다. 군중들은 다시 소동을 피웠다.

"말도 안 돼. 삼세번은 해야 공정해!"

사람들은 다음 날 다시 한 번 모이기로 결정하고 흩어졌다.

다음 날 이른 아침 군중들은 광장에 모였다. 왕자와 노파는 느지

막이 집을 나서 광장 쪽으로 향했다. 사람들은 일부러 모자가 도착하기 전에 행운의 새를 날렸다.

새는 군중들 머리 위에서 몇 번 맴돌더니 이번에도 여지없이 광장을 향해 걸어오는 왕자의 머리 위로 날아가 앉았다. 세 번이나 같은 결과가 나오자 아무도 이의를 제기하지 못했다.

이리하여 왕자는 왕이 되어 나라를 통치하기 시작했다. 왕자가 지혜롭게 나라를 다스렸기 때문에 사람들도 그를 존경하고 따랐다.

몇 년이 흘렀다. 젊은 왕은 자신의 신분을 밝히지 않고 아버지에게 편지를 보내 자기 나라로 초대했다. 여행하고 노는 것을 좋아하는 아버지는 이웃 나라의 초청을 받아들여 군대를 이끌고 젊은 왕의 나라에 왔다.

젊은 왕은 맛있는 음식들을 준비하면서 일부러 그 음식들에 소금을 전혀 넣지 않았다. 젊은 왕이 콧수염과 턱수염을 길렀기 때문에 아버지는 아들을 알아보지 못했다. 그들은 함께 저녁을 먹기 시작했다. 손님으로 온 왕은 음식들을 보고 아주 좋아했지만 소금 간이 되어 있지 않은 것을 알고 놀랐다. 그러나 손님으로 온 처지라 음식에 대한 불평을 입 밖으로 내지는 못했다.

다음 날 아침 초대 받은 왕은 병사들을 둘러보고 지난밤 잘 잤는지를 물었다. 병사들도 음식에 소금이 들어가지 않은 것에 불평을 늘어놓았다. 그날 점심을 먹을 때 손님으로 온 늙은 왕이 물었다.

"미안하지만, 당신 나라에는 소금이 없습니까?"

젊은 왕은 웃으며 대답했다.

"물론 있습니다. 다른 나라가 우리나라에서 소금을 가져갈 정도로 넘치게 있습니다."

이에 손님으로 온 왕은 매우 놀랐다.

"아니, 그런데 왜 모든 음식에 소금이 들어가지 않았지요?"

"왕께서 소금을 좋아하지 않아서, 음식에 소금을 넣지 않는다고 들었습니다. 그래서 소금 간을 하지 않았습니다."

"무슨 말씀이오? 잘못 알고 있구려. 소금 없이 어떻게 산단 말입니까? 나는 소금을 아주 좋아하오."

젊은 왕은 웃으며 말했다.

"그렇지만 일전에 막내 아드님께서 '소금만큼 아버지를 좋아해요.'라고 말했을 때 아들을 죽이지 않았습니까?"

이 말을 들은 손님 왕은 정신이 번쩍 들었다. 그리고 그제야 앞에 앉아 있는 젊은 왕이 자신의 아들임을 눈치 챘다. 아버지는 눈물을 흘리며 용서해 달라고 아들에게 애원했다.

그 후 그들은 오래도록 함께 행복하게 잘 살았다.

말 하 는 피 리

옛날 어떤 나라에 왕이 살았다. 그 왕에게는 딸이 둘 있었다. 큰 딸의 이름은 야프락_{잎사귀}, 작은딸의 이름은 피단_{요꼬}이었다. 야프락과 피단이 아직 어렸을 때 그들의 친어머니는 병에 걸려 저 세상으로 갔다.

왕은 딸들이 엄마 없는 서러움을 느끼지 못하도록 왕비가 죽은 지 얼마 지나지 않아 다른 여자와 결혼을 했다. 새 왕비는 야프락과 피단을 친딸처럼 사랑하며 돌봐 주었다.

두 딸은 건강하게 자라 어느덧 피단은 일곱 살, 야프락은 여덟 살이 되었다. 그러나 불행하게도 두 공주는 모두 얼굴이 못생긴 데다가 마음씨도 아주 나빴다.

새엄마와 아버지가 애지중지 사랑해 주고, 해 달라는 것은 다 해주는데도 두 아이는 도통 말을 듣지 않았다. 밥도 먹지 않고, 잘 시간이 지나도 자지 않고, 오라고 할 때도 오지 않고, 툭하면 서로 싸움질을 하고 으르렁거렸다.

시간이 흘러 새어머니가 딸을 낳았다. 아이의 이름은 달[나물가지]이었다. 궁전 사람들은 새 아기의 탄생을 진심으로 축하했다. 그러나 야프락과 피단은 동생이 생긴 것을 전혀 기뻐하지 않았다.

세월이 흘러 달도 소녀가 되었다. 달은 얼굴이 예쁠 뿐만 아니라 마음씨도 고와 궁전에 있는 모든 사람들이 좋아했다. 왕과 왕비는 세 딸에게 골고루 사랑을 주었고 차별 없이 대했다. 그렇지만 피단과 야프락은 항상 매사에 불만이었다.

어느 날, 왕이 인도 왕의 딸의 혼인식에 초대받았다. 왕은 길을 떠나며 세 딸을 불렀다.

"애들아, 내가 인도에 가면 너희들에게 무엇을 갖다 줄까?"

야프락이 말했다.

"아버지, 저에게 인도 옷감을 가져다 주세요."

피단이 말했다.

"아버지, 저는 금 팔찌를 가져다 주세요."

막내딸 달이 말했다.

"아버지, 아버지가 좋으실 대로 가져다 주세요."

왕이 말했다.

"그럴 수야 없지. 너도 언니들처럼 갖고 싶은 것을 말해라. 네게 뭘 사다 줄까?"

"정 그러시다면 아버지, 은 그릇을 하나 사다 주세요. 감사합니다."

야프락과 피단은 미처 아버지에게 감사하다는 말을 할 생각을 못한 게 부끄러웠다. 그리고 달에 대한 질투가 솟구쳤다.

이리하여 왕은 병사들을 거느리고 먼 길을 떠났다. 산을 넘고 강을 건너 인도까지 가는 데는 꼬박 여섯 달이 걸렸다. 바닷가에 이르자 인도 왕이 기다리고 있었다. 거기서 배를 타고 넘실거리는 파도를 넘어 몇 주나 항해한 후에야 왕 일행은 인도에 도착했다.

인도 왕은 여러 날 동안 결혼 피로연을 열었다. 왕은 큰딸 야프락을 위해 옷감을 사고, 작은딸 피단을 위해 금 팔찌를 샀다. 그러나 그만 막내딸 달에게 줄 은 그릇을 사는 것을 잊어버리고 배에 올라 고국을 향해 길을 떠났다.

그날 밤 왕은 꿈에서 자신이 탄 배가 거대한 파도에 휩쓸리는 것을 보았다. 배가 마구 흔들리더니 잠시 후 거대한 물고기가 바다에서 머리를 내밀고 왕에게 말했다.

"임금님, 임금님! 큰딸과 작은딸에게 줄 선물은 사면서 왜 막내딸에게 줄 선물은 사지 않으셨나요?"

왕은 물고기에게 뭐하고 말을 하고 싶었지만 두려움에 그만 혀가 얼어붙었다. 물고기는 계속해서 말했다.

"막내딸에게 빈손으로 가실 건가요? 막내딸은 예의도 바르고 착한 딸인데. 게다가 감사하다는 말까지 했는데. 배를 지금 당장 돌리지 않으면 가라앉히겠어요!"

말을 마친 물고기는 첨벙 소리를 내며 다시 물속으로 들어가 거대한 꼬리로 몇 번 배를 치고는 바다 속으로 사라졌다.

그 순간 잠에서 깨어난 왕은 두려움에 떨면서 즉시 선장에게 소식을 보내 배를 돌려 인도로 갔다. 그리고 아름다운 은 그릇을 산 후 다시 길을 나섰다.

파도를 넘고 넘어 며칠을 항해한 끝에 왕은 육지에 도달했다. 왕은 말에 타고 병사들과 함께 몇 날 며칠을 산을 넘고 강을 건너 마침내 고국에 당도했다. 왕이 말을 타고 정원으로 들어가자 막내딸 달이 뛰어나와 아버지의 손에 입맞춤을 하면서 말했다.

"어서 오세요, 아버지!"

이어서 야프락과 피단이 달려왔다. 그들은 인사도 하지 않고 선물부터 물었다.

"아버지, 제 선물은요? 옷감 사 오셨어요?"

"아버지, 금 팔찌는 어디 있어요?"

왕은 세 딸에게 선물을 나누어 주었다. 야프락은 궁전의 재단사에게 달려가 인도 옷감으로 아름다운 옷을 만들어 입었고, 피단은 금 팔찌를 손목에 차고 온 궁전을 돌아다니며 자랑을 늘어놓았다.

달은 큰언니에게 말했다.

"언니, 옷이 너무 예뻐요. 잘 입으세요!"

그리고 작은언니에게는 이렇게 말했다.

"언니, 팔찌가 손목에 너무나 잘 어울려요. 잘 사용하세요!"

그렇지만 언니들은 달에게 아무 말도 하지 않았다. 그들은 자신들의 선물보다 값어치가 없는 평범한 은 그릇조차 질투하였다.

달은 매일 은 그릇을 들고 다니며 궁전 정원에 있는 호숫가로 가서 놀았다. 심술궂은 언니들은 달을 따라가 햇빛을 받아 반짝이는 은 그릇이 호수에 빠져 사라지기만 내심 기도했다.

그러던 어느 날 어찌 된 일인지 은 그릇이 달의 손에서 미끄러져 깊은 호수에 빠져 버렸다. 은 그릇을 잡으려고 손을 뻗는 순간 달도 호수에 빠져 사라지고 말았다.

이를 멀리서 지켜보고 있던 야프락과 피단은 아무 일도 없는 듯 궁전으로 돌아갔다. 그때 달이 호수에 빠진 곳에서 작은 물결이 일었다. 작은 물결은 호숫가로 밀려와 부딪혔다. 작은 물결이 몇 번인가 호숫가에 부딪힌 그 자리에는 버드나무가 생겨났다.

달이 보이지 않자 왕과 왕비는 매우 상심했다. 야프락과 피단은 혼이 날까 두려워 달이 호수에 빠졌다는 것을 말하지 못했다. 늙은 왕은 매일 눈물을 흘리고 식음을 전폐한 채 슬픔에 찬 나날을 보냈다.

어느 날 궁전의 목동이 양들에게 풀을 먹이기 위해 호숫가로 와 버드나무 아래에 앉았다. 그리고 버드나무의 가지를 꺾어 피리를 만들어 입으로 불기 시작했다. 그런데 그 피리는 보통의 피리와는 전혀 달랐다. 소리가 매우 아름다운 데다가 멀리까지 퍼져 나갔다. 사람처럼 말도 하는 듯했다. 목동은 신기해서 다시 불기 시작했다. 피리는 이렇게 말했다.

"필릴리 필릴리……, 나는 달. 필릴리 필릴리……, 나는 달."

"세상에, 이게 뭐야! 이건 분명 버드나무 가진데, 말을 하네……."

그 버드나무는 막내 공주인 달이었다. 은 그릇이 마법의 그릇이라 공주가 호수에 빠지자 호숫가의 버드나무로 변신시킨 것이었다.

목동은 이 이상한 소리를 내는 피리를 불면서 돌아다니다가 정원에서 거닐고 있던 왕과 만나게 되었다. 피리 소리는 왕의 관심을 끌었다. 왕은 목동을 불러 피리를 달라고 하여 직접 불어 보았다.

"필릴리 필릴리……, 나는 달. 필릴리 필릴리……, 나는 달."

왕은 사라진 막내딸 달의 가느다란 목소리를 알아듣고는 순간적으로 너무나 기쁜 나머지 그만 피리를 떨어뜨리고 말았다. 피리가 땅에 떨어져 산산조각이 나면서 막내딸이 나타났다.

자기 눈앞에서 벌어진 놀라운 일을 두고 왕은 한순간 어쩔 줄 몰랐다. 그는 딸을 껴안고 기쁨의 눈물을 흘리면서 볼에 입맞춤을 했다.

왕은 조각이 난 피리를 모아 손에 들고 달과 함께 궁전으로 갔다. 야프락과 피단은 아버지 곁에 있는 동생 달을 보고 깜짝 놀랐다. 그들은 달에게로 다가가 마지못해 안아 주면서 차갑게 입맞춤을 했다.

그들은 함께 궁전 안으로 들어갔다. 왕비도 막내딸을 보고 크게 기뻐하면서 껴안고 눈물을 흘렸다.

모두 한자리에 앉았다. 아버지와 어머니가 무슨 일이 있었느냐는 질문에 달은 자신이 겪은 일을 낱낱이 말해 주었다. 왕과 왕비는 야프락과 피단이 동생을 질투하여 호수에 빠지는 것을 보고도 도움을 청하지 않았다는 것을 알게 되었다.

왕은 화가 나서 손에 들고 있던 피리 조각을 두 딸에게 던졌다. 피리 조각이 얼굴에 닿자마자 두 딸은 다시는 쳐다보기 싫을 정도로 못생긴 여자로 변해 버렸다. 이렇게 하여 두 딸은 자신들의 죗값을 받게 되었고, 너무나 부끄러워 머리를 숙이고 궁전을 나가 버렸다. 그 후 왕과 왕비 그리고 달은 행복하게 오래오래 잘 살았다.

공주와 결혼한 양치기

옛날 아주 오랜 옛날에 켈올란이라는 남자아이가 살았다. 그에겐 이 세상에 어머니 말고는 아무도 없었다. 켈올란은 이웃의 양들을 돌봐 주면서 살고 있었다. 그는 대부분의 시간을 산과 초원에서 양에게 풀을 먹이면서 보냈다.

어느덧 성장하여 청년이 된 켈올란은 어머니에게 장가를 가고 싶다고 말했다.

"애야, 너는 양치기를 하면서 근근이 살아가고 있지 않니? 그런데 결혼하면 아내는 어떻게 먹여 살리겠느냐?"

"어머니, 모든 일에는 해결책이 있어요. 일단 저를 혼인시켜 주세요."

아닌 게 아니라 어머니가 생각하기에도 집에 며느리를 들이면 집안일도 돕고 괜찮을 듯싶었다.

"그래, 어떤 신붓감이 좋을까?"

"누구긴 누구예요, 공주님이지요."

아들이 전혀 예상치 못했던 대답을 하자 어머니는 깜짝 놀랐다.

"너 정신 나갔니? 왕이 네게 딸을 주시겠니? 가자마자 당장 궁전 문 앞에서 쫓겨날 것이 뻔하다."

"아니에요. 어머니는 걱정 마세요. 제게 무슨 흠이 있나요? 건장한 청년인데요, 뭐. 왕이 딸을 내게 안 주면 누구에게 주겠어요? 어머니는 아무 걱정 마시고 내일 아침에 궁전에 가서 공주님을 며느리로 맞아들이겠다고 왕에게 말씀드리세요."

켈올란이 고집을 부리자 어머니는 어쩔 수 없이 내쫓길 것을 감수하고 궁전으로 가겠다고 허락했다.

다음 날 아침 어머니는 새 옷으로 단장하고 궁전으로 갔다. 궁전 문 앞에 보초를 서고 있던 병사는 누구를 만나려 왔느냐고 물었다. 어머니는 왕을 만나러 왔다고 대답했다.

병사가 말했다.

"여기서 잠깐 기다려라. 왕께서 허락하시면 그때 들어가거라."

보초병은 왕 앞으로 나가 어떤 여인이 뵙기를 청한다고 전했다. 왕은 누가 자신을 만나고 싶어하는지 궁금해 안으로 들여보내라고 명령했다. 보초병은 켈올란의 어머니를 데리고 궁 안 정원을 지나고 계단을 올라 내전으로 왔다.

가련한 여인은 내전 앞에서 안으로 들어갈까 말까 망설였다. 왕이 쫓아내면 어떡하지? 어쩌면 아들을 망나니에게 보낼 수도 있을 거야. 그렇지만 언제까지고 그렇게 서 있을 수만은 없었다. 결과가 어찌 되건 안으로 들어가야 했다. 어머니는 벌벌 떨며 문을 열고 안으로 들어갔다. 왕은 왕좌에 앉아 있다가 켈올란의 어머니를 보곤 눈썹을 치켜올리며 말했다.

"그래, 이리 오너라. 내게서 뭘 원하느냐?"

어머니는 왕을 쳐다보았지만 두려워서 아무 말도 못 했다.

"더 가까이 오너라! 말하고 싶은 것이 있으면 빨리 말해라!"

왕이 위엄 있게 말을 하자 여인은 한두 걸음 앞으로 나와 말했다.

"왕이시여…… 저에게…… 아들 하나가 있습니다. 이름은 켈올란이고요……."

"그래서 어쨌단 말이냐! 빨리 말하지 못할까!"

"말씀을 드리겠습니다만 제게 화를 내실까 두렵습니다. 제게 화를 내지 않고 용서해 주시기를 빌겠습니다."

"그래, 알았다. 화내지 않겠다. 그러니 어서 말을 하여라."

켈올란의 어머니는 왕이 조용한 목소리로 말하자 깊이 숨을 들이쉬고는 말하기 시작했다.

"제 아들은 양치기입니다. 이웃의 양을 돌보지요. 양 주인들에게서 받은 돈으로 집안 살림을 꾸려 가고 있습니다. 그 애가 어제 아침 제게 혼인하고 싶다고 말했습니다. 저는 아들에게 너는 목동이니 아내를 구하기는 쉽지 않을 거라고 말했지요. 그랬더니 아들 아이가 하는 말이 '저는 건장한 청년입니다. 제게 무슨 흠이 있습니까?' 라고 말하지 뭡니까. 그러면서 저더러 궁전에 가서 왕에게 공주님을 달라고 청하라더군요. 용서해 주십시오. 제 잘못이 아닙니다."

뜻밖에도 왕은 너그럽게 웃었다.

"내가 왜 화를 내겠느냐? 젊은 사람이 혼인하고픈 마음은 당연한 것이지. 내 딸을 주마. 하지만 한 가지 조건이 있다. 알리 젠기즈의 마술을 배우고 오면 사위로 삼겠다."

켈올란의 어머니는 전혀 기대하지 않았던 대답을 듣고 매우 놀랐다. 그녀는 기뻐하며 왕의 궁전에서 나와 뛰어서 집으로 돌아왔다.

"애야, 왕께서 네게 공주를 주시겠다구나. 그러나 그 조건으로 알리 젠기즈의 마술을 배워 와야 한다고 말씀하셨다. 마술을 빨리 배워 오면 그만큼 빨리 딸을 주겠다신다."

"그보다 쉬운 일이 어디 있어요? 당장 가서 알리 젠기즈를 만나 마술을 배우겠어요."

그 나라에는 알리 젠기즈라는 사람이 있었는데, 그 사람은 많은 마술을 알고 있어서 마술을 배우고자 하는 젊은이들을 제자로 삼아 40일 만에 모두 가르쳐 주곤 했다. 그는 40일이 되는 날 제자들에게 물었다.

"그래, 다 배웠느냐?"

제자들이 다 배웠다고 말하면 그는 그들을 동굴로 데리고 가서 죽였다. 왜냐하면 제자들이 자신의 자리를 위협하는 것을 원하지 않았기 때문이다.

그런 사정을 모르는 켈올란과 어머니는 알리 젠기즈를 찾기 위해 길을 나섰다. 산을 넘고 강을 건너 며칠 동안 헤맨 끝에 어느 산자락에 당도했다. 피곤하여 잠시 쉬려고 잔디에 앉았을 때 웬 남자가 나타났다.

"여기에서 무엇을 하시오?"

어머니가 대답했다.

"내 아들이 알리 젠기즈 마술을 배우고 싶어 알리 젠기즈 씨를 찾으러 가는 길입니다."

그런데 사실은 그 남자가 어머니와 아들이 애타게 찾던 알리 젠기즈였다.

"내가 알리 젠기즈요. 아들을 내게 맡기시오. 아들에게 40일 동안 모든 마술을 가르쳐 주겠소. 41일째 되는 날 와서 아들을 데려가시오."

어머니를 켈올란을 알리 젠기즈에게 부탁하고 집으로 돌아갔다. 알리 젠기즈는 켈올란을 데리고 집으로 갔다. 그의 집에는 부인과 딸이 있었다. 알리 젠기즈는 켈올란을 빈 방에 가두고 바깥으로 나갔다. 알리 젠기즈의 부인과 딸은 켈올란을 가엾게 여겨 켈올란이 있는 방의 창문을 열었다.

"켈올란, 아버지는 40일 안에 모든 마술을 네게 가르쳐 줄거야. 그리고 40일이 되는 날 밤 '다 배웠느냐?' 라고 물으실 거야. 만약 네가 '다 배웠어요.' 라고 말하면 그날은 네가 죽는 날이야. 왜냐하면 아버지는 자신의 자리가 위협당하는 것을 두려워하거든. 그러니까 '다 못 배웠습니다.' 라고 대답해. 그러면 너를 놔주실 거야."

알리 젠기즈는 집에 돌아와 켈올란에게 마술을 가르쳐 주기 시작했다. 그리하여 41일이 되는 날 그는 켈올란을 불러 놓고 물었다.

"애야, 알리 젠기즈 마술을 다 배웠느냐?"

"아니요, 다 배우지 못했습니다."

"뭐라고, 넌 정말 멍청한 애구나. 40일간 모든 마술을 가르쳤건만 배우지 못했단 말이지?"

켈올란은 아무런 대답을 하지 않았다. 다음 날 아침 켈올란의 어머니가 아들을 데리러 왔다. 알리 젠기즈는 어머니에게 말했다.

"당신의 아들은 바보요. 40일 동안 마술을 가르쳤건만 배우지 못했소. 데리고 가시오."

어머니는 아무 말도 못 하고 켈올란을 데리고 나왔다. 숲을 지나던 모자는 토끼를 쫓는 사냥꾼들을 만났다. 이를 본 켈올란은 어머니에게 말했다.

"어머니, 전 지금 사냥개로 변해 토끼를 잡겠어요. 사냥꾼들이 어머니에게서 저를 사고 싶다고 말할 거예요. 그러면 금화 다섯 닢을 주고 파세요. 그렇지만 절대 목에 있는 개 줄은 주지 마세요. 그걸 주시면 저는 죽은 목숨이나 마찬가지예요."

켈올란은 이 말을 하곤 사냥개로 변해 덤불 사이를 껑충거리며 도망가는 토끼를 잡아서는 사냥꾼들 앞에 가져갔다. 쏜살같이 달리는 사냥개에 반한 사냥꾼들은 어머니에게 가서 그 사냥개를 사고 싶다고 말했다. 어머니는 금화 다섯 닢을 받고 사냥개를 팔았다.

사냥꾼과 사냥개는 다시 토끼 뒤를 따라가기 시작했다. 사냥개는 토끼를 쫓아 산으로 올라가서는 얼른 나무꾼으로 변해 도끼로 나무를 베고 있었다. 사냥꾼들은 사냥개를 찾기 위해서 산으로 올라와 보니 웬 나무꾼이 도끼로 나무를 베고 있었다.

"이봐요, 나무꾼. 사냥개 한 마리가 여기를 지나가는 것을 보지 못했소?"

"지금 방금 여기를 지나 언덕을 넘어가던데요."

사냥꾼들은 켈올란이 가리키는 방향으로 우르르 몰려갔다. 이렇게 해서 사냥꾼들을 따돌린 켈올란은 어머니를 찾아갔다.

한편 알리 젠기즈는 켈올란이 자신이 가르쳐 준 마술을 다 배우고도 죽음을 면하기 위해 거짓말을 했다는 것을 알게 되었다. 그리하여 켈올란을 붙잡기 위해 쫓아왔다. 알리 젠기즈가 따라오는 것을 눈치 챈 켈올란은 어머니에게 말했다.

"어머니 저는 지금 숫양으로 변하겠어요. 제 목에 줄을 매달고 시장으로 데리고 가세요. 금화 열 닢 이하로는 팔지 마세요. 목에 있는 줄은 어머니가 가지시고 숫양만 파세요. 만약 줄과 함께 파시면 저는 죽은 목숨이에요."

이렇게 말한 후 켈올란은 털이 구불구불한 커다란 숫양으로 변했다. 어머니는 숫양의 목에 줄을 매단 후 시장으로 데리고 갔다. 아름다운 숫양을 사기 위해서 많은 사람들이 어머니 주위로 몰려들었다. 그때 알리 젠기즈도 시장에 와 있었다. 그는 켈올란의 어머니를 알아보고는 숫양을 얼마에 팔겠느냐고 물었다.

"금화 열 닢에 팔겠어요."

"그럼 제가 금화 스무 닢을 드리지요. 그렇지만 목에 걸려 있는 줄도 함께 주시오."

어머니는 금화 스무 닢이라는 말에 아들과 한 약속도 잊고 줄과 함께 숫양을 건네주고 말았다. 생명의 위협을 느낀 켈올란은 알리 젠기즈가 줄을 건네받으려는 순간 참새로 변해 날기 시작했다. 이에 알리 젠기즈도 독수리로 변해 참새를 쫓기 시작했다. 독수리가 참새를 막 붙잡으려는 찰나 켈올란은 장미 한 다발로 변해 궁전의 창가에 서 있는 공주의 품으로 떨어졌다.

공주는 하늘에서 떨어진 장미 다발의 향기를 맡으며 좋아했다. 그러자 알리 젠기즈는 거지로 변해 왕 앞에 가서 고했다.

"제 손에 있던 장미 한 다발을 새가 가로채 갔습니다. 그런데 그 장미가 궁전 창문에 떨어졌습니다. 제게 돌려주십시오."

그때 아버지에게 장미를 보여 주러 왔다가 거지가 말하는 것을 들은 공주가 말했다.

"아버지, 이 장미는 저의 인연이에요. 주지 마세요."

왕이 말했다.

"얘야, 그런데 주인이 달라고 하니 줄 수밖에 없구나."

공주는 주고 싶지 않았지만 장미 다발을 거지에게 건네줄 수밖에 없었다. 거지로 변장한 알리 젠기즈가 장미에 손을 대기도 전에 켈올란은 기장으로 변해 땅에 흩어졌다. 이를 본 알리 젠기즈는 닭으로 변해 알을 낳아 병아리들이 나오게 했다. 병아리들은 땅에 있는 기장들을 쪼아 먹으려고 달려들었다. 그러자 켈올란은 여우로 변해 닭과 병아리들을 먹어 치워 버렸다.

왕과 공주는 도대체 무슨 일이 벌어지고 있는지 몰라 어안이 벙벙해서 서로 얼굴을 바라볼 뿐이었다. 그때 여우로 변했던 켈올란이 갑자기 잘생긴 젊은이로 변했다. 난데없이 사람이 나타나자 왕과 공주는 깜짝 놀랐다.

"왕이시여, 저의 이름은 켈올란입니다. 얼마 전에 어머니를 보내 공주님과 결혼하겠다고 말씀드렸습니다. 그때 왕께서 저의 어머니에게 '알리 젠기즈의 마술을 배워 오면 딸을 주겠다.'라고 말씀하셨습니다. 그래서 저는 알리 젠기즈 마술을 배웠습니다. 조금 전에 왕의 눈앞에서 스승인 알리 젠기즈와 함께 마술을 보여 드렸고, 그를 이겼습니다. 이제 이 세상에서 저 이외에 알리 젠기즈 마술을 아는 사람은 없습니다. 저는 약속을 지켰습니다. 왕께서도 약속을 지키셔서 따님을 제게 주시겠습니까?"

왕은 자기 앞에 있는 사람이 켈올란인 것을 알고는 그의 어머니에게 약속한 것을 기억해 냈다. 영 내키지 않았지만 약속을 지키지 않을 수는 없었다. 만약 약속을 어긴다면 켈올란이 알리 젠기즈 마술을 부려 자신을 해할 수도 있었고, 왕으로서 위신이 땅에 떨어질 터였다.

"알겠다. 너를 사위로 삼겠다. 오늘부터 혼례 준비를 시작하마."

켈올란은 왕에게 달려가 그의 손에 입을 맞추었다.

얼마 후 성대한 혼례식이 거행되었고, 켈올란과 공주는 부부가 되었다. 그들은 오랫동안 행복하게 잘 살았다.

모든 것은 신의 뜻대로

옛날에 어느 나라에 한 여인이 남편을 일찍 여의고 세 아들과 함께 어렵사리 살았다. 어느 날 여인은 세 아들을 불러 놓고 말했다.

"이제 너희들도 다 컸다. 일해서 먹고 살 나이가 되었단 말이다. 집에는 돈도 없고 먹을 것도 없다. 집을 나가서 직업을 찾아 일해라. 나는 이웃집의 허드렛일을 도와주면서 먹고살겠다."

삼형제는 자루에 빵과 치즈와 양파를 넣고 어머니에게 작별 인사를 한 다음 집을 나섰다. 한참 동안 걸어서 정오쯤 물가에 도착하게 되었다. 그들은 점심을 먹고 쉬기 위해 자리를 잡고 앉았다.

큰형이 말했다.

"우리 셋의 자루에 먹을 것이 있어. 하지만 길을 얼마나 더 갈지 아직 확실치도 않잖아? 먹을 것이 떨어지면 굶주릴 거야. 그러니까 일단 우리들 중 한 사람의 자루에 있는 음식을 먹자. 다른 자루에 있는 음식은 남겨 놓았다가 나중에 차례로 먹고."

동생들도 형의 제의에 동의했다. 큰형이 막내에게 말했다.

"그러면 일단 네 자루에 있는 음식부터 먹자꾸나. 네가 제일 어리니까."

그래서 막내는 자루에 있는 음식을 꺼내어 함께 나누어 먹었다. 점심을 먹은 후 그들은 다시 길을 갔다. 길을 가던 막내가 큰형에게 말했다.

"형님, 배가 고파요. 배도 고프고 피곤해서 다리가 떨려요. 빵과 양파를 조금 주면 배를 채울 수 있을 텐데……."

큰형이 말했다.

"우리는 별로 먹을 것이 없어. 지금 네게 주면 우리가 먹을 게 남지 않을 거야."

큰형이 이렇게 말하자 막내는 아무 말도 할 수가 없었다. 마음이 아팠지만 묵묵히 길을 갔다. 한 시간 정도 더 걸어간 후에 나무가 무성한 곳에 도달했다. 막내는 길가에 있는 사과나무를 가리키며 말했다.

"저 나무에 달려 있는 사과를 먹지 못하면 걸을 수 없을 것 같아요. 형님들에게도 따 드릴게요."

막내는 사과나무에 올랐다. 배가 고파 먼저 사과를 몇 개 먹고 다시 따서 자루에 담았다.

"형님들, 사과 드려요?"

그런데 아래를 보니 거기에는 아무도 없었다. 사방을 둘러봐도 형들은 보이지 않았다.

막내는 형들이 자기만 남겨 두고 가 버린 것을 알고는 매우 슬펐다. 나무에서 내려와 걸으면서 그는 형들이 왜 자기를 버리고 가 버렸는지 생각했다.

어느새 날이 꽤 어두워졌다. 다행히 먼 곳에서 반짝이는 불빛이 보였다. 그런데 그 빛이 있는 곳으로 가기 위해서는 가시밭길을 헤치며 가야만 했다. 옷이 찢어지고 손발에 피가 났다.

그곳에 도착해 보니 커다란 창이 난 큰 집이 있었다. 열려 있는 문을 통해 안으로 들어서니 집 안에는 덜렁 커다란 방 하나만 있을 뿐이었다. 천장이 굉장히 높은 방 안에는 커다란 화로가 있었다. 화롯불은 활활 타고 있고, 그 위에 올려놓은 솥에서는 음식이 팔팔 끓고 있었다. 화로 옆에 놓여 있는 커다란 서랍에는 사람 몸집만 한 빵이 족히 수백 덩이는 들어 있었다.

이 집이 거인의 집이라는 것을 안 막내는 두려웠지만, 주위에 아무도 없는 것을 보곤 화로로 다가갔다. 벽에 걸린 삽만 한 국자를 들어 힘겹게 솥 안으로 넣어 보니 잘 익은 커다란 고깃덩어리가 듬뿍 걸려 나왔다. 막내는 서랍에서 빵을 가져와 국자에 담긴 고기와 함께 맛있게 먹고 국물도 마셨다.

허기를 채운 막내는 주위를 둘러보기 시작했다. 방 한구석에 커다란 옷장이 놓여 있기에 옷장 문을 열고 안에 들어가 숨은 다음 문구멍에 눈을 대고 바깥을 내다보기 시작했다.

기다리다 지친 막내가 막 잠이 들려는데 밖에서 으르렁거리는 이상한 소리가 들려왔다. 너무 무서워 잠이 확 달아난 막내는 꿈쩍 않고 커다란 방을 지켜보기 시작했다.

잠시 후 천지를 뒤흔드는 소리와 함께 거인들이 들어오기 시작했다. 한 명, 두 명, 세 명, 네 명……, 정확히 스무 명의 거인이 방 안을 꽉 채웠다. 방에 들어온 거인들은 화로 위에 올려 두었던 솥을 방 한가운데에 놓고는 서랍에서 빵을 꺼내 솥 주위에 빙 둘러앉았다. 그러고는 눈 깜짝할 사이에 솥에 든 음식을 게걸스럽게 먹어 치웠다. 배부르게 먹고 난 거인들은 벽에 기대어 앉아 이야기를 나누기 시작했다.

거인 한 명이 말했다.

"오늘 뭘 알게 되었는지 알아?"

다른 거인들이 말했다.

"뭔데, 말해 봐!"

"저기 뒷산 있잖아. 그 산의 정상에 나무 한 그루가 있어. 그 나무 밑에는 항상 쥐 한 마리가 살고 있거든. 만약에 사람이 웃옷으로 그 쥐를 덮어 죽이면 나무 아래가 금으로 가득 차게 될 거래. 그런데 우리는 사람이 아니라 할 수 없지 뭐야."

"내가 사람이라면 얼마나 좋을까!"

그때 다른 거인이 끼어들었다.

"오늘 나도 그와 비슷한 것을 알게 되었어. 건너편 산 너머에 있는 마을에 가난한 방앗간 주인이 살고 있대. 그런데 그 방앗간 맷돌 속은 금으로 가득 차 있어서 만약 방앗간 주인이 그 맷돌을 자기 손으로 깨면 금이 쏟아져 나올 거래. 다른 사람이 깨면 금은 사라지고 말이야."

거인 몇 명이 말했다.

"그럼 뭘 해. 우리에게 이득 될 게 하나도 없잖아!"

다른 거인이 이어서 말했다.

"나도 오늘 뭘 하나 알게 되었어. 인도 왕에게 아름다운 딸이 있는데 글쎄 장님이래. 세상의 명의란 명의는 다 불러서 보이고 약이란 약은 다 써 보았지만 아무런 효험도 없었대. 그런데 그 공주의 눈을 뜨게 하는 쉬운 방법이 있다는구먼. 궁전 정원에 있는 커다란 감나무의 마른 잎을 모아서 공주의 눈에 대고 비비면 눈이 번쩍 뜨인대."

"그럼 뭐해. 우리가 할 수 없는걸. 인도가 얼마나 먼지 알기나 해? 그리고 그곳에 간다고 하더라도 우리를 궁전으로 들어가게 할 것 같아?"

그러더니 방에서 커다란 소리가 들리기 시작했다. 먼저 잠이 든 거인 몇 명이 코를 고는 소리였다. 다른 거인들도 하나 둘 잠들기 시작해 이내 모두 깊은 잠에 빠져들었다.

막내는 옷장에서 살금살금 나왔다. 문까지 가려면 거인들 앞을 지나갈 수밖에 없었다. 일단 맨 앞의 둘은 쉽게 지나쳤다. 그러나 셋째 거인은 옆에 빈 공간이 없어 거인의 발을 밟아야만 지나갈 수 있었다.

거인은 굉장히 깊은 잠에 빠져 있었는지 막내가 발을 밟아도 꿈쩍하지 않았다. 마치 간지럼이라도 타듯 발을 가볍게 움직일 뿐이었다. 막내는 안도의 한숨을 내쉬고 바깥으로 빠져나왔다.

막내는 그 집 뒷산을 올랐다. 아침 무렵 정상에 이르러 자세히 보니 과연 나무 옆에서 쥐가 자고 있었다. 웃옷을 벗고 살금살금 다가가 옷으로 쥐를 덮고 기다렸다. 문득 보니 조금 전에는 분명 돌이었던 것이 반짝반짝 빛나는 금으로 변해 있었다. 막내는 기뻐하며 가져갈 수 있을 만큼 금을 호주머니에 담았다. 담다가 남은 금은 가시덤불 사이에 숨기고 위를 흙으로 덮었다.

그런 다음 막내는 건너편에 있는 산으로 향했다. 물로 허기를 때우며 쉬지 않고 계속 길을 간 끝에 자정 무렵 강가에 있는 방앗간에 도착했다.

안으로 들어갔을 때 가난한 방앗간 주인은 구석에서 졸고 있었다. 막내는 인사를 하고 구석에 앉아 배가 매우 고프니 먹을 것을 달라고 했다. 가난한 방앗간 주인은 먹을 것을 가져와 막내 앞에 놓으면서 대접이 변변치 않아 미안하다며 자신의 가난한 살림을 한탄했다. 그러자 막내가 말했다.

"당신이 부자가 되는 일은 아주 쉬워요."

방앗간 주인이 되물었다.

"무슨 뜻이지? 내가 부자가 되는 일이 쉽다고?"

"예, 하지만 내가 말하는 대로 해야 해요."

"뭐든지 말해 주렴. 시키는 대로 다 할 테니."

"도끼를 가져와서 저 커다란 맷돌을 깨뜨리시면 돼요."

방앗간 주인은 소년이 제정신이 아니라고 생각했다.

"너 지금 제정신으로 말하고 있는 게냐? 그게 무슨 소리야? 만약 저 맷돌을 깨면 방앗간 일을 어떻게 하겠느냐? 그러면 부자가 되기는커녕 굶어 죽을 거다."

막내는 웃으며 호주머니에서 금을 꺼내 방앗간 주인 앞에 놓았다.

"여기 금이 있어요. 이것으로 가장 좋은 맷돌 열 개 정도는 살 수 있을 거예요. 자, 이제 맷돌을 깰 수 있지요?"

금을 보자 방앗간 주인의 눈이 반짝거렸다. 그는 일어나 구석에 놓인 도끼를 가져와서는 맷돌을 힘껏 내리쳤다. 맷돌은 산산조각이 났고, 그 순간 수천 개의 금화가 맷돌 안에서 쏟아져 나왔다.

가난한 방앗간 주인은 평생 그렇게 많은 금화를 본 적이 없기 때문에 어찌 할 바를 몰라 했다. 일단 아무도 들어오지 못하게 방앗간 문부터 닫았다.

"빨리 이것들을 긁어모으자. 정말 고맙구나, 애야. 신이 너를 내게 보내 주셨구나……."

그는 너무나 기뻐 손발을 벌벌 떨면서 금화를 주워 밀가루 자루에 담았다. 금화를 싹싹 주워 모은 다음 그는 그 중에서 금화 한 자루를 떼어 소년 앞에 놓았다.

"이것은 네 몫이다. 가져라."

"아니에요. 이것은 모두 당신 거예요. 잘 쓰시고 농토와 가축을 사세요. 그리고 다른 사람에게 기대지 말고 편히 사세요. 제게도 필요한 만큼 금이 있어요. 만약 필요하면 와서 달라고 할게요."

막내는 기뻐서 춤을 덩실덩실 추고 있는 방앗간 주인에게 작별을 고하고는 방앗간을 나왔다.

아침 무렵 어느 마을에 도착한 막내는 좋은 말 한 필을 사서 먹을 것을 잔뜩 싣고 인도로 향했다. 산을 넘고 강을 건너 몇 달 동안 달려 드디어 인도에 도착했다.

궁전 근처로 간 막내는 일부러 천천히 걸으면서 소리쳤다.

"저는 눈을 고치는 의원입니다! 장님을 눈 뜨게 합니다!"

막내는 이렇게 소리치며 궁전 근처를 몇 번이고 배회했다. 드디어 궁전의 창문이 열렸다. 아랍 하인이었다.

"의원! 의원!"

하인이 나와 그를 정원으로 인도했다.

"빨리 오너라. 왕께서 기다리신다."

그들은 함께 궁전 내부로 들어갔다. 아름답게 장식된 응접실을 지나 계단을 오른 후 왕이 기다리는 내전으로 갔다. 아랍 하인은 바닥에 엎드려 왕에게 절한 후 말했다.

"의원을 대령하였습니다, 왕이시여."

왕은 막내를 보고 말했다.

"어서 오게, 의원. 당신이 장님들의 눈을 뜨게 만들어 준다니 그게 사실인가?"

"예, 그러하옵니다. 아주 빨리 눈을 뜨게 할 수 있습니다."

"그렇다면 내 고민을 말하지. 하나밖에 없는 내 딸은 눈이 보이지 않아. 모든 의원에게 보이고 영험하다는 약은 다 써 봤는데도 아무런 차도가 없었네. 아니, 더 안 좋아졌다고 할 수 있지. 그래서 내 딸을 진료했던 모든 의원을 감옥에 처넣었네. 만약 자네도 내 딸 눈을 뜨게 하지 못한다면 감옥에 들어갈 걸세. 알겠나?"

막내는 웃으며 말했다.

"알겠습니다. 하루 만에 공주님이 눈을 뜨게 하지 못한다면 저를 감옥에 가두십시오."

"그래, 어디 두고보자. 만약 내 딸이 눈을 뜨게 한다면 너를 내 사위로 삼겠다."

이리하여 막내는 공주를 진찰하게 되었다.

"걱정 마세요, 공주님. 곧 밝은 세상을 볼 수 있을 겁니다."

"아! 모든 의원들이 당신처럼 말했어요. 하지만 아무도 약속을 지키지 않았어요."

"저는 그들과 같은 의원이 아닙니다. 만약 눈을 뜨시면 제게 뭘 주시겠어요?"

"제 눈을 뜨게 해 순다면 목숨이라도 아깝지 않아요. 눈민 뜨면 얼마나 좋을까?"

"잠시 제게 시간을 주시면 가서 약을 준비해 오겠습니다."

막내는 방을 나가 하인에게 정원까지 인도해 달라고 말했다. 정원에 있는 나무들을 자세히 보니 과연 그 중에 감나무가 있었다. 막내는 감나무의 마른 잎을 따서는 손으로 비벼 가루로 만들었다. 그러고는 공주의 방으로 돌아갔다.

"공주님, 침대에 누우시지요."

막내는 병에서 나뭇잎 가루를 덜어 공주의 눈가에 뿌린 후 불었다.

"눈을 뜨십시오, 공주님."

공주는 눈을 뜨자마자 비명을 지르더니 침대에서 벌떡 일어나 막내의 목을 끌어안았다.

"보여요! 보여요!"

공주는 소리를 지르며 왕의 방으로 뛰어갔다.

왕은 크게 기뻐하며 막내를 불러들였다.

"정말 고맙구나. 덕분에 내 딸이 밝은 세상을 보게 되었다."

"저는 제 의무를 다했을 뿐입니다."

막내의 대답에 왕은 매우 흡족해했다.

"이제부터 자네는 내 사위다. 서둘러 혼례를 준비하자꾸나."

이리하여 막내는 공주와 혼인도 하고 궁중 의원 자리에도 오르게 되었다. 혼례 준비가 시작되어 몇 날 며칠 피로연 이 계속되었다.

세월이 흐른 어느 날 막내는 궁전의 방 창가에 앉아 있다가 멀리서 젊은이 두 명이 허름한 옷을 입고 궁전 쪽으로 걸어오는 것을 보았다. 그들의 모습이 눈에 익었다. 그는 하인을 불러 정문 앞에 서 있는 두 젊은이를 불러오게 했다. 두 젊은이는 두려워하며 그의 방으로 들어왔다.

"자네들은 누구인가? 어디에서 와서 어디로 가는가?"

그들은 자신들은 누구이며 어떤 일을 당했는지를 설명했다. 막내는 그들이 자신의 친형들인 것을 알게 되었다. 막내가 비단으로 된 멋진 옷을 입고 수염을 길게 기르고 커다란 깃이 달린 터번을 쓰고 있었기 때문에 형들은 동생을 알아보지 못했다.

막내가 자신의 정체를 밝히자 형들은 길에 동생을 혼자 버리고 온 것을 용서해 달라고 빌었다. 막내는 그 동안 자신에게 일어난 사건들을 일일이 설명해 주었다.

형들은 일자리를 찾기 위해 사방을 돌아다니다가 별다른 소득도 올리지 못하고 헐벗고 갈 곳 없는 신세가 되어 인도까지 흘러오게 되었다고 말했다. 막내는 하인들을 불러 형들에게 줄 옷을 가져오라고 했다. 그리고 목욕탕으로 보내 몸을 씻기고 멋진 말을 준 다음 자루에 먹을 것과 돈을 담아 주어 고향으로 보냈다.

형들은 길을 가다가 막내가 겪은 일을 얘기하면서 걷잡을 수 없는 질투를 느꼈다. 결국 그들은 거인들이 사는 집으로 가서 막내가 했던 것처럼 거인들의 이야기를 엿듣기로 결정했다. 그들은 몇 달 동안 쉬지 않고 말을 달린 후 드디어 거인들의 집이 있는 언덕에 도착했다.

밤이 되었다. 거인들이 하나 둘 돌아오기 시작했다. 그들은 솥을 내려 배불리 먹은 다음 도란도란 이야기꽃을 피웠다.

"오늘 무엇을 알게 되었어? 말해 봐!"

"나무 아래에 있던 쥐를 어떤 사람이 죽였대. 그리고 금도 가져가 버렸대."

"가난한 방앗간 주인이 맷돌을 깨고 안에 있던 금으로 부자가 되었대."

"인도 공주가 눈을 떴대."

"그렇다면 우리가 말하는 것을 누군가가 들었다는 얘긴데. 빨리 사방을 뒤져 보자!"

"맞아, 맞아. 빨리 뒤져 보자!"

이리하여 거인들은 방 안을 뒤지기 시작했고 옷장 안에 숨은 두 젊은이를 발견했다. 둘은 너무 겁이 난 나머지 이미 기절해 있었다. 거인들은 이들이 자고 있다고 생각하고 팔과 손을 잡아 옷장에서 끌어내렸다. 그러나 둘 다 움직이지 않았다.

거인들 중 한 명이 말했다.

"잡힐 거라는 것을 알고 놀라 죽어 버린 거야."

"그렇다면 죗값을 치른 게지."

"우리는 죽은 사람을 먹지 않아. 밖으로 던져 짐승들과 새들의 밥이 되게 하자!"

한 거인이 이렇게 말하자 모두 다 찬성했다. 이리하여 형제는 차디찬 잔디 위에 내던져졌다. 밖에서 몇 시간 동안 기절한 채 누워 있던 형제는 아침 무렵에야 정신을 차렸다. 형제는 집 안에서 드르링드르링 코고는 소리를 듣고 거인들이 아직 깨어나지 않은 것을 알고 죽을힘을 다해 도망쳤다.

길을 가면서 그들은 자신들이 저지른 잘못을 하나 하나 후회하기 시작했다. 동생을 혼자 내버려두고 도망친 것도 모자라 나중에는 그를 질투하기까지 했던 것이다. 다행히 신이 자신들을 불쌍히 여겨 거인들의 밥이 안 되게 구해 준 것이 천만다행이었다.

그들은 자신들이 한 행동이 부끄러워 고향에도 인도에도 갈 수 없다고 생각했다. 그리하여 다른 곳에서 일자리를 찾아 열심히 일하겠다고 다짐하며 고향으로 향하던 발걸음을 돌려 머나먼 곳으로 떠났다.

●──주

1 터키에서는 약혼을 한 후 천천히 혼인 준비를 시작하는데, 이때 부유한 집안의 경우에는 혼사를 만방에 알리고 축하하는 의미에서 몇 날 며칠 동안 피로연을 벌이고 마을 사람들이 모두 모여 배불리 먹으며 즐긴다. 그런 다음 이슬람 성직자 앞에서 혼인 서약을 하고 양가 부모, 친지, 손님들 앞에서 혼례식을 올린다.

이가 진주 같고
머리카락은 비단 같은 아이

옛날 어느 나라에 한 부자가 살았는데, 그에게는 아들이 셋 있었다. 큰아들은 지위 높은 대신의 딸과 혼인했고, 작은아들은 가난한 집 딸에게 장가갔다. 하지만 혼자 남은 막내아들만은 항상 형들에게 이렇게 말하곤 했다.

"나 결혼 안 할 테니까 아버님께 그렇게 말해 줘."

한편 그 도시에는 딸만 셋을 둔 집이 있었다. 어느 날 세 자매가 우물에서 물을 긷고 있는데, 마침 막내아들도 말에게 물을 먹이러 왔다. 자매는 막내아들은 신경 쓰지도 않고 자기들끼리 이야기하고 있었다.

큰딸이 말했다.

"부자와 혼인해서 편하게 살면서 하인들을 항상 내 주위에 두면 얼마나 좋을까?"

이어 작은딸이 말했다.

"나도 부자와 혼인하고 싶어. 요리사들이 매일 맛있는 음식을 해 주면 더 좋겠고."

언니들의 말이 끝나자 막내딸이 말했다.

"내가 혼인할 사람이 부자가 아니면 어때? 아들과 딸의 머리칼이 비단결 같고 이가 진주 같다면 나는 이 세상에서 가장 행복할 거야."

그들의 대화를 들은 막내아들은 말을 타고 집으로 돌아와 어머니에게 말했다.

"어머니, 부탁이 있어요. 형들이 결혼했을 때도 저는 결혼에 별로 관심이 없었어요. 그런데 마음을 바꿨어요. 아랫마을에 딸 셋을 둔 목동이 살고 있어요. 그 목동의 막내딸과 결혼하고 싶어요."

"그래, 막내야. 너도 이제 결혼할 나이가 되었다. 지금 마음이 변했다니 네 아버지께 말씀드려야겠구나."

어머니는 막내아들의 결정을 남편에게 말했다. 아버지도 아들의 뜻을 존중해 주었다. 이리하여 어머니는 목동의 집으로 가 막내딸을 며느리로 삼고 싶다고 말했다. 목동도 쾌히 수락했고, 양가는 빠른 시일 내에 혼례를 치르기로 결정했다. 양가 부모와 친척들이 모인 자리에서 간단한 약혼식도 올렸다. 혼례 준비가 거의 끝나 가고 있었다.

어느 날 막내딸이 약혼자에게 말했다.

"청이 있습니다. 우리 집은 가난하답니다. 아버지가 버는 돈으로 우리 가족 모두가 살 수 없어요. 만약 당신이 허락한다면 언니들을 데려다가 함께 살고 싶어요. 우리 집안일도 돕고, 저도 외롭지 않을 것 같아요."

약혼자는 그녀의 요청을 흔쾌히 받아들였다. 혼례를 치른 후 신부는 언니들을 데려와 함께 살았다. 신랑과 신부는 행복하게 잘 살았다.

그러던 어느 날 신랑이 신부에게 말했다.

"당신이 지난번에 우물가에서 했던 얘기 기억하오? 그러니까 당신의 가장 큰 행복은 아들, 딸 가진 엄마가 되는 것이라던 말. 아직 그 약속을 지키지 않았잖소?"

"장미도 제 철에 피지 않나요? 저도 엄마가 될 때를 기다리고 있어요."

신랑은 신부의 말이 옳다고 여기고 때를 기다리기로 했다.

오랜 시간이 흐른 후 신부는 아들과 딸 쌍둥이를 낳았다. 사랑스러운 아이들의 치아는 진주 같았고, 머리카락은 비단 같았다. 그런데 불행하게도 그 집에는 신부를 질투하는 사람들이 있었다. 다름 아닌 친언니들이었다. 언니들은 동생이 귀여움을 받으며 애까지 낳은 것을 도저히 참을 수가 없었다. 그래서 산파에게 금화를 주면서 아직 아무도 아기들을 보지 못했으니 어딘가로 데려가 없애 버리라고 말했다.

산파는 밖으로 나가 새로 태어난 강아지를 가지고 왔다. 그리고 산모가 잠들어 있을 때 강아지를 감싸서 옆에 갖다 놓고는 아기들을 데리고 나와 궤에 넣어 강에 흘려보냈다.

일을 끝낸 산파는 신랑에게 가 신부가 강아지를 낳았다고 말했다. 전혀 생각지도 못했던 소식을 들은 신랑은 속으로 생각했다.

'인간이 개를 낳을 수 있단 말인가? 물론 낳을 수 없지. 하지만 이게 신의 뜻이라면 어쩌겠나.'

산파가 바구니에 담은 강아지를 데려오자 신랑은 산파의 말을 믿을 수밖에 없었다. 매우 상심한 그는 하인들을 불렀다.

"아내를 일곱 갈래의 길이 만나는 곳으로 데려가 허리까지 땅에 묻어라. 지나가는 사람들이 강아지를 낳은 여자의 얼굴에 침을 뱉도록 말이다."

하인들은 주인의 말에 따라 여인을 일곱 갈래의 길이 만나는 곳으로 데리고 갔다. 여자가 울며불며 애원했지만 들은 척도 하지 않고 허리까지 땅에 묻었다. 그리고 "이 여자는 개를 낳았다."라는 글이 적힌 간판을 여인 옆에 세웠다. 그 길을 지나가는 사람들은 여자의 얼굴에 침을 뱉고 욕설을 퍼부었다.

그 나라의 한 마을에 노부부가 살았는데, 그들은 단 한 마리 있는 양의 젖을 팔아 살아가고 있었다. 그런데 최근 들어 갑자기 양 젖이 나오지 않자 할머니는 양을 돌봐 주는 목동에게 물었다.

"요즈음 왜 우리 양의 젖이 나오지 않지? 우리는 양 젖을 팔아 입에 풀칠하고 있는데."

그 할머니의 말을 들은 목동은 놀랐다. 왜냐하면 자신은 결코 양의 젖에 손을 댄 적이 없었기 때문이다.

"저는 제가 돌보는 양들의 젖에는 결코 손대지 않습니다. 저는 남의 물건에 관심조차 없습니다. 다른 문제가 있겠지요. 오늘 할머니의 양을 잘 지켜보겠습니다."

할머니는 목동의 말을 믿었다.

다음 날 목동은 여느 때처럼 양 떼를 몰고 초원으로 갔다. 양들이 풀을 뜯고 있을 때 보니, 할머니의 양이 홀로 무리에서 멀어져 강가를 향해 가고 있었다. 목동은 양을 따라갔다.

양은 강가의 으슥한 곳에 들어가 멈춰 섰다. 목동이 살그머니 뒤로 가 보니 강가 나무에 걸린 궤 안에 아기들이 들어 있었다. 양은 그 아기들에게 젖을 주고 있었다. 이가 진주 같고 머리카락은 비단 같은 아기들이었다.

목동은 궤에 들어 있던 아기들을 품에 안고 마을로 돌아와 할머니에게 보여 주었다.

"보세요, 할머니. 할머니의 양 젖을 이 아기들이 먹었어요. 강가에 있는 궤 안에서 발견했어요."

할머니는 아기들을 보고 매우 놀랐지만 한편으론 기뻤다. 할아버지와 할머니는 이 아이들이 행운을 가져다 줄 거라며 애지중지 키웠다.

세월이 흘러 아이들은 무럭무럭 자랐다. 노부부가 아이들을 친자식처럼 길렀기 때문에, 아이들도 노부부가 친부모라고 생각했다. 다 자란 아이들은 노부부를 위해 집안일을 돌보며 지냈다.

어느 날 딸이 어머니에게 말했다.

"어머니, 시장에서 천을 사 오시면 제가 손수건을 만들어서 그 위에 수를 놓겠어요. 그것을 아버지가 내다 팔면 살림에 도움이 될 텐데요."

이에 어머니는 시장에서 천을 사다가 딸에게 주었다. 딸은 그 천으로 수건을 만들고, 그 위에 아름답게 수를 놓았다.

아버지는 딸이 만든 아름다운 손수건을 시장으로 가지고 갔다. 사람들이 그 손수건을 무척 좋아했기 때문에 수건은 삽시간에 다 팔렸다. 이렇게 해서 집안 살림은 점점 더 나아지게 되었다.

그러던 어느 날 쌍둥이 오빠가 시장에 갔다가 사람들이 모여 웅성대는 것을 보고 궁금해하며 그쪽으로 가 보았다. 그들은 활로 맞은편에 있는 버드나무 꼭대기를 맞추려 하고 있었으나 아무도 성공하지 못했다. 쌍둥이 오빠는 그들 쪽으로 가서 말했다.

"저도 한번 활을 쏴 볼 수 있을까요?"

그들은 활을 건네주었다. 오빠는 단번에 버드나무 꼭대기를 맞췄다. 그러자 그 중 한 남자가 말했다.

"세상에, 말도 안 돼. 우리가 저 부모도 확실치 않은 아이만도 못하단 말야?"

이 말을 들은 쌍둥이 오빠는 기분이 상했다.

"방금 한 말을 취소하시오. 나는 고아가 아니란 말이오. 부모님이 계십니다."

그 말을 들은 남자는 웃었다.

"목동이 너와 네 여동생을 강물 위에 떠 있던 궤 안에서 발견했는데 모르고 있었나? 너희들이 양의 젖을 먹고 있는 걸 목동이 발견해서 노부부에게 준 거야. 너희 친부모는 그들이 아니야. 이제 알겠어?"

이 말을 들은 아이는 집으로 돌아와 여동생에게 말했다.

"있잖아, 저분들은 우리 친부모가 아니래. 우리 여기서 나가자!"

아들은 활을 챙기고 여동생과 함께 노부부에게 갔다.

"오늘 당신들이 우리 부모가 아니라는 걸 알았습니다. 당신들은 여태까지 우리를 친자식처럼 돌봐 주셨습니다. 정말 감사합니다. 그 은혜 결코 잊지 않겠습니다. 허락하신다면 더 이상 폐를 끼치지 않고 저희 친부모를 찾아가겠습니다. 또 뵙게 될 날이 있겠지요."

남매는 눈물을 흘리는 노부부의 손에 입을 맞추고 그곳을 나왔다. 그들은 정처 없이 머나먼 길을 걸었다.

가는 도중에 남매는 산자락에 있는 빈 집을 발견하고 안으로 들어갔다. 오빠가 여동생에게 말했다.

"여긴 우리에게 적당한 곳이야. 오늘부터 여기서 살자. 자, 너는 집 안을 정리해라. 나는 사냥을 다녀오겠다. 먹을 것을 구해야 하니까."

오빠는 오두막집을 나섰다. 그러고 얼마 지나지 않아 커다란 사슴을 등에 짊어지고 돌아왔다. 둘은 사슴 고기로 음식을 만들어 배불리 먹었다.

다음 날 오빠는 다시 사냥을 떠났다. 숲 속에서 돌아다니고 있을 때 한 무리의 사냥꾼들이 사슴을 쫓아 뛰어다니고 있었다. 그러나 아무도 잡지 못하고 있었다. 오빠는 단번에 다른 사냥꾼들이 놓친 사슴을 쏘아 잡았다. 이 대단한 사냥꾼을 보려고 다른 사냥꾼들이 그의 곁으로 왔다. 사냥꾼들의 지휘자는 남자아이의 진주 같은 이와 비단 같은 머리카락에 반해 버렸다. 그 사이 오빠는 사슴의 머리를 잘라 머리만 자신이 갖고 사냥꾼들에게 몸통을 건넸다.

"집에 빈손으로 돌아가지 마시고 이걸 가지고 가세요."

그런데 사실 그 사냥꾼들의 지휘자는 쌍둥이의 친아버지였다. 남자는 집에 돌아와 오랜만에 사슴 고기로 만찬을 즐기면서 말했다.

"이 사슴을 한 젊은이가 내게 주었소. 너무나 잘생겨 그만 반해 버리고 말았다오. 치아는 진주 같고, 머리칼은 비단 같았소. 다시 한번 볼 수 있으면 좋으련만. 왠지 정이 가는 아이였소."

이 말을 들은 남자의 부인은 당황해서 언니를 찾아가 말했다.

"아이고, 세상에. 아무래도 그 애들이 살아 있는 것 같아. 어떻게 찾아서 죽이지?"

남자는 먼젓번 부인이 개를 낳았다고 하여 일곱 갈래의 길이 교차하는 곳에 허리까지 땅에 묻어 버리게 한 후 작은언니와 결혼했던 것이다. 자매는 노파를 불러 많은 돈을 쥐어 주며 아이들을 찾아 꼭 죽이라고 말했다.

노파는 마법의 항아리에 타고 하늘을 날아다닌 끝에 아이들이 살고 있는 오두막을 찾아냈다. 노파는 땅으로 내려가 마법의 항아리를 덤불 사이에 숨기고 문을 통해 안으로 들어갔다. 마침 오빠는 사냥을 나가고 없고, 여동생 혼자 집에 있었다. 노파는 여동생에게 다가갔다.

"예쁜 아이야, 이렇게 산중에 혼자 있는 것이 무섭지 않니?"

"뭐가 무서워요, 혼자가 아닌데! 저는 오빠랑 함께 살고 있어요. 지금 사냥 나갔어요. 곧 돌아올 거예요."

노파는 여동생을 꼬드기려고 또 말을 걸었다.

"오빠가 낮에는 사냥을 나가니 집에서 혼자 심심하지? 너는 젊고 게다가 예쁘기까지 한데 말야. 재미있게 놀아야 할 텐데⋯⋯."

"그렇긴 하지만 어떻게 하겠어요?"

"카프 산에 아주까리 나뭇잎이 있단다. 그 나뭇잎 몇 개를 가져다 천장에 매달면 저절로 음악을 연주하고 다양한 소리를 낸단다. 그러면 너도 즐겁게 지낼 수 있을 게다."

노파는 이렇게 말한 후 사라졌다.

저녁 무렵 오빠가 사냥에서 돌아오자 여동생은 말했다.

"오빠, 오빠가 사냥 가고 없을 때 집에서 혼자 심심해. 카프 산 너머에 아주까리 나뭇잎이 있다던데 내게 몇 개만 갖다 줘. 그 나뭇잎을 천장에 걸어 두면 저절로 악기를 연주한대. 그럼 나도 재미 있는 시간을 보낼 수 있을 텐데."

여동생이 원하는 것은 무엇이든 들어주는 오빠였다. 그는 준비를 하고 길을 나섰다. 한참 동안 길을 가던 오빠는 길에 우물이 있는 걸 보고 목을 축이러 다가갔다. 우물가에는 주인 없는 말이 물을 마시고 있었다. 그도 우물로 가 허겁지겁 물을 마셨다. 물을 마신 후 돌 위에 앉아 아름다운 말을 바라보던 오빠는 혼잣말을 했다.

"아, 피곤하다. 내게 저런 멋진 말이 있다면 진작 카프 산에 도착해 아주까리 나뭇잎을 가지고 오두막집으로 돌아갔을 텐데."

그때 멋진 말이 머리를 들고 젊은이를 바라보며 사람처럼 말했다.

"이봐요, 젊은이. 내가 그렇게 마음에 든다니 나도 당신과 친구가 되겠소. 눈 깜짝할 사이에 원하는 곳으로 데려다 드리지. 자, 어서 내 등에 타시오!"

젊은이는 크게 기뻐하며 단숨에 말에 올라탔다. 말은 바람처럼 달려 순식간에 카프 산 너머에 도달했다.

말은 젊은이에게 말했다.

"아주까리 나뭇잎은 저기 정원 안 가장 작은 나무에 있소. 정원에 들어가 나무 곁에 가거든 반드시 눈을 감고 나뭇잎을 따야 하오. 그리고 그 나뭇잎을 자루에 넣고 뒤돌아보지 말고 오시오. 함께 돌아갑시다."

젊은이는 말이 말한 대로 했다. 그리고 금세 돌아와 말을 타고 바람처럼 달렸다. 여동생은 오빠를 기쁘게 맞이하고 나뭇잎을 방 천장에 매달았다.

다음 날 아침 사냥을 나간 젊은이는 다시 사냥꾼 무리와 만났다. 그는 쏘아 잡은 새 가운데 가장 아름다운 새를 사냥꾼들에게 주었다. 사냥꾼들의 지휘자는 젊은이에게서 받은 새를 집으로 가져가 저녁거리로 삼았다. 그리고 저녁을 먹을 때 또다시 아내에게 말했다.

"이 새도 지난번 만났던 그 젊은이가 주었다오. 당신도 보면 반하고 말 거요. 치아는 진주 같고 머리칼은 비단 같다오."

아내는 아이들이 아직 살아 있다는 것을 알고는 언니와 함께 노파에게 가 이 일을 마무리지으라고 다그쳤다.

그날 젊은이는 사냥에서 돌아와 아주까리 나뭇잎들이 정원에 버려진 것을 보고 동생에게 물었다.

"나뭇잎을 왜 밖에 버렸니?"

"오빠, 내가 얼마나 혼났는데. 그 나뭇잎들이 내 목을 조르려 해서 천장에서 떼어 밖에 버렸어."

오빠는 동생에게 잘했다고 말하곤 함께 밥을 먹고 다시 사냥을 나갔다.

노파는 항아리를 타고 다시 오두막집으로 왔다. 동생은 노파를 보자 나뭇잎들이 음악을 연주하지 않고 자기를 죽이려 해서 밖에 버렸다고 말했다. 노파는 동생의 말을 중간에서 잘랐다.

"네 오빠가 나뭇잎을 잘못 가져온 거야. 이것들은 아주까리 나뭇잎이 아닌걸. 그러나 걱정 마라, 애야. 오빠에게 말해서 인도에 사는 규네시 크즈_{태양의 딸}를 데려오라고 해라. 그 애와 재미있는 시간을 보낼 수 있을 거야."

그러나 사실 규네시 크즈는 아주 무시무시한 존재로, 그녀를 데리러 간 사람은 모두 돌이 되어 그곳에 남게 되었다.

노파가 항아리를 타고 돌아간 후 오빠는 사냥에서 돌아왔다. 함께 저녁을 먹은 후 여동생이 말했다.

"오빠, 오빠가 사냥을 가고 나면 집에서 혼자 심심해요. 인도에 사는 규네시 크즈를 데리고 오면 내 친구가 되어 줄 텐데."

하나밖에 없는 여동생이 원하는 것이라면 모두 들어주는 오빠는 이번에도 집에서 나와 말을 타고 바람처럼 사라졌다.

몇 날 며칠을 달린 후 오빠는 산머리에 있는 저택에 손님으로 머물게 되었다. 그런데 그곳은 거인들의 집이었다. 거인의 딸이 젊은 이에게 말했다.

"당신은 왜 이곳에 왔어요? 이 저택이 거인의 집이라는 걸 아무도 말해 주지 않았나요? 어머니가 곧 오실 텐데…… 당신을 보면 가만두지 않을 거예요. 이리 오세요. 당신에게 먹을 것을 주고 저 옷장에 숨겨 줄게요."

거인의 딸은 젊은이에게 음식을 주고 옷장에 숨겨 주었다. 얼마 지나지 않아 어머니가 돌아왔다. 어머니 거인은 코를 벌렁거리며 냄새를 맡더니 딸에게 말했다.

"사람 냄새가 나는데. 우리 집에 누가 있는지 모르지만 빨리 나와라!"

딸은 아무도 없다고 말했지만 어머니는 믿지 않았다.

"빨리 데려오지 못할까! 그에게 아무 짓도 안 할 거다. 네게 약속하마."

딸은 마지못해 일어나 옷장 문을 열었고, 젊은이는 옷장에서 뛰어나와 어머니 거인의 손에 입을 맞추었다. 젊은이가 자신을 무서워하지 않고 존경을 표하자 어머니 거인은 매우 흡족했다.

"너는 여기서 무엇을 하고 있느냐?"

젊은이는 규네시 크즈를 데리러 인도로 간다고 말했다.

"너를 보낸 사람은 죽어 마땅하다. 그곳에 가는 사람들은 모두 돌로 변해 버린다. 누구인지는 몰라도 너를 죽이려 하는구나."

하지만 젊은이는 끝까지 규네시 크즈를 데려오겠노라며 고집을 꺾지 않았다.

"꼭 가야만 한다면 내가 도와주마. 이 반지를 손가락에 껴라. 규네시 크즈를 지키는 사람은 내 언니야. 그곳에 도착하면 이 반지를 언니에게 보여 주고 내 아들이라고 말해라. 그러면 널 도와줄 테니. 자, 행운을 빈다!"

거인의 저택에서 나온 젊은이는 다시 며칠을 말을 달린 끝에 인도에 도착해 규네시 크즈가 있는 저택 앞에 멈춰 섰다. 그는 저택을 지키는 거인을 찾아가 반지를 보여 주었다. 거인은 반지를 보고 매우 기뻐하며 말했다.

"자, 이리 오너라, 사랑하는 조카야. 누가 너를 이곳에 보냈느냐?"

젊은이는 거인의 손에 입맞춤한 후 말했다.

"저는 규네시 크즈를 데리고 가려고 왔습니다, 이모님."

"그렇다면 내가 도와주마. 내일 아침 일찍 정원 분수 주변에 땅을 파고 거기에 숨어라. 조금 지나 비둘기 서른아홉 마리가 날갯짓을 하며 그곳으로 올 것이다. 그 새들은 한번 몸을 부르르 털어 아름다운 여자로 변해서는 모두 옷을 벗고 분수에 들어가 물놀이를 할 것이다. 그런 다음 얼마 지나지 않아 다른 비둘기가 올 것이다. 그 비둘기도 다른 새들처럼 옷을 벗고 분수로 들어갈 것이다. 그러면 그때 땅속에서 나와 그 비둘기의 옷을 가지고 정원 벽을 넘어라. 무사히 넘으면 살 것이고, 그렇지 못하면 돌로 변할 것이다. 벽을 넘으면 규네시 크즈가 네게 옷을 달라고 세 번 간청할 것이다. 세 번째로 간청할 때 옷을 주고 내게 오너라. 자, 그럼 행운을 빈다."

젊은이는 다음 날 아침 일찍 일어나 분수 가장자리에 땅을 파고 안으로 들어가 숨었다. 잠시 후 비둘기 서른아홉 마리가 날아와 옷을 벗고 분수로 들어갔다. 그러곤 얼마 지나지 않아 다시 한 마리의 비둘기가 날아왔다. 그 비둘기도 옷을 벗고 아름다운 처녀로 변했다. 비둘기는 옷을 다른 곳에 놓고 분수로 뛰어 들어갔다.

비둘기들의 아름다움에 놀란 젊은이는 땅속에서 뛰쳐나와 얼른 옷을 낚아챘다. 그러나 미처 정원에서 나가기도 전에 규네시 크즈가 그에게 지팡이를 대어 돌로 변하게 만들었다. 조카가 돌로 변한 것을 안 거인은 울면서 규네시 크즈 앞에 엎드렸다.

"제발 용서해 주십시오. 제 조카는 미친 애입니다. 제발 저를 봐 서라도 용서해 주십시오."

규네시 크즈는 항상 자신을 보호해 주던 충직한 하인의 청을 차 마 거절할 수가 없었다. 그녀가 손에 들고 있던 지팡이를 돌에 대자 젊은이는 사람으로 돌아왔다.

다음 날 젊은이는 다시 땅속에 숨어 규네시 크즈를 꼭 데려가겠 노라며 의지를 불태웠다. 이윽고 서른아홉 마리의 비둘기가 날아와 옷을 벗고 물속으로 들어갔다. 뒤이어 마지막 한 마리가 옷을 벗고 물에 들어갔을 때, 젊은이는 옷을 집어 정원의 담을 넘었다. 이상한 낌새를 눈치 챈 서른아홉 마리의 비둘기는 물에서 나와 옷을 입고 날아가 버렸다.

이번에는 규네시 크즈가 애원할 차례였다. 젊은이는 규네시 크즈 가 세 번 요청하자 옷을 주었다. 규네시 크즈는 다시 비둘기가 되어 날아갔다. 젊은이는 이모에게 가서 자기가 한 일을 말했다.

거인 이모는 조카에게 다음과 같은 충고를 해 주었다.

"내일 아침 정원 문 앞에 있는 돌에 앉아 있어라. 서른아홉 명의 여자가 와서 일렬로 서서 '우리를 받아 주시겠어요?' 라고 말할 것 이다. 그러면 아무도 받아들이지 마라. 마지막으로 늙은 여자가 다 가와 '나를 받아 주시겠어요?' 라고 물을 것이다. 그러면 '당신을 받아들이겠소.' 라고 말해라. 그 다음은 네가 알아서 해라."

그날 밤 잠을 이루지 못하고 뜬눈으로 샌 젊은이는 아침 일찍 정 원 문 앞에 나가 돌에 앉았다. 잠시 후 여자들 서른아홉 명이 오더 니 젊은이 앞에 일렬로 섰다. 그리고 차례로 '나를 받아 주시겠어 요?' 라고 묻기 시작했다. 젊은이는 처녀들 모두에게 '당신은 마음 에 들지 않소.' 라고 대답했다. 여자들은 되돌아갔다.

그 후 늙은 여자가 지팡이를 짚으며 힘겹게 다가와 '나를 받아주겠어요?'라고 묻자 젊은이는 기다렸다는 듯이 '당신을 받아들이겠소.'라고 대답했다.

이 말을 들은 늙은 여자는 젊은이의 손을 잡아 끌고 어느 저택으로 갔다. 저택으로 들어간 늙은 여자는 옷을 벗고 규네시 크즈로 돌아왔다. 젊은이는 자기 앞에 나타난 규네시 크즈를 보고는 기뻐서 어쩔 줄 몰랐다. 그때 규네시 크즈가 말했다.

"내 저택에서 뭐든 갖고 싶은 게 있으면 가져가세요. 나는 가서 내 지팡이를 여자애들 중 한 명에게 주겠어요. 분수 주위에 있는 돌들은 모두 사람들이에요. 그들을 사람으로 되살려 집에 보내도록 하지요."

규네시 크즈는 저택에서 나가 친구들에게 지팡이를 건네주며 작별을 고했다. 젊은이는 저택에 있는 보물 중에서 값나가는 물건을 하나 골라 들고 규네시 크즈와 함께 거인 이모에게 갔다. 거인 이모의 손에 입맞춤을 하고 작별을 고하자 거인 이모는 눈물을 흘리며 문까지 배웅을 나왔다.

젊은이와 규네시 크즈는 문 밖에서 기다리는 명마를 타고 바람처럼 빠르게 달려 날이 저물기 전에 오두막집에 도착했다. 여동생은 그들을 환영하며 안으로 안내했다.

세 사람은 사이좋게 살았다. 규네시 크즈는 자신이 제일 어리다고 하면서 집안일을 도맡아 했다.

어느 날 사냥을 나간 젊은이는 세 번째로 사냥꾼들과 만나게 되었다. 젊은이는 차나 한잔 마시자며 그들을 집으로 초대했다. 사냥꾼들의 지휘자는 이가 진주 같고 머리칼이 비단 같은 젊은이의 여동생을 보곤 다시 반해 버렸다.

치아가 진주 같고 머리칼이 비단 같은 아이들의 친아버지인 사냥꾼들의 지휘자는 그날 저녁 밥을 먹으면서 아내에게 말했다.

"오늘 사냥에서 또 치아가 진주 같고 머리칼이 비단 같은 젊은이와 만났다오. 우리를 오두막집으로 초대해 차를 대접해 주었소. 그런데 그와 꼭 닮은 여동생도 있었소. 둘 다 매우 아름다워 그만 반하고 말았소. 그리고 웬일인지 무척 가깝게 느껴지더군. 그렇게 아름다운 아이들의 아버지가 아니라서 매우 섭섭했소."

이 말을 들은 자매는 아이들이 아직 살아 있는 것을 알고 화가 머리끝까지 치밀어서 노파를 찾았다.

노파는 말했다.

"맛있는 음식을 준비하고 음식 한쪽에 독을 넣으세요. 그리고 젊은이를 초대해 독이 있는 음식을 그 젊은이 앞에 놓으세요. 그 젊은이는 음식을 먹자마자 죽을 것이고, 그러면 당신들도 해방될 것입니다. 이제 다른 해결책은 없어요."

어느 날 젊은이가 사냥을 하다가 또 사냥꾼들과 만나게 되었다. 사냥꾼들의 지휘자는 그를 저녁 식사에 초대했다. 젊은이는 저녁에 가겠다고 말한 후 오두막으로 돌아와 여동생과 규네시 크즈에게 저녁 초대를 받았다고 말했다.

규네시 크즈가 말했다.

"저기 물이 가득 찬 황금 주전자를 가져가세요. 저기 있는 은 그릇도 배낭에 넣으시고요. 그리고 저기 볶은 콩 주머니도 챙겨 가세요. 사냥꾼들의 지휘자가 당신을 맞이하여 저택으로 데리고 갈 때, 일곱 갈래 길에서 허리까지 땅에 묻힌 채 수년 동안 신음하고 있는 여인을 보게 될 것입니다. 남자는 당신에게 '저 여자의 얼굴에 침을 뱉으시오!' 라고 말할 겁니다. 그래도 못 들은 체하고 말에서 내려 황금 주전자에 든 물을 은 그릇에 담아 여인의 얼굴을 씻겨 주세요. 자루에 든 볶은 콩을 그 옆에 두시고요. 그 여인은 당신의 어머니입니다. 그 남자는 당신의 친아버지고요. 당신의 이모들은 당신이 태어났을 때 당신을 궤에 넣어 강물에 버렸습니다. 당신의 어머니는 개를 낳았다 하여 허리까지 땅에 묻혔답니다. 지금 그 이모들이 음식에 독을 넣어 당신과 동생을 죽이려고 합니다. 그 음식을 절대 먹지 마세요! 그 저택에 새끼 고양이가 있습니다. 음식들을 먼저 그 고양이에게 주세요. 그걸 먹고 죽을 겁니다. 그러면 그때 아버지께 모든 정황을 이야기하세요. 행운을 빌겠어요!"

젊은이는 약속대로 아버지와 만나 숲길을 걸었다. 일곱 갈래의 길이 만나는 곳에서 허리까지 땅에 묻혀 있는 어머니를 보자 가슴이 찢어지는 것 같았다. 그러나 전혀 내색하지 않고 말에서 내려 어머니 곁으로 갔다. 그때 아버지가 말했다.

"이봐요, 젊은이! 그 여자에게 아무것도 주지 말고 얼굴에 침을 뱉으시오! 그 여자는 내 부인이었소. 자네처럼 치아가 진주 같고 머리칼이 비단결 같은 아이를 낳겠다고 말했지만 강아지만 두 마리 낳았다오. 그래서 벌을 주기 위해 몇 년 전에 여기에 묻었소. 여기를 지나가는 모든 사람들은 그녀의 얼굴에 침을 뱉는다오. 자, 당신도 침을 얼른 뱉고 우리 집에서 저녁을 듭시다."

젊은이는 그 말을 무시하고 어머니 곁으로 가 무릎을 꿇었다. 그리고 애써 눈물을 참으며 황금 주전자의 물을 은 그릇에 담아 여인의 얼굴을 깨끗이 닦아 주었다. 그리고 불쌍한 여인에게 시원한 물을 마시게 해 주고 볶은 콩을 여인의 옆에 두어 먹을 수 있게끔 했다.

저택에 도착했을 때 젊은이는 온갖 음식이 풍성하게 마련된 식탁에 앉았다. 이모들은 조카인 젊은이를 보고도 냉담하게 모른 척했다. 젊은이는 음식을 집어먹는 체하면서 곁으로 다가온 고양이에게 주었다. 고양이는 그 음식을 먹자마자 죽어 버렸다. 이를 본 젊은이는 더 이상 음식을 먹지 않았다. 손님이 식사를 하지 않자 아버지가 물었다.

"왜 식사를 하지 않는 거요?"

젊은이는 더 이상 참지 못하고 죽은 고양이를 가리키며 말했다.

"제가 어떻게 식사를 할 수 있겠습니까? 앞에 놓인 음식에는 모두 독이 들어 있습니다. 음식을 고양이에게 주었는데 먹자마자 죽어 버렸습니다."

아버지는 젊은이의 말에 벌컥 화를 냈다.

"음식에 독이 들어 있다니 말이 되오?"

"어떤 여자가 개를 낳는다면, 음식에도 독이 있을 수 있습니다. 첫째 부인은 당신에게 치아가 진주 같고 머리칼이 비단결 같은 남자아이와 여자아이를 낳겠다고 말했고 그렇게 했습니다. 그 남자아이는 저고, 여자아이는 당신이 오두막집에서 보았던 그 아이입니다. 당신은 우리들의 아버지이고요. 그러나 이모들이 어머니를 질투하여 우리가 태어나자마자 당신에게조차 보여 주지 않고 궤에 넣어 강물에 버렸답니다. 당신도 이모들의 말을 믿고 일곱 갈래의 길이 만나는 곳에 어머니를 묻었어요. 그리하여 몇 년 동안이나 부당하게 어머니에게 고통을 주고 계십니다. 어떻게 이런 일을 할 정도로 양심이 없으신가요?"

젊은이의 말을 들은 아버지는 너무나 놀랐다. 기쁘기도 했지만 수치스러워서 견딜 수가 없었다. 아버지는 아들을 껴안고 볼에 입 맞춤한 후 하인들을 불러 엄명을 내렸다.

"저 여자들을 즉시 옥에 가두어라!"

아버지는 아들과 함께 마차에 올라 곧장 일곱 갈래의 길이 만나는 곳으로 달려갔다. 그리고 손으로 흙을 파서 가련한 여인을 구원했다.

아버지는 노새 세 마리를 구해 둘째 부인과 그 언니 그리고 노파도 데려오게 해서 노새 꼬리에 묶어서 산으로 쫓아 보냈다. 이리하여 그들은 지은 죄의 대가를 치렀다.

아버지는 산속의 오두막집에 사는 딸과 규네시 크즈를 저택으로 데려왔다. 아들과 규네시 크즈는 축복 속에서 혼례를 치렀고 그 후 가족들은 헤어지는 일 없이 오랫동안 함께 행복하게 잘 살았다.

마흔 번째 방

옛날 아주 오랜 옛날 깊은 산 속 오두막집에 부부가 살았다. 남편은 숲 속에서 나무를 베어 먼 도시에 가져가 팔았고, 부인은 숲 속에 있는 폭포에서 물을 길어 오고 나무에서 과일을 따고 텃밭에서 키우는 야채로 음식을 만들었다.

그러던 어느 날 아내는 달덩이 같은 아들을 낳았다. 마침 남편이 먼 도시에 나가 있었기 때문에 아내는 해산을 한 지 얼마 안 되는 몸으로 자리에서 일어나야만 했다. 그녀는 한 손으로는 아이를 안고 다른 한 손으로는 나무로 만든 양동이를 들고 물가로 갔다.

어머니는 아이를 잔디 위에 내려놓고 물을 채우기 위해 팔을 뻗어 양동이를 폭포수 밑에 넣었다. 덜덜 떨리는 손으로 물을 긷던 그녀는 불행하게도 그만 물살에 휩쓸려 떠내려가고 말았다.

아기는 무슨 일이 일어났는지도 모르면서 마치 무엇인가를 알고 있는 듯이 계속해서 목이 터져라 울어 댔다. 그러나 그곳에는 아기를 돌봐 줄 사람이라곤 아무도 없었다.

다행히 아이는 암호랑이에게 발견되어 호랑이 굴에 가서 살게 되었다. 그날 이후로 아기는 호랑이 젖을 먹고 호랑이 새끼들과 장난치며 자랐다. 아기는 무척이나 빨리 자랐고 자랄수록 힘도 세졌다. 호랑이 엄마도 아이가 자라는 모습을 보며 놀라워했다. 이 인간 아이는 함께 자라는 호랑이 형제들을 쉽사리 때려눕혔고, 사냥을 나가서도 다른 호랑이 형제들보다 먹이를 잘 잡았다.

고민하던 어미 호랑이는 아이가 숲 속에서 불을 지피는 인간들과 닮았다는 것을 알게 되었다. 어미 호랑이는 자신들에게 해를 끼치기 전에 아이를 멀리 보내기로 했다.

어느 날 어미 호랑이는 인간 아이에게 나무 한 그루를 가리키며 그곳에서 기다리라고 말했다. 그러고는 새끼들을 데리고 아주 먼 곳으로 가서 다시는 돌아오지 않았다. 몇 시간이 지나도 호랑이 엄마와 형제들이 돌아오지 않자, 아이는 그들을 찾으려고 숲 속을 뒤지기 시작했다. 사방을 휩쓸고 다녔지만 어디에도 그들은 없었다. 아이는 찾다 찾다 지쳐 굴로 들어가 잠에 빠져들었다.

그러다 호랑이 아이는 사슴 사냥을 나온 왕자 일행에게 발견되었다. 튼튼한 팔, 울퉁불퉁한 근육, 호랑이 앞발만큼이나 튼튼하고 두터운 손바닥, 덩치는 산만 한 데다가 풍성한 머리칼과 긴 수염이 온몸을 뒤덮고 있어 마치 거대한 야수를 연상시키는 모습이었다.

자신들과는 별로 닮지 않은 호랑이 아이를 보고 신하들은 매우 두려워했지만 왕자는 어쩐지 그가 마음에 들었다. 왕자는 그에게 '호랑이 인간' 이라는 이름을 붙이고 신하들을 시켜 꽁꽁 묶어 궁전으로 데려왔다. 그 와중에도 호랑이 인간은 아무것도 모르고 천둥처럼 코를 골며 자고 있었다. 그를 운반하느라 말 여섯 마리가 끄는 마차와 장정 스무 명이 동원되었다. 왕자의 아버지인 왕은 짐승을

닮은 끔찍한 사람을 보고 언짢아하며 아들을 못마땅하게 여겼다.

이렇게 해서 궁전에 온 호랑이 인간은 왕자와 함께 지냈다. 그리고 세월이 흐르면서 자신이 머물고 있는 곳이나 주위 사람들, 그리고 음식에 익숙해져 갔다. 사람들이 하는 말도 점차 이해하기 시작했다.

몇 년이 지나자 호랑이 인간은 보통 사람처럼 옷도 입고, 식탁에서 음식을 먹고, 말을 타고 돌아다니고, 활도 쏘게 되었다. 그가 다른 사람들과 다른 점은 단지 매우 건장하고 힘이 세다는 것밖에 없었다. 처음에 호랑이 인간을 별로 좋아하지 않던 왕도 차차 그를 좋아하게 되어 친아들처럼 대했다.

어느 날 이웃 나라에서 전쟁을 선포하자 왕은 군대를 이끌고 전장으로 나갔다. 호랑이 인간도 병사들 사이에 끼어 전쟁터로 나갔다.

호랑이 인간은 맨 앞에 나서서 쉴새없이 활을 쏘아 적군이 근접하지 못하게 했고, 화살이 떨어지면 말에서 내려 돌이나 몽둥이를 들고 돌격했다. 적군은 그의 거대한 몸집과 용맹 앞에서 속수무책으로 무너졌다.

호랑이 인간의 지휘 아래 승리를 거둔 군대는 승전가를 부르며 돌아왔다. 왕과 모든 국민들이 환호성을 올리며 그들을 맞이하였다. 호랑이 인간은 왕 앞으로 나아가 무릎을 꿇었다. 왕은 전쟁을 대승리로 이끈 호랑이 인간의 이마에 입맞추고 지휘관을 상징하는 칼을 하사하면서 말했다.

"오늘부터 그대를 우리 군대의 지휘관으로 임명한다!"

사람들은 호랑이 인간을 어깨에 태워 궁전까지 갔다. 전쟁이 승리로 끝나자 왕은 호랑이 인간을 불러 당부했다.

"이제 우리나라에서 적군의 위협이 사라졌구나. 요즘 매우 피곤하여 이집트에 몇 달 다녀오려고 한다. 내가 자리를 비운 사이 나랏 일을 맡아 다오."

"저를 믿어 주시고 가까이 여겨 주시니 감사합니다. 하지만 전하 가 안 계실 때에는 왕자님이 나랏일을 돌보셔야 합니다. 이는 왕자 님의 권리입니다."

왕이 웃으며 대답했다.

"네 말이 맞다. 하지만 나는 아들도 함께 데리고 갈 것이다. 게다 가 네가 나라를 돌보면 그 어떤 적군도 우리나라에 발을 디디지 못 할 것이다. 네가 있으면 나도 마음 편히 여행을 하고 돌아올 수 있 다."

이리하여 따스한 어느 봄날 왕과 왕자는 비단 옷을 입고 말 여섯 필이 이끄는 마차를 타고 이집트로 여행을 떠났다.

호랑이 인간은 이제 왕의 대리인으로서 나랏일을 돌봐야 했다. 하지만 호랑이 인간의 마음을 불편하게 하는 일은 따로 있었으니, 그것은 바로 왕이 여행을 떠나기 전에 그에게 건네준 마흔 개의 열 쇠였다.

"이것들은 이 궁전의 마법의 방을 여는 열쇠이다. 서른아홉 방은 문을 열어도 되지만, 마흔 번째 문은 절대 열지 마라!"

호랑이 인간의 마음을 불편하게 하는 것은 바로 그 마흔 번째 방 이었다.

'그 방에 뭐가 있기에 왕이 열지 못하게 하지?'

이러한 생각을 하면 잠도 오지 않았다. 그렇다고 마흔 번째 방을 열 수도 없는 일이었다. 약속을 깨는 것은 부끄러운 일이기 때문이 다. 그러나 마음속에서 누군가가 자꾸 문을 열라고 말하는 것만 같 았다.

결국 호기심을 이기지 못한 그는 어느 날 궁전에 아무도 없을 때 열쇠를 들고 방문들을 하나 하나 열기 시작했다.

첫 번째 방문을 열자 형형색색의 꽃들과 향기로 가득 찬 천국 같은 정원이 펼쳐졌다. 나비처럼 작은 날개를 단 요정들이 꽃들 사이로 날아다니며 찬란한 햇빛 아래 웃고 떠들고 있었다. 호랑이 남자는 오랫동안 그 모습을 구경한 후 문을 잠갔다.

두 번째 방문을 여니 아름다운 숲 속에서 거대한 거인들과 작은 난쟁이들이 공놀이를 하고 있었다. 거인들과 난쟁이들이 허물없이 노는 것을 보고 호랑이 인간은 자신도 모르게 그들 곁으로 가려고 발을 내딛었다. 순간 열쇠 꾸러미에서 짤랑 소리가 나는 바람에 그는 멈칫했다. 왕의 대리인이 그들과 공놀이를 한다는 것은 체면 문제였다. 결국 노는 것을 포기하고 뒤로 물러나서 문을 닫고 잠갔다.

세 번째 문을 열어 보니 금화가 산더미처럼 쌓여 있었다.

'이 정도 금화면 세상을 다 살 수 있을 거야.'

그는 한순간 이렇게 생각하기도 했지만 곧 생각을 고쳐먹었다.

"그렇지만 이런 돈이 무슨 필요가 있담. 열심히 일해서 번 돈이 아니면 쓸모없지, 뭐. 건강이 제일 중요해. 다른 사람 돈이 내게 무슨 상관이야!"

네 번째 문을 열었다. 이번에는 주위가 온통 커다란 나무들로 둘러싸이고 색색의 대리석으로 만들어진 정원이 나왔다. 정원 한가운데에는 수정으로 된 커다란 분수가 있었다. 얼마 후 커다란 나무에서 눈처럼 하얀 비둘기들이 날아오더니 일렬로 분수 속으로 들어갔다가 아름다운 요정으로 변해서 나오는 것이었다. 요정들은 한동안 웃고 떠들다가 다시 비둘기로 변해 날아갔다.

이렇게 해서 호랑이 인간은 차례차례 방 서른아홉 칸을 모두 열었다. 어떤 방에는 허리 아래가 물고기인 요정들이 있었고, 어떤 방에는 금은으로 만들어진 눈부신 궁전과 저택들이 있었다. 또 어떤 방에는 사자들의 왕이 있었고, 어떤 방에는 개미들의 왕이 통치하는 나라가 있었다. 드디어 마흔 번째 방 앞에 이르렀다. 호랑이 인간의 가슴이 갑자기 콩콩 뛰었다. 그는 결국 유혹을 이기지 못하고 열쇠를 자물쇠에 넣고 돌렸다.

그곳은 지금까지 보았던 다른 방과는 전혀 달랐다. 작고 어두운 방이었다. 어떤 아랍 인이 방 한구석의 기둥에 팔다리가 묶인 채 서 있었다. 호랑이 인간은 어리둥절해서 물었다.

"당신 여기서 무얼 하고 있는 거요? 당신이 무슨 일을 했기에 이렇게 묶여 있는 거요?"

아랍 인은 울면서 설명하기 시작했다.

"저는 이 궁전의 하인이었습니다. 어느 날 왕께서 원인 모를 병에 걸리셨습니다. 어떤 노인이 찾아와서 '카프 산 너머에 붉은 강이 있는데 그 강의 물을 떠다가 마시게 한다면 나을 수 있을 것이다.'라고 말했습니다. 이에 왕께서는 누구든 그 물을 떠 오면 금 열 꾸러미를 내리겠다고 하셨습니다. 그리고 그 물을 가져오겠다고 말만 하고 가져오지 않으면 사형에 처하겠다고도 말씀하셨지요. 그런데 어떤 노파가 그 물을 떠 오겠다고 갔다가 빈손으로 돌아왔습니다. 노파가 말하길, 물을 뜨러 갔을 때 거인이 나와 위협하는 바람에 어쩔 수 없이 되돌아왔다고 말했습니다. 왕은 그 노파의 목을 치라고 하면서 제게 그 임무를 내리셨습니다. 저는 그러한 일을 할 수 없다고 말했습니다. 딱한 노파를 죽이는 것은 부당하다고 생각했으니까요. 이에 왕께서는 매우 화를 내시면서 여기에 저를 감금하셨습니다. 저의 잘못은 이것입니다. 당신이라면 저처럼 하지 않았겠습니까?"

아랍 인은 계속해서 울었다. 호랑이 인간은 그의 처지를 딱하게 여기고 밧줄을 풀어 주었다.

"만약 내게 거짓말을 한 거라면 너는 내 손에서 벗어나지 못할 것이다. 어디에 있든지 너를 찾아낼 것이다."

아랍 인은 호랑이 인간의 발밑에 엎드려 눈물을 흘리며 자신이 한 말이 진실이라고 거듭거듭 맹세했다. 그런 후 있는 힘을 다해 뛰어 시야에서 사라졌다.

몇 달이 지나 왕과 왕자를 태운 화려한 마차가 신하들의 호위를 받으며 도시에 도착했다. 호랑이 인간, 대신들, 궁전에서 일하는 사람들, 병사들, 시민들이 모두 달려나가 일행을 맞이하였다.

다음 날 아침, 호랑이 인간은 왕에게 그 동안 자신이 한 일을 보고했다. 그리고 마흔 개의 열쇠도 바쳤다.

열쇠를 받으며 왕이 물었다.

"그래, 마흔 번째 방을 열어 보았느냐?"

호랑이 인간은 생각했다. 왕에게 어떻게 대답해야 하나? 거짓말을 한다는 것은 옳은 행동이 아니었다. 게다가 그럴 필요도 없었다. 결국 왕은 사실을 알게 될 것이다. 하지만 사실을 얘기하면 왕이 화를 내지 않을까? 그는 사실을 얘기하기로 결심했다.

"왕이시여, 저는 지금까지 거짓말한 적이 없습니다. 그래서 지금도 거짓말을 하지 않겠습니다. 왕께 약속했는데도 호기심을 참을 수 없었습니다. 그리하여 마흔 번째 방을 열고 말았습니다. 그렇지만 후회하지는 않습니다. 부당하게 감금되어 있는 아랍 인을 구해 주었으니까요."

"네가 사실을 얘기해 줘서 기쁘구나. 그러니 네가 한 실수도 용서해 주마. 하지만 좋은 일을 하려고 한 네 의도가 얼마나 큰 실수를 낳았는지 알기나 하느냐?"

이 말에 호랑이 인간은 너무 놀라서 대답을 하지 못했다.

"마흔 번째 방에 감금되어 있던 아랍 인은 사악한 사람이다. 왕자의 사랑스럽고 어린 딸 빌게를 납치해 갔지. 사방을 뒤져 보았지만 내 사랑스러운 손녀는 찾을 수가 없었단다. 그래서 내 신하들이 그 아랍 인을 잡아 와서 손녀가 있는 곳을 말할 때까지 여기에 가두어 두었던 것이다. 그래, 이제 어찌 하면 좋겠느냐?"

호랑이 인간은 왕의 말을 듣고 자신이 무슨 실수를 했는지 알게 되었다.

"그런데 그 어린 손녀 분을 아랍 인이 왜 납치해 갔지요?"

"아이가 없다는군. 그래서 우리 손녀를 양녀로 삼으려고 납치해 간 것이지."

호랑이 인간은 아랍 인이 자신에게 한 거짓말을 생각하자 마음이 언짢았다. 그는 왕 앞에 무릎을 꿇었다.

"저를 용서해 주십시오. 커다란 실수를 저질렀습니다. 그러나 허락해 주신다면 제가 반드시 그 아랍 인을 찾아 죽이고 손녀딸 빌게도 데리고 오겠습니다."

왕은 호랑이 인간의 청을 받아들였다. 이에 빌게의 아버지인 왕자도 손에 창을 들고 말에 금을 싣고 그와 함께 가겠다고 나섰다.

둘은 산을 넘고 강을 건너 밤낮으로 쉬지 않고 길을 갔다. 그렇게 몇 달을 갔지만 아랍 인이 있는 곳에 도달하지 못했다. 오랜 여행에 지친 두 사람은 시냇가에 앉아 잠시 휴식을 취했다. 그런데 거기 앉아서 보니 맞은편 산에 커다란 동굴이 있었다. 그들은 다시 동굴을 향해 걸음을 옮겼다.

그들은 한참 동안 걸은 끝에 저녁 무렵 동굴이 있는 곳에 도착하였다. 왕자가 먼저 동굴 안을 들여다보니 거인이 거대한 화덕 앞에 앉아 솥에 음식을 끓이고 있었다. 왕자는 말고삐를 풀고 있는 호랑이 인간에게 다가가 자신이 본 광경을 설명했다. 호랑이 인간은 웃었다.

"흥분할 필요 없습니다. 두려워할 필요도 없습니다. 나만 따라오세요."

호랑이 인간이 앞장서고 왕자가 뒤에 서서, 둘은 동굴의 문을 통해 안으로 들어갔다. 화덕 앞에서 늙은 어머니 거인이 졸고 있었다. 호랑이 인간은 곧장 화덕 앞으로 가 솥을 잡아서 단숨에 밑으로 내렸다. 그리고 국자로 음식을 떠 입으로 가져갔다. 솥이 바닥으로 내려오면서 둔탁한 소리를 내자 어머니 거인은 눈을 떴다. 그녀가 보기에 한 명은 보통 사람이었지만 다른 한 명은 거인처럼 키가 크고 건장했다. 거인 몇 명이 힘들게 내리던 솥을 쉽사리 내린 걸 보면 보통 사람은 아닌 것이 분명했다.

그때 호랑이 인간이 말했다.

"여보시오, 노인. 지금 뭘 하는 거요? 환영 인사도 없고."

노파 거인이 보니 그 사람은 이제까지 자신이 보아 왔던 인간과는 판이하게 달랐다. 그녀는 좋게 말하는 수밖에 없다고 생각했다.

"미안해요. 늙은이인 데다가 눈도 잘 보이지 않아서요. 어서 오세요."

"그런데 여기에 당신 말고는 아무도 없는 거요? 우리는 지금 배가 고프고 피곤하오. 게다가 졸립기도 하고."

어머니 거인은 동굴이 울릴 만큼 커다랗게 웃었다.

"나는 아들이 마흔 명 있어요. 이른 아침에 사냥을 나갔으니 곧 돌아올 때도 되었지요. 여기 잠깐 앉아 계시면 내가 소식을 전할게요."

그런 후 노파 거인은 몰래 자리에서 일어나 몸을 흔들거리며 동굴에서 나가 바로 옆에 있는 동굴로 가서 손자들에게 말했다.

"자, 빨리 아버지께 소식을 전해라. 우리 동굴에 사람이 왔는데 이 사람들은 먹을거리가 아니니 돌아오면 손님처럼 잘 대하라고 말해라. 그러지 않으면 어떤 후환이 올지 장담 못 한다!"

손자 거인들은 아버지 거인에게 소식을 전하러 뛰어갔다. 어머니 거인은 얼른 호랑이 인간과 왕자에게 돌아가 나무로 만든 커다란 접시에 솥에서 떠 온 음식을 담아 대접했다. 그들이 음식을 먹고 있을 때 거인들이 하나 둘 돌아오기 시작했다. 왕자는 너무 무서워 음식이 목에 걸릴 지경이었지만 호랑이 인간은 신경 쓰지 않고 계속 먹었다. 거인들은 호랑이 인간과 왕자에게 웃으면서 말했다.

"어서들 오시오. 환영합니다."

식사가 끝난 후 호랑이 인간은 자리에서 일어나 거대한 솥을 단번에 들어 제자리에 걸어 놓았다. 그의 무지막지한 힘을 본 거인들은 그에게 호감을 느꼈다.

"그런데 지금 어디에서 와서 어디로 가는 길이오? 무슨 문제가 있으면 우리도 도와주겠소."

호랑이 인간이 왕자를 가리키며 말했다.

"저분은 왕의 아들이오. 그런데 마음 나쁜 아랍 인이 어린 딸 빌게를 양녀로 삼겠다고 납치해 갔소. 우린 그의 딸을 구하고 그 아랍 인을 죽이기 위해 길을 나선 것이오."

그때 갑자기 어머니 거인이 끼어들었다

"당신이 말한 아랍 인이 누구인지 알겠어요. 그는 '건널 수 없는 강' 옆에 있는 시브리^{필족산} 산의 뒤에 살고 있어요. 그러나 그 '건널 수 없는 강'과 시브리 산을 넘은 사람은 지금까지 아무도 없어요. 우리조차 그곳에 가지 못한답니다. 그러나 당신은 용감하고 두려움을 모르는 사람 같군요. 어쩌면 당신은 할 수 있을 거예요. 그러나 당신 친구는 별로 도움이 될 것 같지 않군요."

호랑이 인간은 어머니 거인의 말을 주의 깊게 들은 후에 말했다.

"저를 도와주셔서 정말 감사합니다. 저는 그 아랍 인을 꼭 잡고야 말겠습니다. 제가 돌아올 때까지 왕자님을 돌봐 주십시오. 부탁드리겠습니다. 만약 그에게 무슨 일이 생긴다면 왕이 여기에 병사를 보내서 여러분 모두를 죽여 버릴 겁니다. 아시겠지요?"

어머니 거인이 웃었다.

"걱정 말아요. 우리는 용감한 사람은 해치지 않아요. 당신과 당신 친구 모두 좋은 사람 같군요. 이제부터 우리 친구로 지내요. 당신이 아랍 인을 찾아서 돌아올 때까지 왕자는 우리 곁에 머물러도 괜찮아요. 그가 잘 지낼 수 있도록 할 테니 걱정하지 말아요. 자, 행운을 빌어요!"

호랑이 인간은 왕자와 껴안고 작별 인사를 한 후 거인 어머니와 자식들에게도 일일이 작별 인사를 했다.

그는 산을 넘고 강을 건너 말을 타고 전속력으로 달려갔다. 지나가는 말발굽 소리에 놀란 사슴과 개미들은 허둥지둥 도망쳤고, 토끼들은 굴을 찾아 숨어 들어갔고, 새들은 앉아 있던 나뭇가지에서 일제히 떼지어 날아갔다.

한참 동안 달린 후에 어느 샘에 다다랐다. 그런데 거기에 세 아이가 다투고 있었다. 그는 그들에게 다가가 물었다.

"얘들아, 왜 싸우고 있니? 아버지 유산 때문에 싸우고 있는 거니?"

그들 중 한 명이 대답했다.

"아니, 어떻게 아셨죠?"

"그냥 해 본 말이었는데. 그러니까 유산 문제로구나. 그래, 서로 합의하지 못한 부분이 무엇이니?"

"우리는 삼형제입니다. 그런데 우리 아버지께서 돌아가시면서 양 가죽과 채찍을 남겨 주었습니다. 이 두 가지 물건을 사이좋게 나누어 가질 수가 없습니다. 우리에게 해결책을 말해 주실 수 있습니까?"

"이보다 쉬운 일이 어디 있느냐? 이 양 가죽과 채찍을 시장에 내다 팔면 합쳐서 금화 한 닢도 받지 못할걸. 자, 내가 너희들에게 금화 열다섯 닢을 줄게. 다섯 닢씩 나누어 가지면 될 거야. 어때?"

세 아이는 좋아라 호랑이 인간에게서 금화 다섯 닢씩을 받아 주머니에 넣고 양 가죽과 채찍을 내주었다. 그때 형제 중 한 명이 말했다.

"아저씨, 그것들은 마법의 양 가죽과 채찍이에요. 양 가죽을 타면 하늘을 날 수 있고, 채찍을 휘두르면 당신이 원하는 곳으로 갈 수 있지요. 그럼 안녕히 가세요."

아이들은 금화를 받고 즐거운 기분으로 사라졌다. 호랑이 인간이 양 가죽을 타고 채찍을 휘두르자 양 가죽은 번개처럼 '건널 수 없는 강'을 향해 날아갔다. 너무 빨리 날아서 허공으로 떨어지지 않으려면 가죽 양쪽을 꽉 잡아야 했다.

눈 깜짝할 사이에 양 가죽은 '건널 수 없는 강'을 지나서 시브리 산으로 날아갔다.

호랑이 인간이 내려다보니 하늘을 찌를 듯 날카롭게 솟은 바위산들과 끝이 보이지 않는 절벽이 펼쳐져 있었다. 두려움을 느낀 호랑이 인간은 잠깐 눈을 감았다. 눈을 다시 떴을 때는 이미 시브리 산을 지난 뒤였고, 푸르고 드넓은 초원이 펼쳐져 있었다. 그 초원의 가운데에는 높은 성벽으로 둘러싸인 커다란 저택이 있었다.

호랑이 인간은 저택의 정원에 있는 나무 옆에 내린 다음 채찍과 양 가죽은 나뭇가지 사이에 숨겨 놓고 저택을 향해 걸어갔다.

성벽을 따라 자란 나무들, 다양한 소리로 노래하는 새들, 저택의 닫힌 창문들, 사람 키만큼 자란 야생초들, 사람 손가락만 한 개미들, 철창으로 된 문, 성벽의 우묵한 부분에 둥지를 튼 독수리들이 을씨년스러운 분위기를 자아냈다. 첫눈에 사람의 발자취가 전혀 없는 곳이라는 것을 알 수 있었다. 저택의 거대한 문은 반쯤 열려 있는데 언뜻 보기에는 아무도 없는 것 같았다.

발뒤꿈치를 들고 살금살금 안으로 들어가니 저택 안은 쥐 죽은 듯이 조용했다. 호랑이 인간은 조심조심 계단을 올라 맨 꼭대기 층까지 올라갔다. 그때 그의 귀에 구슬픈 노랫소리가 들려왔다. 빌게의 목소리였다.

그는 소리가 들려오는 곳을 향해 다가가 손잡이를 돌리고 안으로 들어갔다. 삐그덕거리는 문 소리에 빌게는 문 쪽으로 고개를 돌렸다가 뜻밖에 건장하고 잘생긴 남자가 서 있는 것을 보고 놀라워했다.

"누구시지요? 여기에 어떻게 오셨어요?"

호랑이 인간은 빌게를 향해 천천히 걸어갔다.

"무서워하지 마세요. 저는 당신을 구하려고 왔습니다. 먼저 그 아랍 인이 어디에 있는지 말씀해 주세요."

이 말을 듣고 빌게는 한시름 놓았다.

"아랍 인은 지금 여기 없어요. 매일 아침 나가거든요. 저는 저녁 때까지 청소를 하고 음식을 만들고 집안일을 합니다. 그는 날이 어두워지면 돌아옵니다. 마음씨가 매우 나쁘고 포악한 사람이에요. 저를 양녀로 삼으려고 여기로 데려왔지만 하녀처럼 부려먹기만 한 답니다. 게다가 매일 매까지 맞지요."

빌게가 얼마나 고생을 하고 있는지 겉모습만 보아도 알 수 있었다. 비쩍 마른 데다가 옷은 누더기였으며, 얼굴은 누렇게 떠 있었다. 호랑이 인간은 빌게가 가엾어 견딜 수가 없었다.

"이제 걱정할 필요 없습니다, 공주님. 이제 슬픔과 고통은 끝났습니다. 부모님과 할아버님 곁으로 데려다 드리겠습니다. 저는 공주님 나라의 장수입니다. 아버님의 친한 친구이기도 하지요. 무슨일이 있더라도 꼭 공주님을 구출하겠습니다. 지금 제 말을 잘 들으십시오. 일단 저를 숨겨 주십시오. 저녁에 아랍 인이 돌아오면 제가 뛰어나가 그를 밧줄로 묶겠습니다. 그런 다음 우리 함께 궁전으로 돌아갑시다. 만약 아랍 인이 저항을 하면 단칼에 베어 버리겠습니다. 그의 머리를 들고 궁전으로 가지요. 알겠죠?"

빌게는 눈물을 흘리며 그 끔찍한 아랍 인에게서 자신을 구하러 온 호랑이 인간의 손에 입맞춤을 했다.

"그런데 그 아랍 인은 우리 같은 사람이 아니에요. 그는 목숨이 일곱 개예요. 칼로는 그의 몸 중 어느 곳도 자르지 못해요. 그렇지만 항상 그런 것은 아니에요. 가끔은 우리와 다름없어요. 그때는 그보다 힘이 센 사람이 그를 옴짝달싹 못하게 할 수 있지요."

"그게 무슨 말이지요? 궁전에 있는 마흔 번째 방에서 그가 묶여 있는 것을 보았습니다. 저에게 거짓말을 해서 그 곳에서 도망쳤다니까요. 목숨이 일곱 개라면 어떻게 그를 잡아 감금했겠습니까?"

"그 비밀을 알려 드릴게요. 저도 얼마 전에 그가 기분 좋을 때 들었던 거예요."

빌게는 호랑이 인간에게 자리를 권한 후 자신도 앉아 설명하기 시작했다.

"저쪽에 돼지 산이라는 곳이 있어요. 그 산에는 거대하고 힘센 돼지가 살고 있대요. 그 돼지의 배에는 상자 두 개가 있는데, 하나에는 하얀 비둘기가, 다른 하나에는 검은 비둘기가 들어 있대요. 하얀 비둘기는 아랍 인의 힘이고, 검은 비둘기는 아랍 인의 목숨이에요. 그 돼지를 죽이고 배에서 상자들을 꺼내 비둘기들의 목을 잘라 내지 못하면 그를 절대 죽일 수 없어요. 돼지가 잠이 들면 아랍 인도 힘을 못 쓰고, 우리 같은 사람이 된대요. 그러면 아무것도 못 하게 되지요. 그러나 돼지가 깨어 있을 때는 목숨이 일곱 개로 변한대요. 돼지가 언제 자고 언제 깨어나는지는 아무도 알 수 없어요. 할아버지가 아랍 인을 잡았을 때는 아마 돼지가 잠을 자고 있었을 거예요. 돼지가 깨어난 뒤에는 그 방이 마법의 방이라 도망쳐 나올 수 없었고요."

호랑이 인간은 빌게의 말을 주의 깊게 들었다.

"그러면 제가 아랍 인과 만났을 때 돼지가 잠자고 있어야겠군요."

빌게는 흥분하여 그의 말을 잘랐다.

"그런데 돼지가 깨어 있으면 어쩌죠?"

"흥분하지 마세요, 공주님. 돼지가 깨어 있다면 여기서 나가 돼지를 찾아 죽이겠습니다. 그리고 배를 갈라 상자를 꺼내 비둘기들 목도 자르겠습니다."

빌게는 힘없이 말했다.

"그렇지만 당신은 여기서 나갈 수 없을 거예요. 주위가 높은 성벽들로 둘러싸여 있으니……."

그들이 이렇게 이야기하는 사이 어느새 날이 어두워졌다. 빌게가 퍼뜩 놀라며 말했다.

"곧 아랍 인이 올 시간이에요. 저기 있는 휘장 뒤에 숨으세요. 들키면 우리 둘 다 큰일 나요."

호랑이 인간이 휘장 뒤에 숨기가 무섭게 밖에서 천둥치는 듯한 소리가 들렸다.

"아랍 인이 오고 있어요. 저 소리는 성문이 닫히는 소리예요. 조심하세요, 아셨죠?"

얼마 후 아랍 인이 방에 들어와 주위를 휘둘러보더니 말했다.

"여기에서 사람 냄새가 나는걸. 혹시 이방인이 들어온 것 아니야?"

빌게가 핑계를 짜내려고 우물거리고 있을 때 호랑이 인간이 휘장 뒤에서 나오면서 커다란 소리로 말했다.

"그래, 잘 알고 있구나! 여기에 이방인이 있지만 네가 모르는 사람은 아니다. 나를 알아보겠느냐?"

아랍 인은 호랑이 인간을 보자 큰 소리로 웃음을 터뜨렸다.

"아이고, 자넨가? 내 거짓말에 속아 넘어가 마흔 번째 방에서 나를 구해 주었지. 하지만 나는 동정이라는 것이 뭔지 모르네. 여기서 살아서 돌아갈 수 없을 거야. 자, 덤벼라!"

아랍 인은 날쌔게 벽에 걸려 있는 칼을 집어 들고 호랑이 인간에게 덤벼들기 시작했다. 호랑이 인간도 칼을 빼 들고 맞섰다. 호랑이 인간이 아랍 인의 팔, 다리, 어깨, 배, 머리, 가슴을 몇 번이나 찔렀지만 그는 끄떡없었다. 돼지가 깨어 있는 것 같았다. 그는 마치 놀이라도 하듯이 껄껄 웃었다.

"왕의 병사도 너를 내 손에서 구해 내진 못할 것이다. 너를 갈가리 찢어 주마!"

호랑이 인간은 작전을 바꿔 돼지를 잡으러 밖으로 나갔다. 아랍 인은 호랑이 인간이 도망치려 한다고 생각했다.

"내가 무서우냐? 네 힘은 다 어디 간 거야? 그러지 말고 덤벼라!"

"네가 무섭냐고? 나 역시 두려움이란 것을 모른다. 나는 너를 지옥에 보내겠다고 맹세한 몸이다. 두고 보면 알 것이다."

아랍 인은 비웃었다. 어림없다는 표정이었다.

"내 저택 주변에 높은 성벽이 있다는 걸 잊었나 본데. 아무도 여기서 나갈 수 없다!"

아랍 인이 계단 위쪽에서 공격해 올 때 호랑이 인간은 칼을 든 아랍 인의 손을 있는 힘껏 내리쳤다. 아랍 인의 팔은 멀쩡했지만 칼이 손에서 떨어져 계단에 굴러 떨어졌다.

호랑이 인간은 이 기회를 놓치지 않고 뒤도 돌아보지 않고 층계를 한꺼번에 서너 단씩 건너뛰어 한달음에 정원으로 달려갔다.

얼마 지나지 않아 호랑이 인간은 채찍과 양 가죽을 숨겨 둔 나무 아래에 도착했고, 아랍 인이 그를 거의 따라잡을 무렵 양 가죽을 타고 하늘로 올라갔다. 아랍 인은 너무나 화가 치밀어 호랑이 인간의 뒤에 대고 고래고래 소리쳤다.

"도망간다고 해서 내 손아귀에서 벗어났다고 생각하지 마라. 빌게가 여기에 있는 한 너를 꼭 잡고야 말겠다."

이번에는 호랑이 인간이 큰 소리로 비웃었다.

"내가 도망간다고? 내가 지금 어디에 가는지 모르겠단 말이냐? 돼지 산으로 가고 있다. 나는 그 돼지를 죽여서 너의 힘과 목숨을 없앨 것이다. 이제 알겠느냐?"

호랑이 인간의 말을 듣고 아랍 인은 더럭 겁이 났다. 혹시라도 호랑이 인간이 돼지를 죽여 뱃속에 있는 상자를 꺼내 비둘기들의 머리를 떼어내면 그날은 그의 제삿날인 것이다.

초조해진 아랍 인은 독수리를 타고 호랑이 인간을 뒤쫓기 시작했다. 독수리가 빠르게 날기는 했지만 번개처럼 날아가는 마법 양 가죽을 따라잡지는 못했다.

얼마 지나지 않아 호랑이 인간은 돼지 산에 도착해 낮게 날며 돼지를 찾기 시작했다. 마침 물가에 거대한 돼지가 놀고 있는 것이 보였다.

곧 그들 사이에 격렬한 몸싸움이 시작되었다. 호랑이 인간은 때로 돼지를 엎어치기는 했지만 도저히 죽일 수는 없었다. 돼지 목이 너무나 두껍고, 너무나 살이 찌고, 너무나 가죽이 단단하여 도저히 어떻게 할 수가 없었던 것이다. 돼지를 무찌르기는커녕 도리어 호랑이 인간의 손, 얼굴, 팔다리만 온통 피투성이가 되었다.

이렇게 한창 격투를 벌이고 있을 때 호랑이 인간이 돌에 걸려 엎어지고 말았다. 돼지는 이때를 놓칠세라 얼른 호랑이 인간을 덮쳤다. 수세에 몰린 호랑이 인간은 급한 대로 왼손을 돼지의 입에 찔러 넣고 마구 쑤셔 댔다. 돼지가 숨이 막혀 캑캑거리며 뒤로 물러나는 순간 그는 재빨리 손을 빼려고 했으나, 돼지가 갑자기 꽉 무는 바람에 손목이 댕강 잘렸다.

그 사이 아랍 인이 독수리를 타고 돼지 산으로 가까이 다가오고 있었다. 호랑이 인간은 돼지의 배에 칼을 꽂아 배를 죽 찢었다. 거기엔 내장과 함께 상자가 두 개 들어 있었다.

아랍 인이 그를 향해 곧장 다가오고 있을 때 그는 급히 상자를 열고 하얀 비둘기를 꺼내 목을 잘랐다.

그 순간 아랍 인이 "아악!" 하고 비명을 질렀다. 온 산이 쩌렁쩌렁 울렸다. 호랑이 인간은 느긋하게 웃으며 그를 향해 걸어갔다. 아랍 인이 애원했다.

"제발 저를 살려 주십시오. 이제부터 당신의 노예도 되고 종도 되겠습니다. 보세요, 이제 힘도 없습니다. 제 목숨도 당신 손에 있지 않습니까? 이제부터 그 누구에게도 나쁜 짓을 하지 않겠습니다. 제발 절 죽이지 마세요."

호랑이 인간은 검은 비둘기가 들어 있는 상자를 들어 보였다.

"네 말에 한번 속았으면 됐다. 이제 와서 너를 어떻게 믿겠느냐? 앞으로는 나쁜 짓을 저지르고 돌아다니도록 놔두지 않겠다."

호랑이 인간은 두려움에 떠는 아랍 인을 포로로 잡아 양 가죽에 태워 저택으로 갔다. 그리고 빌게를 양 가죽에 태워 의기양양하게 거인들의 동굴로 향했다.

마법의 양 가죽은 쏜살처럼 날아 높은 산들과 푸른 숲, 그리고 길게길게 흐르는 강과 초원을 거침없이 지나갔다.

저녁 무렵 거인들의 동굴에 도달했다. 호랑이 인간이 앞장서고 빌게와 아랍 인이 뒤따라 동굴로 들어갔다. 호랑이 인간이 무사히 돌아온 것을 안 거인들은 모두 일어나 따뜻하게 맞아 주었다. 왕자는 사랑하는 딸을 보자마자 달려가 덥석 안았다. 자랑스레 그들을 지켜보던 호랑이 인간은 거인에게 돌아서서 말했다.

"당신이 절대 잡지 못한다던 아랍 인이 내 손아귀 안에 있소. 얼마나 얌전히 있는지 한번 보시오!"

거인 가족은 호랑이 인간의 활약상에 감탄하는 동시에 두려움을 느꼈다.

그런 후 모두 함께 저녁 식탁에 앉았다. 어머니 거인은 손님들에게는 좋은 음식을 대접했지만, 아랍 인에게는 호랑이 인간의 부탁으로 빵만 주었다.

식사가 끝난 후 어머니 거인은 손님들을 다른 동굴에 마련해 둔 침상에 모셨다. 하지만 아랍 인은 도망치지 못하게 빈 솥에 넣어 천장에 매달았다.

다음 날 아침 호랑이 인간은 왕자와 빌게, 아랍 인을 데리고 거인들에게 작별 인사를 한 뒤 양 가죽에 올라탔다. 일행은 바람처럼 날아서 해가 중천에 뜨기도 전에 궁전 정원에 도착했다.

늙은 왕과 왕비는 사랑하는 손녀 빌게와 왕자를 다시 만난 기쁨에 펑펑 눈물을 흘렸다. 호랑이 인간은 약간 뒤에 물러서서 흡족한 표정으로 그들을 바라보았다.

잠시 후 왕은 아들과 손녀와 떨어져 호랑이 인간에게 걸어갔다. 호랑이 인간은 왕의 손등에 입을 맞추어 경의를 표시했다. 왕도 그를 껴안고 이마에 입을 맞추다가 호랑이 인간의 왼손에 헝겊이 감긴 것을 보곤 궁금해하며 연유를 물었다.

호랑이 인간은 자신이 겪은 모든 일들과 왼손이 왜 잘려 나갔는지를 왕에게 일일이 고했다. 왕은 호랑이 인간의 용기와 희생 정신에 깊은 감명을 받았다.

"자네에게 어떻게 고마워해야 할지 모르겠네. 손녀와 다시 만나게 해 주다니 정말 고맙네."

"저는 단지 제 의무를 다했을 뿐입니다. 아랍 인은 지금 아래에 있습니다. 이 상자에 그의 목숨이 들어 있는 한 그는 양처럼 온순한 사람으로 살 겁니다. 원하시면 상자 안에 있는 검은 비둘기의 목을 지금 잘라 버리겠습니다. 그러면 그는 당장에 죽으니까요."

"아닐세. 그의 모든 힘이 자네 손에 있다는 것만으로도 죗값을 받은 것이네. 죽여서 뭐하겠나? 그는 나이가 들수록 그 어떤 죄도 벌을 피할 수 없다는 것을 알게 될 걸세. 그러면 그의 모습을 보고 다른 사람들도 교훈을 얻겠지. 자네에게 상을 내려 주고 싶네. 이제 나는 늙었어. 내 왕위를 자네가 물려받았으면 좋겠네."

호랑이 인간은 화를 내며 말했다.

"말도 안 되는 말씀이십니다. 저는 상을 받자고 이 일을 한 것이 아닙니다. 호기심 때문에 약속을 어긴 제 실수를 바로잡은 것뿐입니다. 게다가 왕의 자리는 아드님의 권리입니다. 만약 저를 용서하신다면 저는 다시 지휘관으로 남아 왕자님을 보좌하겠습니다. 그것이 제게는 제일 큰 상입니다."

호랑이 인간의 말을 들은 왕은 매우 흡족해져서 그날 이후로 항상 호랑이 인간을 곁에 두었다. 그 후 호랑이 인간은 위로는 왕에게 충성을 다하고 아래로는 사람들의 존경과 사랑을 받으며 오래오래 행복하게 잘 살았다.

용감한 자에게 복이 있나니

옛날 어느 나라에 왕이 살았는데, 그에게는 딸이 셋 있었다. 어느 날 왕은 대신과 함께 여행을 떠났다. 산을 넘고 강을 건너 오랜 여행 끝에 그들은 한 성에 이르게 되었다. 그런데 성 안에는 사람의 자취가 전혀 없었다. 그들은 열려 있는 문을 통해 안으로 들어가 성을 구경하기 시작했다. 아름다운 정원을 건너고 양탄자가 깔려 있는 거실을 지나 화려한 장식이 되어 있는 방까지 다 돌아보았지만 사람의 그림자도 만날 수 없었다. 왕과 대신은 성의 발코니를 지나가다가 황금 의자가 놓여 있는 것을 보았다. 왕이 말했다.

"아니, 세상에, 이곳이 도대체 어디야? 아주 멋진 궁전 아닌가. 그런데 왜 아무도 보이지 않지?"

"맞습니다, 왕이시여. 그리고 이 황금 의자가 왜 여기 놓여 있는지 도무지 알 수가 없군요."

왕과 대신은 이렇게 이야기하며 성에서 나왔다. 가는 길에 왕이 대신에게 말했다.

"우리 딸들은 여행을 매우 좋아하지. 딸들을 한 명씩 여기로 보냅시다. 하룻밤씩 이곳에 머물도록 말이오. 딸들이 이곳이 누구의 성인지 알아낼 수 있을지도 모르니까."

"맞습니다, 왕이시여. 제가 첫째 공주님을 모시고 여기로 다시 오겠습니다. 그 다음엔 둘째 공주님을, 마지막으로 막내 공주님을 모시고 오지요."

저녁 무렵 왕과 대신은 궁전으로 돌아왔다. 저녁 식사 후 왕이 부인과 딸에게 그날 보고 온 이상한 성에 대해 말하자 세 딸 모두 그 성을 보고 싶다고 말했다.

그리하여 다음 날 아침 왕은 큰딸과 대신을 그 성으로 보냈다. 대신은 공주에게 성 안을 안내해 준 다음 발코니로 나가 황금 의자에 공주를 앉혔다.

"공주님, 이 의자에 앉아서 기다리다가 이 성에 누가 있는지 알아보십시오. 내일 아침 와서 공주님을 궁전으로 모시고 가겠습니다. 공주님이 밤새 보신 것을 말씀해 주시면 됩니다."

대신은 이렇게 말한 후 성에서 나갔다. 첫째 공주는 잠자코 기다렸지만 속으로는 너무 무서워 벌벌 떨고 있었다. 문득 어디선가 시끄러운 소리가 들렸다. 다음 순간, 첫째 공주는 거의 기절할 뻔했다. 그녀 앞에 키가 크고 건장하다 못해 거인에 가까운 사람이 서 있었던 것이다. 거인의 손에는 막 잡은 양이 들려 있었다. 거인은 천천히 그녀 앞을 지나 어딘가로 사라졌다. 첫째 공주는 너무나 무서워 의자에 쭈그리고 앉아 아침까지 꼼짝도 하지 않았다.

아침이 되자 약속대로 대신이 찾아왔다.

"공주님, 무엇을 보셨어요?"

"내가 본 것들을 말할 수 없어요. 무서워서 죽을 뻔했어요. 빨리 저를 궁전으로 데려다 주세요."

대신은 공주를 데리고 돌아왔다.

다음 날 아침 대신은 둘째 공주를 데리고 성으로 갔다.

"공주님, 무엇을 보시든지 제게 말씀해 주세요. 내일 아침 일찍 모시러 오겠습니다."

대신이 간 후 둘째 공주는 성의 발코니에 있는 황금 의자에 앉아 기다리기 시작했다. 그녀는 속으로 생각했다.

'나는 언니보다 용감해. 아무것도 무섭지 않아. 기다릴 거야.'

바로 그때 커다란 소리와 함께 발코니 문이 열렸다. 공주는 너무나 무서워 어찌 할 바를 몰랐다. 손에 막 잡은 양을 든 거대한 거인이 들어와 공주를 사납게 노려보았다. 공주는 너무나 무서워 얼굴이 새파랗게 질리고 혀가 굳어 버렸다. 그녀 역시 언니처럼 의자에 쪼그리고 앉은 채 뜬눈으로 밤을 새웠다.

이른 아침에 대신이 와서 무엇을 보았느냐고 물었지만 그녀는 아무 말도 할 수 없었다.

"본 것들을 말할 수 없어요. 빨리 저를 궁전으로 데려다 주세요."

대신은 둘째 공주를 데리고 돌아왔다. 그녀는 아버지에게 아무것도 보지 못했다고 말했다.

왕은 막내딸을 대신과 함께 성으로 보냈다. 대신은 발코니에 있는 황금 의자에 공주를 앉히고 궁전으로 돌아갔다.

잠시 후 거인이 갓 잡은 양을 들고 발코니로 들어왔다. 그러나 막내 공주는 두려워하는 기색 없이 그가 양을 어디로 가져가는지 지켜보았다. 거인은 문 안쪽에 양을 놓고 다시 나갔다. 거인이 가 버리자 공주는 의자에서 일어나 거인이 들어갔다 나온 곳으로 가 보았다. 그곳은 부엌이었다. 공주는 소매를 걷고 매달려 있는 양을 바닥으로 내리고 화덕에 불을 지펴 맛있는 양고기 요리를 만들었다. 양고기로 배를 채운 공주는 구석에서 잠을 잤다.

다음 날 아침 대신이 오자 공주는 말했다.

"많은 것을 보았지만 지금은 아무것도 말할 수 없어요. 저는 잘 지내니까 부모님과 언니들에게 안부나 전해 주세요."

공주의 말에 대신은 의외라고 여기며 혼자 궁전으로 돌아갔다. 공주의 전갈을 전하자 왕과 왕비 그리고 언니들은 무슨 일인지 영문을 알 수 없었다. 특히 언니들은 어린 막내 공주가 거인을 무서워하지 않고 그곳에 남은 게 놀랍기만 했다.

그렇다면 성에서는 무슨 일이 일어나고 있을까? 사실 갓 잡은 양을 들고 발코니로 들어온 남자는 그 아름다운 성의 주인인 왕이었다. 그는 거인으로 변장하여 자기 성에 들어온 사람들을 시험했던 것이다. 공주가 요리한 음식을 왕은 맛있게 먹었다.

"이 여자는 용감하고 인내심도 강하군. 그러나 아직 시험은 끝나지 않았어."

그날 밤 거인으로 변장한 왕은 다시 피가 뚝뚝 떨어지는 죽은 양을 들고 발코니로 나왔다. 그리고는 황금 의자에 앉아 있는 여자를 한번 힐끔 보고 중얼거렸다.

"인내하는 자에게 복이 있나니."

이 말을 남기고 거인은 부엌으로 들어가 양을 놓아두고 도로 나갔다. 공주는 어제처럼 부엌으로 들어가 양을 맛있게 요리해 먹었다. 그리고 잠이 들었다.

다음 날 아침 대신이 다시 성으로 왔다. 그런데 어쩐 일인지 막내 공주는 무서워하지도 않고 궁전으로 돌아갈 기미도 전혀 보이지 않았다. 한술 더 떠 공주는 부엌에서 신을 끌신을 한 켤레 가져다 달라고 말했다. 다음 날 다시 온 대신은 공주에게 황금 끌신을 가져다 주었다.

"이 끌신은 첫째 공주님께서 보내셨습니다. 매우 귀한 것이라고 하시더군요. 금화 100닢을 주고 사셨답니다. 그 돈을 달라고 하시던데요."

공주는 끌신을 받기는 받았지만 어디에서 돈을 구해야 할지 막막했다. 아무리 생각을 해 봐도 돈을 구할 길이 없었다. 공주는 울기 시작했다. 그때 거인이 안으로 들어오더니 다시 "인내하는 자에게 복이 있나니."라는 말을 남기고 부엌으로 들어가 양을 두고 나가 버렸다. 그가 나가자 공주는 다시 팔을 걷고 부엌으로 들어가 음식을 만들어 먹고 잠이 들었다.

아침에 일어난 공주는 끌신 옆에서 자루 하나를 발견했다. 열어 보니 안에 정확히 금화 100닢이 들어 있었다. 그녀는 그 돈으로 대신에게 끌신 값을 치렀다. 그리고 오랫동안 머리를 빗지 못했으니 빗을 가져다 달라고 했다.

다음 날 대신이 공주에게 빗을 가져다 주었다.

"이 빗을 둘째 공주님이 주셨습니다. 상아로 만든 것인데 금화 200닢을 주고 사셨다고 합니다. 그 돈을 달라고 하시던데……."

대신이 가고 나자 공주는 다시 의자에 앉아 머리를 빗으며 울었다. 그녀가 울고 있을 때 또다시 거인이 들어와 "인내하는 자에게 복이 있나니." 하고 말하고는 또 부엌에 막 잡은 양을 들여놓고 나가 버렸다.

거인이 간 후 공주는 일어나 음식을 요리해 먹고 잠자리에 들었다. 아침에 일어나 머리를 빗는데 신기하게도 머리를 빗을 때마다 품으로 금화가 한 닢씩 떨어졌다. 그렇게 금화 200닢이 되자 머리를 빗어도 더 이상 금화가 떨어지지 않았다. 공주는 이 돈으로 빚 값을 치렀다. 대신이 보니 공주는 아무래도 궁전으로 돌아갈 마음이 없는 것 같았다.

"사흘 후에 궁전 사람들이 공주님을 만나러 이곳에 올 것입니다. 왕을 부끄럽게 하지 마십시오."

공주는 이 소식을 듣고 너무나 놀랐다. 세상에, 그 많은 사람이 어디에 앉을 것이며, 어디에서 잘 것인가? 그리고 그들에게 어떻게 식사 대접을 해야 하며, 그 음식들을 누가 요리할 것인가? 아무리 생각해도 뾰족한 수가 떠오르지 않았다.

또다시 저녁이 되었다. 거인은 여느 때처럼 말 한마디만을 남기고 나가 버렸다. 공주는 하릴없이 부엌에 들어가 음식을 요리했다.

밤이 되어 막 잠자리에 들려던 공주는 베개 위에서 종이 쪽지를 발견했다. 쪽지에는 "화덕 옆에 있는 막대기로 땅을 세 번 치시오!" 라고 씌어 있었다. 그녀는 부엌으로 가서 그곳에 놓인 막대기로 땅을 세 번 쳤다.

땅을 치자마자 아랍 인 마흔 명이 나타났다. 그녀는 너무 놀라 기절할 뻔했다. 아랍 인들은 웃으며 공주에게 말했다.

"명령만 내리십시오!"

공주는 그제야 정신을 차리고 물었다.

"내가 무엇을 원하든 다 할 수 있어요?"

"물론입니다. 무엇을 명하시건 즉시 하겠습니다."

"그렇다면 말씀드리지요. 사흘 후에 저희 궁전에 사는 사람들이 부모님과 함께 이곳을 방문할 것입니다. 그런데 이 성에는 잠잘 곳도 없고 요리할 사람도 없어요. 성 옆에 저택을 지어야겠어요. 그리고 그 집을 관리하는 사람들도 있었으면 해요."

"알겠습니다!"

이렇게 말한 후 아랍 인들은 사라졌다. 공주는 잠자리로 돌아가 안심하고 잠을 잤다. 사흘 만에 성 옆에 거대한 저택이 지어졌고, 손님들을 맞이할 깨끗한 방과 푸짐한 음식이 준비되었다.

이윽고 왕과 함께 궁전 사람들이 공주를 방문했다. 사람들은 막내딸이 큰 저택의 여주인으로서 수많은 하인들을 능란하게 부리는 것을 보고 감탄을 금치 못했다.

그날 저녁 손님들이 잠자리에 들자 그녀는 저택에서 나와 성으로 돌아갔다. 그런데 계단을 올라가려고 할 때 발에 무엇인가가 걸리는 것이었다. 몸을 굽혀 자세히 보니 바닥에 철로 된 동그란 것이 있었다. 그것을 집자 계단이 있던 바닥이 뒤집히며 커다란 문이 열렸다.

다음 순간 공주는 눈부시게 찬란한 빛과 함께 양탄자와 비단으로 장식된 방에 서 있었다. 젊은 남자가 웃으며 공주를 바라보고 있었다. 그녀의 놀란 표정을 보고 남자가 말했다.

"무서워하지 마시오. 나는 이곳의 왕이오. 내가 시험한 처녀들 중 오로지 당신만이 내 맘에 들었소. 당신은 용감할 뿐만 아니라 인내심이 대단하오. 매일 밤 거인으로 변장하여 양을 들고 갔을 때 당신은 맛있는 음식을 만들었소. 게다가 집안일도 손색없이 해냈지. 이제 내 아내, 이곳의 왕비가 되어 주시오. 부모님과 모든 궁전 사람들이 여기 있으니 이 기회에 혼례를 올립시다. 어떻소?"

공주는 모든 것이 꿈만 같았다.

다음 날 아침부터 혼례 준비가 시작되었다. 얼마 후 성대하게 혼례를 치르고 공주는 왕의 부인이 되었다. 그녀의 남다른 용기와 인내가 결실을 얻게 된 것이다. 왕과 막내 공주는 오랫동안 행복하게 잘 살았다.

황금 솔방울이 열리는 은으로 된 삼나무

옛날 아주 오랜 옛날에 자식이 없는 여인이 살고 있었다. 여인은 아이를 몹시 좋아하여 나무 조각에 숯으로 눈과 입을 그려 넣고는 천으로 싸서 그네에 올려놓고 흔들어 주었는데, 매일 그네 옆에 앉아서 떠나는 날이 없었다.

남편은 저녁때 집에 돌아와도 아내가 음식 준비도 안 하고 집안 청소도 안 하고 인형과 시간을 보내는 게 못마땅하기만 했다.

어느 날 남편은 도저히 참지 못하고 부인에게 말했다.

"나무 조각이 아기라니 될 법한 소리요? 이제 제발 집안일 좀 하시오!"

여인은 그 말을 듣는 둥 마는 둥했다. 때로는 이유 없이 호들갑을 떨어 남편의 잠을 깨워 놓기도 했다.

"아이고, 애가 아프네. 아이고, 애가 슬픈 표정을 짓네!"

부인의 이러한 행동에 짜증이 난 남편은 어느 날 밤 나무 아기를 창 밖으로 던져 버렸다. 나무 아기가 떨어진 자리에는 삼나무가 생겨났다. 그 나무는 신기하게도 은으로 된 삼나무였고, 황금 솔방울이 달렸다.

세월이 흘렀다. 몇 년이 지난 어느 날 왕의 아들이 병사들과 함께 그곳을 지나가다 삼나무 아래에 천막을 치게 되었다.

왕자는 매일 밤 자기 전에 침대 머리맡에 금 등잔을, 발치에는 은 등잔을 밝혀 놓고, 접시에 후식을 담아 탁자 위에 올려놓는 습관이 있었다.

그러나 삼나무 밑에 천막을 친 후로 매일 아침 일어나 보면 금 등잔이 발치에 있고 은 등잔은 머리맡으로 가 있었다. 게다가 접시에 들어 있던 후식은 감쪽같이 사라지고 없었다. 몹시 화가 난 왕자는 천막 앞에서 밤새 보초를 서는 병사들이 주의를 게을리한다며 매일 보초병을 바꾸었다. 그러나 병사들에게는 아무런 잘못이 없었다.

왕자는 누가 이런 짓을 하는지 알아내려고 매일 밤 자지 않고 앉아서 기다렸지만, 쏟아지는 잠을 이기지 못하고 잠이 들곤 했다. 이런 일이 며칠 반복되자 어느 날 왕자는 마음을 독하게 먹었다. 자기 새끼손가락을 베어 아픔으로 잠을 쫓으며 기다리기 시작한 것이다.

이윽고 자정이 되었다. 왕자가 숨을 죽이고 지켜보는 가운데 천천히 천막 꼭대기가 열리고 그곳을 통해 머리가 길고 하얀 옷을 입은 아름다운 처녀가 내려왔다. 처녀는 등잔의 위치를 바꾸고 탁자로 와서 접시에 담긴 후식을 먹었다. 그녀가 천막의 뚫린 곳을 통해 나가려고 할 때 왕자는 일어나 그녀의 손목을 잡았다.

"아름다운 아가씨, 제발 여느 때처럼 매일 밤 제 천막으로 오시오. 하지만 이렇게 서둘러 도망치진 마시오. 알겠소?"

"예, 오겠습니다. 그렇지만 해가 뜨기 전에 삼나무 어머니에게 돌아가야만 해요. 그렇지 않으면 양녀인 저를 거부하실 거예요."

왕자도 해가 뜨기 전에 처녀가 돌아가는 것에 동의를 했다. 이렇게 해서 처녀는 매일 밤 천막으로 왔다가 동이 틀 무렵 돌아가곤 했다.

그러던 어느 날 왕에게서 청천벽력 같은 전갈이 왔다. 아버지가 아들에게 사흘 안에 돌아오라고 명한 것이다. 왕자는 아름다운 아가씨와 헤어질 생각에 슬프기 한량없었지만 아버지의 명을 거역할 수는 없었다. 왕자는 돌아갈 채비를 하기 시작했다.

마지막 날 밤 왕자는 삼나무 처녀에게 돌아가야 하는 사정을 말했다. 아가씨는 매우 상심했다. 왕자가 함께 가자고 설득했지만 아가씨는 삼나무 어머니와 헤어질 수 없었다.

그들은 그날 밤늦게까지 앉아서 이야기를 나누다 잠들었다. 동이 틀 무렵 잠에서 깨어난 왕자는 잠자는 처녀의 이마에 입맞춤을 하고 병사들과 함께 길을 나섰다.

잠시 후 잠에서 깨어난 아가씨는 화들짝 놀랐다. 이미 해가 중천에 떠 있었기 때문이다. 아름다운 처녀는 천막에서 나와 울면서 삼나무 어머니에게 갔다.

"사랑하는 어머니, 잘못했어요. 저를 용서해 주시고 안으로 들어가게 해 주세요."

하지만 삼나무 어머니는 야멸치게도 아가씨를 쫓아 버렸다. 아름다운 처녀는 볼에 흐르는 눈물을 닦으며 정처 없이 떠돌아다니기 시작했다.

한참 길을 가던 처녀는 양치기를 만났다. 그녀는 자신이 입던 옷을 양치기에게 주고 대신 양치기의 옷을 얻어 입었다.

그녀는 다시 걸어서 몇 달 만에 왕자의 나라에 도착했다. 그때 마침 궁전의 창가에 앉아 있던 왕자가 양치기를 보고 소리쳤다.

"이봐! 양치기! 양치기! 자넨 어디서 오고 있나?"

"황금 솔방울이 열리는 은으로 된 삼나무에서요!"

이 대답을 들은 왕자는 행여나 연인의 소식을 들을 수 있을지도 모른다는 기대를 안고 뛰어서 계단을 내려왔다. 그러고는 양치기의 손을 잡고 궁전의 정원으로 데려와 물었다.

"그곳에서 무엇을 보았지?"

"휘황찬란한 천막을 보았어요. 사랑하는 사람과 헤어져 울고 있는 아가씨를 보았어요."

양치기의 말을 듣고 그곳에서 어떤 일이 일어났는지를 알게 된 왕자는 매우 상심했다. 왕자는 양치기에게 죽을 때까지 자기 곁에 있어 달라고 말했고, 그날 이후로 양치기는 궁전에서 머물게 되었다. 왕자는 양치기에게 어디에서 왔으며 그곳에서 어떤 것들을 보았느냐고 묻곤 했다.

어느 날 왕이 아들을 불러 말했다.

"아들아, 이제 너도 결혼할 나이가 되었구나. 네 어머니와 함께 어떤 아가씨를 보았는데 우리 맘에 들더구나. 곧 혼인할 준비를 해야겠다."

삼나무 처녀를 사랑하는 왕자는 아버지의 말씀을 듣고 상심했지만 시키는 대로 하겠다고 말할 수밖에 없었다.

왕자의 슬픈 얼굴을 보고 양치기가 말했다.

"왕자님, 제게 왕자님 방 바로 위층에 있는 방에 머물 수 있도록 해 주세요. 그리고 방 안을 초록색으로 꾸미고 천장에 그네를 매달아 주세요. 심심할 때마다 그네를 타며 시간을 보낼게요."

왕자는 혼인하기 전에 사랑하는 양치기의 소원을 들어주었다.

혼례를 치르는 날이 되었다. 왕자는 한쪽 팔에는 신부를, 다른 팔에는 양치기를 긴 채 위층으로 올라갔다.

성대한 혼례가 끝나고 모두들 집으로 돌아가자 양치기도 왕자와 헤어져 자기 방으로 돌아왔다. 그리고 너무나 슬퍼 바닥에 앉아 한참 동안 울었다. 양치기 옷을 벗고 뒤로 묶어서 감추었던 긴 머리를 풀자 그녀는 다시금 아리따운 삼나무 처녀로 되돌아왔다. 처녀는 의자 위로 올라가 그넷줄을 목에 감았다. 목을 매달아 생을 마감할 생각이었다. 그녀는 왕자와 행복했던 날들을 떠올리며 한동안 추억에 잠겼다.

그런데 그때 마침 왕자도 양치기가 무엇을 하나 궁금하여 계단을 올라오고 있었다. 방 안으로 들어가기 전 왕자는 열쇠 구멍을 통해 안을 들여다보았다. 그런데 뜻밖에도 아리따운 삼나무 처녀가 목을 매어 죽어 가고 있었다. 사랑하는 여인을 보고 흥분한 왕자는 온 힘을 다해 문을 열고 들어가 아가씨를 구했다. 천만다행으로 처녀는 아직 숨이 붙어 있었다.

왕자는 곧바로 신부를 집으로 돌려보내고, 은색 삼나무의 아름다운 딸과 다시 혼례를 올렸다.

그 후 그들은 행복하게 오래오래 잘 살았다.

황 금 나 이 팅 게 일

옛날 아주 오랜 옛날에 아들 셋을 둔 왕이 살았다. 왕은 아주 웅장하고 아름다운 사원을 만들었다. 하늘을 찌를 듯 솟은 새하얀 첨탑은 아주 먼 도시에서도 보일 정도로 높았고, 황금으로 칠한 둥근 지붕은 아주 먼 데에서 보는 이의 눈도 부시게 했으며, 사원 안으로는 색색의 빛깔을 띤 수백 수천의 유리창을 통해 휘황찬란한 빛들이 쏟아져 들어왔다.

사람들은 금요일이면 사원으로 나와 기도를 올리는 한편 이처럼 아름다운 사원을 지은 왕의 은혜를 찬미했다.

어느 금요일이었다. 이 사원에 기도를 하러 나온 왕 앞에 한 노인이 나타나 말했다.

"왕이시여, 이렇게 훌륭한 사원을 지으시다니 정말 좋은 일을 하셨습니다. 그런데 이 사원에 부족한 게 딱 하나 있군요."

왕은 하얗고 긴 수염을 기르고 얼굴에 비범한 광채가 도는 이 노인이 무슨 말을 하는지 이해할 수가 없었다.

"그래요? 그럼 이 사원에 부족한 것이 뭐요?"

"카프 산 너머에 황금 나이팅게일이 있습니다. 만약 그 황금 나이팅게일을 가져와 사원에 두신다면 이 건축물은 완벽한 작품이 될 것입니다."

왕이 "그 황금 나이팅게일이 뭔가?"라고 물으려는 찰나 노인은 이미 사라져 버리고 말았다. 그제야 왕은 그 광채가 도는 노인이 흐즈르 데데_{터키 민담에서 어려운 상황에 처한 사람들을 도와주는 성인}임을 알았으나 이미 때는 늦은 것이었다.

왕은 밤낮으로 생각하기 시작했다. 카프 산 너머에 있는 황금 나이팅게일을 어떻게 가져올 것인가? 그러나 도저히 해결책을 찾을 수가 없었다. 왕이 며칠 동안 고민하는 것을 본 아들들이 어느 날 아버지 앞으로 나갔다. 큰아들이 말했다.

"아버님, 최근 며칠 동안 생각에 잠겨 계시는 걸 보았습니다. 저희들은 무슨 일이 있는 것은 아닌가 걱정하고 있습니다. 문제가 무엇인지 저희에게 말씀해 주십시오. 어쩌면 저희가 해결책을 찾을 수 있을지도 모르니까요."

왕은 아들들이 이렇게 관심을 가져 준 것이 고맙고 기뻤다.

"내 고민에 대해 그렇게 걱정해 주니 고맙구나, 아들들아. 그렇다면 내가 말을 하마. 카프 산 너머에 황금 나이팅게일이 있단다. 나는 무슨 수를 써서라도 그 새를 우리나라에 가져와 새로 지은 사원에 두고 싶구나. 그렇지만 어떻게 해야 할지 모르겠다."

이 말을 들은 막내아들이 대답했다.

"아버지, 걱정하지 마세요. 허락하신다면 저희가 가서 황금 나이팅게일을 가져올게요."

"얘야, 그건 그렇게 쉬운 일이 아니란다. 지금까지 카프 산 너머에 가서 살아 돌아온 사람은 아무도 없단다. 너희들은 그곳에 가서 쉽게 황금 나이팅게일을 가져올 수 있다고 생각하느냐?"

"그건 걱정 마세요, 아버님. 허락만 해 주시면 무슨 수를 써서라도 황금 나이팅게일을 손에 넣어 고국에 돌아오겠습니다."

결국 왕은 어쩔 수 없이 허락해 주었다.

삼형제는 갑옷을 입고 쇠 지팡이를 들고 쇠 신발을 신었다. 모든 준비를 마치자 아버지와 어머니께 작별 인사를 하고 준비된 말에 올라 길을 나섰다.

한참 말을 달리던 그들 앞에 샘이 나타났다. 삼형제는 말에서 내려 요기를 하고 맘껏 샘물을 마신 후 다시 말을 타고 길을 떠났다. 얼마 후 세 갈래 길이 나타났다. 그 중 두 길은 탄탄대로였고 나머지 하나는 늪지대였다. 그들은 어떤 길로 갈까 하고 서로 의논하기 시작했다. 막내아들이 말했다.

"세 갈래 길이니 하나씩 골라서 가도록 하죠. 이 세 갈래 길 중 어느 길이 카프 산 너머로 가는지 모르니까요."

그러자 큰아들이 말했다.

"그렇지만 난 저 늪지대 같은 길로 가지 않겠어."

작은아들도 말했다.

"나도 그 길로 안 가!"

그러자 막내가 말했다.

"그럼 할 수 없죠, 뭐. 그 길밖에 안 남았으니 제가 그 길로 가지요. 그럼 잘 가요, 형님들!"

막내아들은 말을 몰고 늪지대 길로 들어섰다. 다른 형제들은 탄탄대로로 말을 몰았다. 삼형제 모두 열심히 길을 갔다. 그런데 큰아들과 작은아들이 택한 길은 어느 지점에서 합쳐졌다. 큰아들과 작은아들은 중간에 만나 날이 저물 때까지 함께 길을 갔다.

저녁이 되었을 때 그들은 어느 도시에 도착하여 한 여관에 자리 잡았다. 그들은 황금 나이팅게일을 찾으러 가는 것을 포기하고 며칠 동안 그 도시에서 머물렀다. 어느덧 수중에 있던 돈도 바닥이 나 이제 길을 계속 가고 싶어도 용기가 나지 않았다. 돈이 떨어지자 갑옷과 말을 팔았고, 그 돈도 다 쓰고 난 다음에는 어쩔 수 없이 한 명은 여관에서, 다른 한 명은 요리사 조수로 일하게 되었다.

그렇다면 막내아들은 어떻게 되었을까? 막내아들은 온갖 어려움을 겪으며 겨우겨우 늪지대를 빠져나와 우물가에서 하얀 수염에 얼굴에 광채가 도는 노인과 만나게 되었다. 그 노인이 흐즈르 데데임을 안 그는 인사를 한 후 말에서 내렸다.

흐즈르 데데가 말했다.

"애야, 어디에서 와서 어디로 가고 있느냐?"

"황금 나이팅게일을 잡기 위해 카프 산 너머로 가고 있습니다."

"애야, 카프 산으로 가는 길은 매우 멀단다. 그 길은 산과 언덕, 가시밭길로 둘러싸여 있단다. 그 일은 포기해라."

"왕이신 제 아버님은 그 황금 나이팅게일을 새로 지은 사원의 돔에 두지 않으면 상심해서 돌아가실 거예요. 저는 아버님께 약속했어요. 무슨 일이 있더라도 카프 산 너머에 도달해서 황금 나이팅게일을 가져다 아버님께 드릴 거예요."

"너는 의지가 대단한 아이로구나. 모름지기 사람은 너처럼 무슨 일이든지 포기하지 않고 계속 밀고 나가야 한다. 이리 가까이 오너라."

막내아들은 흐즈르 데데에게 다가갔다. 흐즈르 데데는 일어나 막내아들의 등을 세 번 쓰다듬은 후에 말했다.

"그렇다면, 행운을 빈다!"

막내아들은 흐즈르 데데의 손에 입맞춤을 하고 말에 올라 가던 길을 계속 갔다. 몇 날 며칠을 밤낮으로 길을 간 후 그는 어느 사막에 도착했다. 그곳에는 사람도 인가도 우물도 없었다. 배고픔과 갈증으로 기력이 전혀 없었지만 계속 말을 몰아 갈 수밖에 없었다.

작은 언덕을 넘자 지붕이 하늘까지 치솟은 커다란 궁전이 나타났다. 궁전 정원에는 우물이 있었다. 얼마 만에 마시는 물인가. 막내아들은 말에서 내려 우물로 뛰어갔다. 우물에는 깨끗한 물이 가득 고여 있었다. 그는 갈증이 가실 때까지 물을 맘껏 마시고 얼굴과 눈을 씻었다.

그런 후 막내아들은 문을 찾기 위해 사방을 돌아다녔지만 아무리 둘러봐도 문이 보이지 않았다. 그는 하릴없이 눈에 띄는 돌에 앉아 혼잣말을 했다.

"아이고, 배가 고파 곧 죽을 것 같아. 여기엔 사람이 전혀 살지 않는 걸까?"

그때 궁전의 커다란 창문이 열리고 아름다운 아가씨가 머리를 내밀었다.

"이봐요! 전 당신에게 음식을 줄 수 있어요! 하지만 이곳은 거인의 집이에요. 곧 거인이 귀가할 시간이에요. 거인은 저와 당신을 다 잡아먹어 버릴 거예요."

"괜찮아요. 죽더라도 밥이나 먹고 죽고 싶어요."

이 말에 아가씨는 음식만 가져다 주고는 서둘러 다시 안으로 들어가 버렸다.

막내아들이 음식을 먹고 말에 오르려고 했을 때, 이미 거인이 천둥 같은 소리를 내며 먼 곳에서 날아오고 있었다. 거인은 너무나 몸

집이 커서 한 손으로는 하늘에 나는 새를 잡고 다른 손으로는 땅에 있는 뱀과 지네들을 거머쥐었다. 막내아들은 지체없이 말에 올라 창을 쥐고 거인을 향해 말머리를 돌렸다. 거인은 막내아들을 보고는 천지가 진동하게 웃음을 터뜨리며 말했다.

"여기에 사람이 웬일이냐?"

막내아들은 당당하게 여기 온 이유를 밝혔다.

"카프 산 너머에 있는 황금 나이팅게일을 가지러 가는 길에 잠시 네 거처에 들르게 되었다. 여기를 지나가는 것이 금지되어 있느냐?"

거인은 다시 천지를 뒤흔들 듯 웃음을 터뜨리며 말했다.

"당연히 금지되어 있다. 너처럼 멍청한 애가 여기를 오면 한입에 삼켜 버릴 거다."

"그렇다면 이리 와서 나를 잡아먹어 봐라!"

말이 끝나자마자 막내아들은 번개처럼 날아가 손에 들고 있던 창을 거인을 향해 힘껏 던졌다. 창은 거대한 거인의 심장에 정통으로 꽂혔고, 거인의 피는 순식간에 사방을 물들였다. 거인이 고통에 몸부림치며 고함을 치자 땅 위의 온갖 벌레들과 새들이 사방으로 흩어져 도망쳤다.

거인은 한참 후에야 숨이 끊어졌다. 막내아들은 품에서 단도를 꺼내 거인의 귀를 잘라 안장에 달린 주머니에 넣었다. 정원에 있던 아름다운 아가씨는 이 광경을 보고 이것저것 푸짐하게 음식을 만들어 대접하며 말했다.

"당신은 정말 용감한 젊은이로군요. 목숨이 일곱이나 있는 거인을 단번에 죽이다니. 이제부터 어디로 갈 건가요?"

"카프 산 너머에 갑니다. 그곳에 황금 나이팅게일이 있다고 합니다. 그 새를 가져다 아버님께서 새로 지으신 사원의 돔에 놓을 겁니다."

아름다운 처녀는 웃었다.

"카프 산 너머에 가는 것도, 가서 되돌아오는 것도 매우 어려운 일이에요. 사람들은 그 길이 돌아오지 못하는 길이라고 말한답니다. 목숨이 여덟아홉 있는 거인들이 지키고 서서 사람들이 지나가지 못하도록 막는답니다."

"나는 그런 것에는 개의치 않습니다. 일곱 목숨을 가진 거인도 죽였는걸요. 여덟아홉 목숨을 가진 거인도 두렵지 않아요. 미안하지만 난 지금 너무나 피곤해요. 잠잘 곳을 마련해 줄 수 있나요?"

아름다운 처녀는 일어나 문을 열고는 막내아들을 불러 침대가 있는 방을 가르쳐 주었다. 그리고 "편히 주무세요."라는 말을 남기고 사라졌다.

아침이 되자 아름다운 처녀는 아침상을 준비해 왔다. 막내아들은 맛있게 아침을 먹었다.

"정말 고맙습니다. 당신이 베풀어 준 인정은 절대 잊지 않겠어요. 오늘부터 당신은 제 큰형님의 약혼자고 제게는 형수님이 되는 겁니다. 돌아올 때 이곳에 들러 당신을 모셔 가겠어요. 그럼, 안녕히 계세요."

막내아들은 말을 타고 다시금 황금 나이팅게일을 찾아 길을 나섰다. 며칠 밤낮을 쉬지 않고 달려서 아름다운 처녀가 안장에 넣어 준 음식도 바닥이 나고 배고픔과 갈증으로 인해 기력이 다했을 때, 막내 아들은 또다시 어떤 궁전 앞에 도착했다. 며칠 전에 본 궁전과 같이 지붕이 하늘까지 솟아 있고 햇빛을 받아 반짝반짝 빛나는 아름다운 궁전이었다.

문이 어디 있나 주위를 둘러보니 맑은 샘이 있었다. 이번에도 그는 맘껏 샘물을 마시고 얼굴과 손을 씻었다. 그리고 잠시 쉴 겸 돌 위에 앉아 혼잣말을 했다.

"여기에는 사람이 살지 않나? 빵 한 조각만 주면 얼마나 좋을까? 너무 배가 고파 힘이 다 빠져 버렸어."

이렇게 말하자마자 궁전 문이 열리며 얼굴 가득 미소를 머금은 아름다운 처녀가 나왔다.

"어서 오세요. 제가 당신에게 음식을 드릴게요. 그런 다음 당신을 숨겨 줄게요. 왜냐하면 이 궁전의 주인은 여덟 목숨을 가진 거인인데 곧 그가 돌아올 시간이거든요. 당신을 보면 우리 둘 다 먹어 치워 버릴 거예요."

막내아들은 웃었다.

"일단 음식을 주세요. 다음 일은 나중에 생각합시다. 여덟 목숨이 있는 거인은 내게 아무 짓도 할 수 없을 거예요."

"그럼, 당신이 알아서 하세요."

아가씨는 쟁반에 음식을 담아 막내아들에게 가져왔다. 배불리 음식을 먹은 막내아들이 자리에서 일어나려고 할 때 먼 곳에서 무엇인가가 먼지를 일으키며 다가왔다.

"어머나, 지금 거인이 오고 있어요!"

아가씨는 냉큼 음식 접시를 들고 궁전 안으로 달려가 문을 닫았다. 하지만 막내아들은 전혀 두려워하지 않고 거인을 향해 번개처럼 달려갔다. 그리고 창을 들어 거대한 거인의 머리 한가운데에 꽂았다.

거인의 머리에서는 피가 펑펑 쏟아졌고, 거인의 비명은 천지를 뒤흔들었다. 결국 두 눈에 화살 두 대를 정통으로 맞고 나서야 거인은 천천히 기운이 다해 그 자리에서 쓰러졌다.

막내아들은 말에서 내려 거인의 오른쪽 귀를 잘라 안장 주머니에 넣고 궁전으로 향했다. 창문을 통해 결투를 구경하던 아름다운 아가씨가 달려나와 그를 맞이했다.

"지금까지 당신처럼 용감한 사람은 본 적이 없어요. 당신은 누구죠? 어디에서 와서 어디로 가는 길인가요? 여기에 왜 오셨죠?"

"저는 왕의 아들입니다. 아버님께서 새로 사원을 지으셨는데, 카프 산 너머에 있는 황금 나이팅게일을 사원의 돔에 놓고 싶어하십니다. 저는 그 황금 나이팅게일을 찾으러 가는 길입니다."

"그 일은 포기하세요. 그 길은 돌아오지 않는 길이라고 불린답니다. 지금까지 카프 산 너머에 가서 돌아온 사람이 없어요. 조금만 더 가면 목숨이 아홉 있는 어머니 거인이 있답니다. 그 거인은 창이나 활로 무찌를 수 없어요. 그녀에게는 일곱 아들이 있고, 주위엔 항상 일곱 개의 솥이 끓고 있답니다. 목숨이 아홉 개 있는 어머니 거인이 일어서서 젖가슴을 뒤로 던지면, 그 젖가슴이 얼마나 큰지 땅에 닿는답니다. 만약 조심스레 다가가 목마른 듯 젖을 빨면 당신을 측은히 여겨 나쁜 짓을 하지 않을 겁니다. 그렇지만 성공하지 못하면 그 순간 당신의 목숨은 없는 거나 다름없어요."

막내아들은 아름다운 아가씨의 말을 주의 깊게 들었다.

"이러한 것을 말해 주셔서 고맙습니다. 아가씨, 당신은 마음이 착한 사람 같군요. 이후로 당신을 제 작은형님의 약혼자이자 저의 형수님으로 모시겠습니다. 이만 작별 인사를 해야 할 것 같습니다. 저를 기다려 주십시오."

용감한 막내아들은 말을 타고 다시금 길을 떠났다.

한참 길을 가던 그는 높은 산에 오르게 되었다. 자세히 보니 일곱 솥이 끓고 있고, 소나무처럼 거대한 몸집의 어머니 거인이 나무들을 꺾어 불이 활활 타는 솥 밑에 던지면서 틈틈이 땅에 기어다니는 뱀들과 지네들을 잡아 입에 넣고 있었다.

막내아들은 말을 나무에 묶어 놓고 덤불 사이를 기어서 어머니 거인에게 다가갔다. 그러고는 몰래 펄쩍 뛰어 어머니 거인의 젖가슴에 달라붙어서는 갈증이 난 듯 젖을 빨기 시작했다. 인간이 와서 자신의 젖을 빨고 있는 것을 알게 된 어머니 거인은 매우 기분이 좋았다.

"이봐, 인간! 내 앞으로 와 봐라. 너는 용감하고 두려움을 모르는 사람 같구나!"

막내아들은 젖 빨기를 멈추고 그녀 앞으로 다가갔다.

"내가 보지 못하는 사이에 내 젖을 빨다니 대단한 젊은이로구나. 마음에 든다. 이제 너는 내 자식이다. 그렇지만 지금은 너를 내 다리 사이에 감출 수밖에 없단다. 곧 내 일곱 아들이 돌아올 시간이야. 그들이 널 보면 안 되지."

그래서 막내아들은 나무 등걸만큼이나 두껍고 긴 어머니 거인의 다리 사이에 들어가 앉았다. 얼마 지나지 않아 어머니 거인의 일곱 아들이 돌아왔다.

"어머니, 사람 냄새가 나는데요. 어디 있죠? 찾아서 먹읍시다."

"잠깐 기다려라. 서두를 것 없잖니? 그런데 어떤 인간이 와서 내 젖을 열심히 빨아 먹었다면 어떡할 거니?"

일곱 아들이 동시에 말했다.

"형제로 삼겠어요!"

그제야 어머니 거인은 다리 사이에 있던 막내아들을 꺼내 놓았다.

"자, 너희들의 형제다!"

그러자 아들 거인 중 한 명이 말했다.

"이 형제는 우리가 먹는 것을 먹지 못해요. 가서 양을 잡아 올게요."

일곱 아들 거인은 모두 한꺼번에 우르르 몰려 나가더니 금세 양 세 마리를 들고 돌아왔다.

"자, 이 양을 받아라. 그리고 원하는 대로 요리해서 먹어라!"

막내아들은 양을 받아 가죽을 벗기고 펄펄 끓는 솥에 넣고 삶아서 배불리 먹었다. 저녁이 되었다. 어머니 거인은 막내아들에게 잠잘 곳을 마련해 주었다. 막내아들은 전혀 두려워하지 않고 아침까지 달게 잤다.

아침이 되었다. 일곱 거인 형제는 막내아들과 어머니에게 사냥을 다녀오겠다고 말한 뒤 사라졌다.

어머니 거인이 말했다.

"그런데, 애야! 넌 누구니? 어디서 와서 어디로 가는 길이니?"

"저는 왕의 아들입니다. 아버님께서 새로 사원을 지으셨는데, 카프 산 너머에 있는 황금 나이팅게일을 사원의 돔에 놓고 싶어하십니다. 저는 그 황금 나이팅게일을 찾으러 카프 산 너머로 가는 길입니다."

"애야, 그곳에 가지 마라. 그 길을 가는 것은 매우 힘들단다. 사방에 강, 호수 그리고 바다가 있단다."

"어머니, 저는 아버님께 약속했습니다. 무슨 일이 있더라도 황금 나이팅게일을 손에 넣고야 말겠습니다."

막내아들이 결심을 바꾸지 않을 것임을 안 어머니 거인은 말했다.

"그렇다면 지금부터 내 말을 잘 들어라. 내가 말하는 그대로 한다면 카프 산 너머에 도달해 황금 나이팅게일을 손에 넣을 수 있을 거야. 여기서 나간 후에 바닷가에 이르게 될 것이다. 그곳에 대리석이 있을 거야. 그 대리석을 들어 보면 재갈이 있을 것이다. 그 재갈을 가져와 바다를 세 번 쳐라. 그러면 바다에서 해마가 나올 것이다. 재갈을 해마의 입에 물리고 올라타라. 해마가 너를 바다 맞은편으로 데려다 줄 것이다. 그곳에서도 대리석을 발견하게 될 것이다. 그 대리석을 들쳐서 재갈을 그 밑에 감추어라. 한참 동안 길을 계속 가다 보면 초록색 나무와 빨간 나무가 나올 것이다. 초록색 나무의 가지와 빨간 나무의 가지를 하나씩 꺾어라. 그런 후 계속 걸어가면 네 앞에 문 두 개가 나올 것이다. 그 문들 중 하나는 초록색이고 하나는 빨간색이다. 초록색 가지로 초록색 문을, 빨간색 가지로 빨간 문을 두드려라. 문이 열릴 것이다. 안으로 들어가 걷기 시작하면 가시덤불이 무성한 길이 나올 것이다. 온몸에 상처가 나고 피가 나더라도 개의치 말고 걸어가거라. 가시덤불 하나 하나마다에서 잎사귀 한 닢씩을 따 '아주 예쁜 잎사귀구나.' 라고 말하면서 호주머니에 넣어라. 한참을 걷다 보면 샘이 나올 것이다. 샘물은 아주 탁하지만 개의치 말고 '아주 깨끗한 물이구나.' 라고 말하면서 벌컥벌컥 마셔라. 그리고 그 물로 손과 얼굴을 씻어라. 다시 계속해서 길을 가거라. 얼마 지나지 않아 사자, 호랑이와 마주칠 것이다. 결코 두려워하지 말고 그들 곁으로 가 호랑이 앞에 놓여 있는 풀을 사자 앞에 놓고, 사자 앞에 놓여 있는 고기를 호랑이 앞에 놓아라. 일이 끝나면 그곳에서 궁전을 보게 될 텐데, 그것은 요정 여왕의 궁전이다. 안으로 들어가면 요정 여왕이 잠을 자고 있을 것이다. 주위 사방에 촛불이 켜져 있고, 황금 나이팅게일은 그 머리맡에 있을 것이다. 그러면 너는 촛불의 위치를 바꾸어 놓고 황금 나이팅게일을 가지고 돌아오면 된단다. 자, 아들아, 행운을 빈다!"

막내아들은 어머니 거인의 말을 귀 기울여 들었다.

"감사합니다, 어머니. 말씀하신 대로 하겠습니다. 돌아오는 길에 여기에 들르겠습니다."

왕자는 또다시 몇 달 밤낮을 달리고 달려 드디어 바닷가에 도착하였다. 말에서 내려 주위를 둘러보니 과연 어머니 거인이 말한 대리석이 있었다. 대리석을 들자 재갈이 있었다. 그는 재갈을 들고 바다를 세 번 쳤다. 잠시 후 거품이 일고 거대한 해마 한 마리가 바다에서 나와 막내아들 앞에 섰다. 그는 해마의 입에 재갈을 물리고 그 위에 올라탔다.

해마는 바다를 헤엄쳐 막내아들을 건너편 바닷가로 데려다 주었다. 그는 해마 등에서 내려 그곳에 있는 대리석 밑에 재갈을 숨겼다. 소임을 마친 해마는 바다 속으로 사라져 버렸다.

다시 한참을 걸어가니 초록색 나무와 빨간색 나무가 나타났다. 막내아들은 두 나무에서 가지 하나씩을 꺾은 후 다시 길을 갔다.

또 한참을 걸어가니 그 앞에 문 두 개가 나타났다. 하나는 초록색이고, 다른 하나는 빨간색이었다. 들고 있던 초록색 가지로 초록색 문을 두드리고, 빨간색 가지로 빨간 문을 두드리자 문이 열렸다.

막내아들은 안으로 들어가 걷기 시작했다. 길은 온통 가시덤불로 뒤덮여 있었다. 온몸에 상처가 나고 손발에서 피가 흘렀다. 하지만 그는 모든 덤불의 잎사귀를 한 닢씩 따서는 "아주 예쁜 잎사귀구나."라고 말하며 호주머니에 넣었다.

이렇게 한동안 길을 가다가 다리에 힘이 빠지고 목이 마르기 시작할 즈음 눈앞에 샘이 나타났다. 뛰어서 가 보니 매우 탁한 물이었다. 그래도 그는 "아주 깨끗한 물이구나."라고 말하면서 벌컥벌컥 마시고 손과 얼굴도 씻었다.

다시 한참을 가다가 호랑이 한 마리와 사자 한 마리를 만났다. 곧장 다가가 호랑이 앞에 놓여 있는 풀을 사자 앞으로 옮겨 놓고, 사자 앞에 놓여 있는 고기를 호랑이 앞으로 옮겨 놓았다. 그러고 나서 머리를 들어 보니 저 멀리 요정 여왕의 궁전이 보였다.

궁전은 눈부시게 아름다웠다. 황금인지 은인지 아니면 유리로 만든 것인지 분간할 수 없을 정도로 사방이 반짝반짝 빛났다. 그런데 이상하게도 인기척이 느껴지지 않았다. 궁전 안으로 들어간 막내아들이 요정 여왕의 침실이 어디 있을까 하고 사방을 둘러보는데 발밑에 고양이 한 마리가 나타났다. 고양이는 막내아들의 발에 얼굴을 문지르고는 열린 문을 통해 안으로 들어갔다.

막내아들이 고양이를 따라가 열린 문을 통해 안을 들여다보니 요정 여왕이 잠을 자고 있었다. 어머니 거인이 말한 대로 사방에 촛불이 타고 있고 머리맡에는 황금 나이팅게일이 있었다.

막내 아들은 발뒤꿈치를 들고 살그머니 촛불의 위치를 바꾼 다음 머리맡에 있는 황금 나이팅게일을 잡아 방에서 나왔다. 그런데 그때 갑자기 황금 나이팅게일이 구슬프게 울기 시작했다. 그는 어찌할 바를 모르고 쩔쩔매다가 황금 나이팅게일을 꼭 쥐고 무작정 뛰었다.

뒤에서 발소리가 나더니 얼마 지나지 않아 요정 여왕의 병사들이 추격해 왔다. 막내아들은 더 속도를 높였다. 호랑이와 사자 곁에 이르렀을 때 병사들이 소리쳤다.

"호랑이야, 사자야, 저놈을 잡아라!"

호랑이와 사자가 동시에 대답했다.

"우리는 저 사람을 잡을 수 없어요. 당신들은 7년 동안 우리에게 풀과 고기 한 가지 음식만 주었지요. 그는 우리를 위해 고기와 풀의 위치를 바꿔 주었어요. 우리에게 선행을 베푼 사람을 나쁘게 대할 수는 없어요!"

막내아들은 이렇게 해서 호랑이와 사자 앞을 무사히 통과할 수 있었다.

잠시 후 샘에 도착했다. 이번에도 병사들이 뒤에서 소리쳤다.

"탁한 샘아! 샘물을 넘치게 해 저 놈을 익사시켜라!"

탁한 샘물이 병사들에게 대답했다.

"나는 물을 넘치게 할 수 없어요. 당신들은 내 물이 더럽다고 한 번도 마시지 않았지요. 그렇지만 이 용감한 사람은 '아주 깨끗한 물이구나.' 라고 말하며 제 물을 마음껏 마시고 손과 얼굴을 씻었어요. 자, 젊은이! 빨리 지나가세요. 행운을 빕니다!"

덕분에 막내아들은 손에 황금 나이팅게일을 쥐고 쉽사리 샘 앞을 지날 수 있었다.

잠시 후 덤불이 우거진 곳에 도착했다. 이번에도 병사들이 멀리서 소리쳤다.

"가시덤불아! 가시덤불아! 저 놈을 통과하지 못하게 해라. 다리를 친친 휘감아라!"

가시덤불이 병사들에게 대답했다.

"우리는 이 젊은이에게 해를 끼칠 수 없어요! 그는 우리를 보고 '아주 예쁜 잎사귀구나.' 라고 말하면서 잎사귀를 따서 호주머니에 넣었어요. 그렇지만 당신들은 이곳에서 사냥을 할 때 꿩이 덤불 사이에 숨으면 '이 가시덤불의 뿌리는 썩지도 않나!' 하면서 우리를 무시했지요. 우리는 이 젊은이에게 길을 내줄 거예요!"

가시덤불들은 바닥에 눕거나 가장자리로 물러나서 막내아들이 쉽게 도망갈 수 있도록 길을 내주었다. 하지만 병사들이 젊은이를 잡으려고 가시덤불 속으로 들어왔을 때는 다시 가시를 있는 대로 곤두세웠다. 병사들은 옷을 찢기고 온몸을 찔려 피가 났다.

이렇게 해서 막내아들은 가시덤불 길을 쉽사리 통과했다. 병사들은 이제 아주 멀찍이 떨어져 있었다. 얼마 후 초록 문과 빨간 문에 도달했을 때 병사들이 다시 소리쳤다.

"초록 문아, 빨간 문아, 문을 닫아라!"

문들은 깔깔 웃으며 말했다.

"우리는 문을 닫을 수 없어요. 당신들은 우리를 7년이나 닫아 두고 세상을 보지 못하게 만들었어요. 그래서 우리는 온통 거미줄로 뒤덮여 있었다고요. 그렇지만 이 젊은이는 우리를 열어 주었어요. 우리는 그에게 해를 끼칠 수 없습니다."

막내아들은 열린 문을 쉽사리 통과했다. 그가 나간 다음 문은 다시 굳게 닫혔다.

이윽고 바닷가에 도착한 그는 대리석을 들어 밑에 넣어 두었던 재갈을 꺼내 바다를 세 번 쳤다. 잠시 후 물이 소용돌이치면서 해마가 수면 위로 올라왔다. 그는 해마에게 재갈을 물리고 올라탔다. 거대한 해마는 새처럼 가뿐히 물살을 가르며 막내아들을 건너편 바닷가로 데려다 주었다.

해마에서 내린 그는 재갈을 대리석 밑에 숨긴 다음 나무에 매어 둔 말을 타고 부지런히 달렸다. 몇 달 동안 말을 몰아 간 끝에 드디어 어머니 거인의 집에 도착했다. 말에서 내리자마자 그는 어머니 거인에게 달려가 젖을 빨았다.

"어서 오너라, 아들아. 네가 아무 탈 없이 돌아와서 기쁘기 그지없구나."

잠시 후 일곱 거인 형제가 돌아왔다. 그들 역시 다시 막내아들을 보게 된 것을 기쁘게 생각했다. 막내아들은 어머니 거인 곁에 사흘 간 머문 후 그녀와 작별하고 길을 나섰다.

일곱 거인 형제는 산짐승들과 곤충들이 그를 괴롭히지 않도록 동행해 주었다. 그가 말을 타고 달리면 거인들은 옆에서 걸어서 갔다. 가면서 거인들은 맛있는 과일을 보면 따서 막내아들 손에 쥐어 주었고, 눈앞으로 새가 날아가면 손으로 낚아채서 배가 고플 때 먹으라며 안장 주머니에 넣어 주었다. 이렇게 사흘 밤낮을 간 후 한 언덕에 이르자 거인 형제 중 한 명이 말했다.

"우리나라는 여기까지야. 이제부터 너 혼자 가야 해. 그럼 행운을 빌게!"

막내아들은 그들에게 고맙다고 말한 후 혼자 고향을 향해 발걸음을 재촉했다. 돌아가는 길에 작은형의 약혼녀와 큰형의 약혼녀를 만나 함께 고향으로 갔다.

밤낮으로 쉬지 않고 모든 어려운 길을 헤쳐 나간 끝에 그들은 드디어 처음 흐즈르 데데와 만났던 우물가에 다다랐다. 거기 도착해 보니 빛나는 얼굴에 하얀 수염을 기른 흐즈르 데데가 막내아들을 기다리고 있었다. 그는 말에서 내려 흐즈르 데데의 손에 입을 맞추었다.

"어서 오너라, 얘야. 건강히 돌아온 걸 보니 기쁘기 그지없구나. 그래, 무슨 일이 있었는지 얘기해 보거라."

막내아들은 그 동안 겪은 일들을 하나 하나 이야기한 다음 황금 나이팅게일을 흐즈르 데데에게 보여 주었다. 그리고 큰형과 작은형의 약혼녀들도 소개했다. 아름다운 처녀들은 흐즈르 데데 앞으로 나아가 그의 손등에 입을 맞추었다.

모든 이야기를 마친 후 막내아들은 흐즈르 데데에게 청을 올렸다.

"흐즈르 데데여, 황금 나이팅게일과 형수님들을 부탁드리고 싶습니다. 저는 가서 형님들을 찾아 오겠습니다."

흐즈르 데데는 막내아들의 등을 세 번 쓰다듬어 주었다.

"그래, 애야, 잘 다녀오너라. 네가 부탁한 것은 내가 잘 돌보고 있으마. 되도록 빨리 돌아오너라."

막내아들은 한결 가벼운 마음으로 형들과 헤어졌던 세 갈래 길로 말을 달렸다. 힘겹게 늪지대를 지나고 시내와 언덕을 지나 형들과 함께 도착했던 샘에 이르렀다. 목이 매우 말랐지만 시간을 허비하지 않기 위해 말에서 내리지도 않고 곧장 달려갔다.

마침내 세 갈래 길에 다다르고 보니 어디로 가야 할지 막막했다. 막내아들은 잘 닦인 두 길 중 하나를 골라 무조건 말을 몰았다. 계속 가다 보니 그 길은 다른 길과 하나가 되었다. 그는 더 열심히 말을 몰았다.

저녁 무렵 그는 어느 도시에 도착해 한 여관 앞에서 말을 세웠다. 그의 말을 마구간에 데리고 가려고 하인이 다가왔다. 그 하인은 다름 아닌 큰형이었다. 그러나 막내는 일부러 아무 말도 하지 않았다. 형도 머리와 수염이 텁수룩하게 자란 동생을 알아보지 못했다.

형은 행색이 말이 아니었다. 옷은 다 해지고, 손과 얼굴은 땟물로 얼룩져 있었다. 막내아들은 형의 모습을 보고 무척 마음이 아팠다. 그래서 호주머니에서 금화 한 닢을 꺼내 형에게 주었다.

"이 돈을 가지고 음식을 사다 주세요. 배가 무척 고파서요. 그리고 남은 돈은 가지셔도 돼요."

큰형은 돈을 가지고 식당에서 일하는 동생에게 갔다.

"있잖아, 우리 여관에 조금 전에 어떤 사람이 왔어. 나에게 금화를 주면서 음식을 사 오고 남는 돈은 가지라고 하는구나. 아무래도 부자인 것 같아. 너도 그 사람한테 맛있는 음식을 가져다 주렴. 어쩌면 너에게도 돈을 줄지 모르니 말이야."

작은형은 자기 식당에서 가장 맛있는 음식을 접시에 담아 동생에게 대접했다. 작은형도 자신을 알아보지 못하자 막내가 물었다.

"당신들은 여기 사람들 같지 않군요. 저도 이방인입니다. 무슨 일이 있었는지 말씀해 주시지 않겠습니까? 저도 제 얘기를 해 드리지요."

큰형이 말했다.

"저는 사실 왕의 아들입니다. 이 사람은 제 동생이고요. 그리고 동생 한 명이 더 있습니다. 아버님께서 우리나라에 커다란 사원을 지으셨는데, 그 사원의 돔에 카프 산 너머에 있는 황금 나이팅게일을 갖다 놓고자 하셨답니다. 그래서 우리 삼형제는 그 황금 나이팅게일을 찾으러 길을 나섰지요. 길을 가다가 우물가에 도착하게 되었습니다. 거기 세 갈래 길이 있었지요. 우리 셋은 하나씩 길을 택해 갔습니다. 저와 동생은 도중에 다시 만났고 이 도시에 도착하게 되었습니다. 그러다 돈이 바닥이 나서 옷과 말을 팔았지요. 그 돈도 다 쓰고 나자 저는 이 여관의 하인으로 일하게 되었고, 제 동생은 식당의 조수로 일하게 되었답니다. 막내는 어떻게 되었는지 모릅니다."

막내는 더 이상 형들을 속일 수가 없어 자리에서 벌떡 일어났다.

"제가 그 막내예요!"

셋은 감격의 포옹을 나누며 기쁨의 눈물을 흘렸다. 막내는 형들에게 옷과 말을 사 주고 함께 귀향길에 올랐다.

길을 가면서 막내동생은 자신이 그 동안 겪은 일들을 형들에게 들려주었다. 형들은 슬슬 막내동생을 질투하기 시작했다. 특히 막내 동생이 황금 나이팅게일을 가져왔다는 이야기를 듣자 그들의 질투는 걷잡을 수 없이 타올랐다.

이렇게 이야기를 나누며 그들은 흐즈르 데데가 있는 곳에 도착했다. 막내아들은 흐즈르 데데와 약혼녀들에게 형들을 소개하고 맡겨 놓았던 황금 나이팅게일을 돌려받았다. 막내아들이 흐즈르 데데의 손등에 입을 맞추자 흐즈르 데데는 그의 등을 세 번 쓰다듬어 주었다. 하지만 형들은 흐즈르 데데의 손등에 입 맞추는 것도 잊고 고향에 돌아갈 생각에 들떠 서둘러 말에 탔다. 모두 함께 길을 나설 때 흐즈르 데데가 막내아들을 향하여 소리쳤다.

"잘 가라, 애야. 신이 너를 도와주시기를 빌겠다!"

큰형과 작은형이 앞에서 말을 몰고, 막내동생과 형수들이 그 뒤를 따랐다. 한참 길을 가던 중에 첫째가 둘째에게 말했다.

"아버지는 막내가 영리하다고 하면서 늘 저 애만 예뻐하셨지. 황금 나이팅게일을 그 애가 가져왔다는 것을 알면 더 예뻐하실 거야. 우리를 아주 무시해 버릴지도 몰라. 우리, 동생을 절벽으로 밀어 버릴까?"

둘째가 말했다.

"형 말이 맞긴 하지만 죽일 수는 없어. 그러면 나중에 우리 약혼녀들이 사실을 말해 버릴 거야. 다른 방법이 없을까?"

얼마 지나지 않아 늪지대가 끝나고 일행은 편한 길로 접어들었다. 조금 더 길을 가자 우물가에 도착했다. 막내동생이 형들에게 말했다.

"너무 목이 말라요. 여기서 잠시 멈출 수 있을까요?"

"잠시 멈추기는 하겠지만 우리는 목이 마르지 않아. 너만 밑으로 내려가 물을 마셔라. 물을 다 마시면 우리가 너를 위로 끌어올려 주

마. 알겠니?"

형제는 매고 있던 허리띠를 풀어 끝을 서로 묶었다. 그리고 한쪽 끝을 막내동생의 허리에 매어 우물 밑으로 내려가게 했다.

허리띠 한쪽 끝을 잡고 있던 큰형은 문득 둘째에게 눈짓을 보내며 혁대를 천천히 놓아 버렸다.

"아이고, 허리띠가 손에서 미끄러졌어!"

여자들이 비명을 질렀고 둘째도 놀란 척하며 허둥지둥했다.

다행히 막내는 우물 바닥에서 돌을 밟고 서 있다가 형들의 음모를 알아채곤 위를 향해 소리쳤다.

"걱정 말아요! 나쁜 일을 한 사람은 신이 벌을 내린대요. 저는 여기서 빠져나갈 길을 찾을 테니 기다려 주세요!"

막내동생을 우물 바닥에 버린 두 형제는 황금 나이팅게일과 약혼녀들을 데리고 길을 나서 쉬지 않고 밤낮으로 달린 끝에 드디어 고향에 도착했다. 두 형제는 아버지 왕 앞으로 나아가 손등에 입을 맞추고 황금 나이팅게일을 내밀었다.

"우리가 이 새를 카프 산에서 가져왔습니다, 아버님."

그리고 곁에 있는 아름다운 처녀들을 자랑스럽게 가리켜 보이며 말했다.

"우리가 이 처녀들을 일곱, 여덟 목숨이 달린 거인들로부터 구해서 데리고 왔습니다. 우리 약혼녀들입니다."

왕은 재상을 불러 황금 나이팅게일을 건네주며 사원의 돔에 두라고 명령을 내렸다.

"그런데 막내는 어디 있느냐?"

큰아들이 대답했다.

"그곳에서 나온 후 샘에 도달하였습니다. 그곳에서부터 길이 세 갈래로 나뉘었지요. 우리는 각자 길을 하나씩 골라 갔습니다. 그 후로 막내가 어찌 되었는지 모릅니다."

왕은 막내아들의 소식을 알지 못하자 매우 상심하며 슬퍼했다. 한편 그 후 여러 날이 지났지만 사원 돔에 있는 황금 나이팅게일은 지저귀지 않았다. 왕은 화가 났지만 도통 그 이유를 알 수가 없었다.

또 며칠이 흘렀다. 우물 바닥에서 며칠을 보낸 막내아들은 굶어 죽기 직전에 가까스로 길을 가던 여행자의 도움을 받아 우물에서 나올 수 있었다.

막내아들은 나그네에게 목숨을 구해 주어서 고맙다는 말을 남기고 길을 나섰다. 고향에 도착한 그는 곧장 궁전으로 들어가지 않고 양치기에게서 양 한 마리를 샀다. 그러고는 양을 죽여 양 가죽과 고기는 양치기에게 주고 자신은 양 창자를 가진 다음 양치기와 옷을 바꿔 입었다.

막내아들은 시냇가로 가서 양 창자를 잘 씻어 말린 후 머리에 뒤집어썼다. 그러자 완연한 켈올란의 모습이 되었다. 그는 여관으로 가 말을 마구간에 매어 놓은 후 여관 주인을 찾았다.

"저는 고아 켈올란입니다. 저를 하인으로 써 주시겠습니까?"

"돈을 조금만 주어도 좋다면 너를 받아들이마."

"저는 돈을 원하지 않습니다. 단지 배만 곯지 않게 해 주십시오."

그날 이후로 막내아들은 여관에서 하인으로 일했다. 어느 날 여관 주인이 몸이 아파 자리에 눕게 되었다. 의원은 여관 주인을 진찰한 후 말했다.

"이 병을 고칠 방도가 있소. 왕이 새로 건축한 사원의 뜰에 있는 우물에서 물을 떠 와 석 잔 마시게 하면 병이 깨끗이 나을 것이오."

막내아들이 말했다.

"아니, 그보다 더 쉬운 일이 어디 있나요? 제가 가서 가져오겠습니다."

의원의 말을 듣고 기분이 좋아진 여관 주인도 켈올란에게 물을 떠 와 달라고 부탁했다.

막내아들은 양동이를 들고 사원으로 뛰어갔다. 그가 우물에서 물을 떠 사원을 나오려는데, 돔에 있던 새가 아름답게 지저귀기 시작했다. 옥구슬이 구르는 듯한 아름다운 소리로 노래를 하였기 때문에 사람들은 그 소리를 듣고 넋이 나갔다.

하지만 막내아들이 사원 문을 나서자 새는 노래를 멈추었다. 사람들은 궁전으로 뛰어가 새가 지저귀었다고 왕에게 알렸다.

왕은 이 소식을 듣고 무척 기뻐했다.

"이게 무슨 조화일까? 어제까지 전혀 지저귀지 않던 황금 나이팅게일이 왜 갑자기 지저귀기 시작했을까? 혹시 누군가 낯익은 사람을 보았을까?"

왕은 금요일에 시민들을 모조리 사원으로 불러 한 명씩 사원의 뜰을 지나가게 하기로 결정했다. 다음 날부터 심부름꾼들이 온 도시를 돌아다니며 왕의 명령을 알렸다.

마침내 금요일 아침이 밝았다. 왕은 마차를 타고 사원 뜰로 나갔다. 시간이 되자 사원 밖에 모여 있던 사람들이 한 명씩 뜰을 지나게 되었다.

언제쯤 황금 나이팅게일이 지저귈까? 왕은 마음을 졸이며 기다렸다. 하지만 사원 밖에 모인 사람들 모두가 지나가도록 황금 나이팅게일은 지저귀지 않았다. 왕은 화가 나서 소리쳤다.

"이 도시에 다른 사람은 없는가? 사방을 뒤져서 오늘 여기 왔건 오지 않았건 간에 빨리 이리 데리고 오너라!"

왕의 모든 대신들, 시종들 그리고 하인들이 도시 구석구석으로 흩어져 사방을 뒤졌다. 잠시 후, 그들은 왕에게 와서 고했다.

"사방을 뒤졌습니다. 여기에 오지 않은 한 사람을 찾았습니다. 그 사람은 여관 하인인 켈올란입니다."

"그렇다면 빨리 그를 데리고 오너라!"

하인들은 부랴부랴 켈올란을 데려와 사원 뜰로 들여보냈다. 그런데 켈올란이 들어서자마자 황금 나이팅게일이 지저귀는 것이 아닌가. 황금 나이팅게일이 몹시도 아름다운 소리로 노래를 불렀기 때문에 왕도 거기에 있는 다른 사람들도 한순간 모든 것을 잊고 나이팅게일의 노랫소리에 빠져들었다.

잠시 후 정신을 차린 왕이 켈올란에게 말했다.

"자, 이리로 가까이 오너라. 켈올란!"

막내아들은 아버지를 보고는 더 이상 참지 못하고 달려가 왕의 손을 감싸안았다.

"아버지!"

왕도 그의 목소리를 듣고 막내아들임을 알아차렸다.

"아이고, 사랑하는 내 아들아!"

왕은 땅바닥에 무릎을 꿇고 앉은 아들을 일으켜 세워 껴안으려 했다. 그때 막내아들이 머리에 쓰고 있던 양 창자를 벗으며 말했다.

"아버님, 허락해 주신다면 가서 씻고 오겠습니다. 옷을 갈아입고 여관 주인에게 열쇠를 돌려주고 곧 돌아오겠습니다."

주위에 모여 있던 사람들은 부자가 상봉하는 모습에 눈시울을 적셨다. 왕은 아들에게 그렇게 하라고 허락했다.

막내아들은 여관으로 달려가 열쇠를 여관 주인에게 돌려주고 작별 인사를 하고 나왔다. 목욕탕에 가서 몸을 씻고 양치기 옷 대신 궁전에서 보낸 새 옷으로 갈아입자 다시 왕자의 모습이 되었다. 그가 궁전으로 들어가자 왕이 달려나와 맞이했다.

"아들아, 지금까지 어디에 있었느냐? 무슨 일이 있었는지 어디 말해 보아라."

막내아들은 자신이 겪은 일을 하나 하나 아버지에게 말했다.

한편 그들이 이렇게 이야기를 하고 있을 때 카프 산 너머의 요정 여왕은 오랜 잠에서 깨어났다. 그런데 주위를 둘러보니 촛불의 위치가 바뀌어 있고, 머리맡에 있던 황금 나이팅게일은 사라지고 없었다. 그녀는 너무나 화가 나 소리치기 시작했다. 모든 요정들이 그녀 주위에 모여들었다.

"지금 당장 누가 내 황금 나이팅게일을 훔쳐 갔는지 알아내라!"

요정들은 궁전 밖으로 나가 사자와 호랑이, 탁한 샘물, 가시덤불, 빨간 문, 초록 문에게 물어 누가 황금 나이팅게일을 가져갔는지 알아냈다.

"어떤 젊은이가 황금 나이팅게일을 훔쳐 갔다고 합니다. 그 젊은이는 왕의 아들이라고 하네요. 가서 그 사람을 찾을까요?"

"빨리 떠날 준비를 해라. 어서 그 왕의 나라로 가자. 그 왕자가 황금 나이팅게일을 어떻게 훔쳤는지를 솔직히 말한다면 용서하겠지만, 거짓말을 한다면 그 나라를 불태워 버리겠다. 왕도 왕자도 가만두지 않겠다!"

요정들은 요술 거울로 황금 나이팅게일이 어디에 있는지 알아냈다. 그리하여 요정 여왕과 요정들은 하얀 구름을 타고 왕의 나라로 향했다. 왕의 나라에 도착해 땅에 내린 요정 여왕은 천막을 마흔 개 치고 왕에게 전갈을 보냈다. 그 내용은 다음과 같았다.

황금 나이팅게일을 내 궁전에서 훔쳐 간 사람을 즉시 내게 보내시오.

요정 여왕의 전갈을 읽은 왕은 두려움에 떨며 세 아들을 불러 물었다.

"누가 황금 나이팅게일을 요정 여왕의 궁전에서 가져왔느냐?"

막내아들이 "제가 가져왔습니다."라고 말하려고 하는데 큰아들이 나서서 말했다.

"제가 가지고 왔습니다."

왕이 말했다.

"그렇다면 요정 여왕이 너를 기다리고 있다. 가 봐라."

요정 한 명이 첫째 왕자를 요정 여왕 앞으로 데려갔다.

"바른 대로 말해라. 네가 내 궁전에서 황금 나이팅게일을 가지고 갔느냐?"

"예, 그렇습니다. 제가 가지고 왔습니다."

"그렇다면 내 궁전에 오는 길에 아무것도 본 것이 없느냐? 내 궁전에 쉽게 들어왔느냐?"

"가는 길에 아무것도 보지 못했습니다. 별 어려움 없이 들어갔습니다. 방 안으로 들어가는 것도 쉬웠고요. 황금 나이팅게일을 가지고 나올 때도 별 어려움이 없었습니다."

요정 여왕은 그의 대답을 듣고 몹시 화가 났다.

"너는 거짓말을 하고 있구나! 지금 당장 네 목을 잘라 버리기 전에 빨리 여기서 나가라! 황금 나이팅게일을 가져간 자를 냉큼 이리 데려오지 못할까!"

첫째는 요정과 함께 왕의 궁전으로 돌아갔다. 요정이 왕에게 말했다.

"황금 나이팅게일을 가져간 사람은 이 아드님이 아닙니다. 이 아드님이 거짓말을 하셔서 우리 여왕께서 매우 진노하시며 이 분을 죽이기 전에 데리고 가라고 하셨습니다. 황금 나이팅게일을 가져간 자를 빨리 대령시키라고 성화십니다."

왕은 큰아들이 거짓말한 것을 알고 화가 났지만 내색하지 않았다.

"죄송합니다. 뭔가 잘못된 것 같군요. 황금 나이팅게일을 가져온 아들이 누군지 지금 알아내겠습니다."

그래서 왕은 둘째와 막내를 불러 물었다.

"황금 나이팅게일을 누가 가지고 왔느냐?"

막내아들이 "제가 가져왔습니다."라고 말하려는데 이번에는 둘째가 나서서 말했다.

"아버님, 요정 여왕의 궁전에 형과 함께 들어갔습니다만, 황금 나이팅게일은 제가 가지고 왔습니다. 형이 잊어버렸나 봅니다."

"그렇다면 지금 당장 요정 여왕에게 가거라."

둘째와 요정은 왕 앞에서 물러나 요정 여왕의 천막으로 갔다. 요정 여왕이 말했다.

"네가 내 궁전에서 황금 나이팅게일을 가지고 갔느냐?"

"예, 제가 가지고 왔습니다."

"그렇다면 내 궁전에 오는 길에 아무것도 본 것이 없느냐? 내 궁전에 쉽게 들어왔느냐?"

"궁전으로 가는 길에 아무것도 보지 못했습니다. 어려움 없이 들어갔습니다. 방 안으로 들어가는 것도 쉬웠습니다. 아무에게도 들키지 않고 황금 나이팅게일을 가지고 나왔지요."

그의 대답에 요정 여왕은 얼굴을 찡그렸다.

"너는 거짓말을 하고 있구나. 황금 나이팅게일을 가져간 사람은 네가 아니야. 냉큼 여기서 나가지 않으면 목을 쳐 버리겠다!"

둘째 왕자는 요정과 함께 궁전으로 돌아왔다. 요정은 왕 앞에 나아가 말했다.

"황금 나이팅게일을 가져간 사람은 이 아드님이 아닙니다. 우리 여왕께서 지금 몹시 화가 나셨습니다."

마지막으로 왕은 막내아들을 돌아보며 말했다.

"애야, 너도 가 보아라."

막내아들은 요정과 함께 요정 여왕의 천막으로 갔다. 그리고 요정 여왕이 물어보기도 전에 먼저 씩씩하게 말했다.

"여왕님, 무얼 원하십니까? 황금 나이팅게일을 여왕님의 궁전에서 가져간 사람이 바로 접니다. 일곱 목숨과 여덟 목숨이 있는 거인들을 죽이고 귀를 자른 사람도 접니다. 목숨이 아홉 달린 거인에게 안겨 젖을 먹은 사람도 접니다. 뭐 또 다른 것 알고 싶으신 것이 있습니까?"

말을 마친 막내아들은 호주머니에서 거인들의 귀를 꺼내 땅에 던졌다. 요정 여왕이 말했다.

"그래. 네가 장본이이라는 건 믿겠다. 하지만 비디를 이렇게 건넜느냐?"

"바닷가에 대리석이 있어서 그걸 들어 보니 밑에 재갈이 있더군요. 그 재갈로 바다를 세 번 쳤습니다. 그랬더니 바다에서 해마가 나와서 나를 태워다 주었습니다. 건너편에 이르러 재갈을 그곳에 있는 대리석 밑에다 숨겨 놓고 잠시 걸으니 빨간색 나무와 초록색 나무가 나왔지요. 두 나무의 가지를 꺾고 다시 걸었습니다. 걷다 보니 빨간 문과 초록 문이 나와 빨간 가지로 빨간 문을, 초록색 가지로 초록색 문을 두드렸지요. 문들이 열려 들어가니 가시덤불이 나왔죠. 가시덤불들에게 '아주 예쁜 잎사귀구나.'라고 말하며 잎을 따 호주머니에 넣었습니다. 걷다 보니 물이 탁한 샘이 나오기에 '너무나 깨끗한 물이구나.'라고 말한 후 마시고 길을 계속 갔습니다. 그 다음에는 사자 한 마리와 호랑이 한 마리를 만나 그들 앞에 있는 풀과 고기 그릇을 서로 바꾸어 놓았습니다. 그리고 궁전으로 들어가서는 당신의 방을 찾아 촛불의 위치를 바꾼 후 황금 나이팅게일을 가지고 나왔지요. 자, 내가 이렇게 황금 나이팅게일을 가져오게 된 거랍니다. 만약 이 일로 당신이 화가 났다고 하더라도 난 당신이 두렵지 않아요."

요정 여왕은 웃었다.

"아니에요, 왕자님! 저는 화나지 않았어요. 오히려 거짓말을 하지 않는 정직하고 용감한 당신이 맘에 들어요. 그렇지만 저는 황금 나이팅게일이 없으면 살지 못한답니다. 그러니 저를 당신의 아내로 받아 주시겠어요?"

"그렇다면 지금 아버지께 함께 갑시다."

요정 여왕은 요정들을 돌아보며 말했다.

"나는 여기서 살 테야. 카프 산 너머에는 가지 않을 것이니 너희들은 돌아가거라."

요정들은 천막을 거두고 순식간에 모습을 감췄다. 요정들이 돌아가고 난 후 요정 여왕과 막내아들은 부왕 앞으로 나갔다. 막내아들은 요정 여왕을 아버지에게 소개했다. 요정 여왕이 말했다.

"왕이시여, 황금 나이팅게일을 여기로 가져온 사람은 이 아드님입니다. 다른 아드님들은 거짓말을 했습니다."

"나도 그 황금 나이팅게일을 막내아들이 가져왔다고 생각하고 있었소. 그 애가 사원의 뜰에 들어섰을 때 황금 나이팅게일이 얼마나 아름답게 지저귀었는지 말로는 이루 다 형언할 수가 없소."

왕은 고개를 돌려 막내아들에게 말했다.

"참, 애야! 네 이야기를 어디까지 했더라. 아, 그래 흐즈르 데데와 만난 후에 무슨 일이 있었지? 계속 말해 보아라."

막내아들은 흐즈르 데데와 만난 후로 고국에 돌아오기까지 무슨 일이 있었는지 하나 하나 아버지에게 말했다. 모든 사실을 알고 난 왕은 화가 나 큰아들과 작은아들을 불러들였다.

"너희들이 동생에게 무슨 일을 저질렀는지 다 알았다. 게다가 황금 나이팅게일을 너희가 가지고 왔다며 나와 요정 여왕에게 거짓말까지 했더구나. 나는 친동생을 우물 바닥에 버려 놓은 것도 모자라 아버지에게 거짓말까지 한 자식은 원하지 않는다. 지금 당장 이 나라를 떠나라. 이후로 너희는 내 자식이 아니다. 다른 나라에 가서 너희 힘으로 일해서 먹고 살아라. 너희가 죽든 살든 상관하지 않겠다!"

두 형제는 울면서 왕의 앞에서 물러나 어머니에게 마지막으로 작별 인사를 하고 나라를 떠났다.

두 아들이 나간 후 왕은 막내아들에게 말했다.

"애야, 나는 이제 나이가 들었다. 너는 정직하고 부지런하며 용감한 젊은이다. 이제부터 내 자리를 이어받아 이 나라의 왕이 되어라."

그런 다음 요정 여왕에게도 당부의 말을 하는 것을 잊지 않았다.

"당신은 내 아들과 결혼해서 이 나라의 왕비가 되어 함께 잘 살아 주시오."

그날부터 혼례 준비가 시작되었다. 막내아들과 요정 여왕의 혼인을 축하하는 잔치는 여러 날 동안 계속되었다.

그 후 정직하고 용감한 왕자는 아버지의 뒤를 이어 왕이 되었고 열심히 일해 나라를 부강하게 만들었다. 막내아들은 백성들의 칭송을 받으며 요정 왕비와 행복하게 오래오래 잘 살았다.

레 몬 처 녀

옛날 어느 나라에 백성을 사랑하는 착한 왕이 살고 있었다. 그는 해마다 명절이 되면 가난한 사람들에게 먹을 것과 입을 것을 나누어 주었고, 1년에 한 번씩 궁전 맞은편에 있는 수도꼭지에서 기름과 꿀을 마음껏 가져갈 수 있게 배려하는 등 백성들을 자비롭게 보살펴 존경을 한몸에 받았다.

어느 해인가 수도꼭지에서 기름과 꿀이 흐르던 닐이있다. 한 노파가 수도로 와서 주둥이가 깨진 그릇에 기름을 채우고 있는데, 왕의 개구쟁이 아들이 궁전 창에서 오가는 사람들을 구경하다가 장난 삼아 화살을 쏘았다. 왕자의 화살은 노파의 접시에 명중했다. 접시는 산산조각이 났고, 아까운 기름이 땅에 쏟아졌다.

왕자는 노파의 모습을 보곤 깔깔거리고 웃기 시작했다. 당황한 노파가 왕자를 보며 말했다.

"이봐요, 왕자님. 내가 당신에게 뭘 잘못했기에 내 그릇을 깼습니까? 레몬 처녀와 사랑에 빠지지만 평생 그녀를 보지 못하도록 신께 기도하겠습니다!"

그날 이후로 왕자는 혼자 생각에 잠기는 때가 많았다. 레몬 처녀가 누굴까? 온종일 생각을 해 봐도 도무지 알 수가 없었다. 궁금해서 도저히 견딜 수가 없었다.

아들의 이런 모습을 본 왕이 그를 불러들여 이유를 물었다. 왕자는 레몬 처녀가 누군지 궁금하다며 그녀를 찾으러 가겠다고 말했다. 왕은 별로 내키지 않았지만 아들의 고집을 꺾지 못해 어쩔 수 없이 허락했다.

왕자는 준비를 마치고 부모님께 작별 인사를 한 후 레몬 처녀를 찾아서 길을 떠났다.

며칠 동안 쉬지 않고 길을 가던 왕자는 산자락에서 어떤 노인과 만났다. 그는 노인에게 인사를 하며 손등에 입을 맞추었다. 젊은이가 자기에게 예의를 갖추어 손등에 입을 맞추자 노인은 기분이 좋아졌다.

"아니, 혼자서 어디를 가는 길인가, 젊은이?"

"레몬 처녀라는 여자가 있다는 말을 듣고 그녀가 누군지 알아내려고 길을 나섰습니다. 그렇지만 벌써 며칠째 걷도록 아무것도 알아내지 못했습니다."

"나는 레몬 처녀가 있는 곳을 알고 있네. 자네에게 말해 주지. 저 길을 곧장 걸어서 맞은편에 있는 산을 넘어가게나. 그곳에 가면 장미 정원이 나올 걸세. 장미에는 커다란 가시들이 있을 거야. '정말로 아름다운 장미들이구나.' 라고 말한 후 장미 한 송이를 꺾어 향기를 맡게. 가시에 찔려 피가 나더라도 개의치 말고. 그런 다음 그곳에서 나와 계속 걷게. 그러면 피처럼 빨간 물이 흐르는 시내가 나올 거야. 그 곁으로 가 '세상에, 굉장히 깨끗한 물이야.' 라고 말하며 그 물을 마시게. 그러고서 또 계속 길을 가게. 이번에는 길 한모퉁이에서 사슬에 묶인 개 한 마리와 말 한 필을 보게 될 거야. 말 앞에 놓인 고기는 개 앞으로 놓고, 개 앞에 놓인 풀은 말 앞으로 옮겨 놓게나. 또 계속 걸어가게. 문 두 개가 나타날 거야. 한 개는 열려 있고, 한 개는 닫혀 있을 거야. 닫힌 문은 열고, 열린 문을 닫게. 그런 다음 열린 문을 통해 정원으로 들어가게. 그곳이 바로 거인이 사는 궁전에 딸린 정원이지. 정원에 있는 수많은 나무들 사이에 레몬 나무 한 그루가 있을 거야. 그 나무에는 레몬 세 개가 달려 있을 텐데, 그 레몬 세 개를 따서 뒤돌아보지 말고 돌아오게. 갔던 길을 그대로 밟아서 오면 돼. 그 레몬들을 자를 때마다 그 속에서 아가씨가 나와 너에게 무엇인가를 원할 것이야. 그녀들이 원하는 것을 들어주면 그녀들은 살 것이고, 들어주지 못하면 죽을 거야. 조심하게나. 자, 행운을 비네!"

왕자가 감사의 표시로 노인의 손등에 입을 맞추려는 순간 노인은 연기처럼 모습을 감췄다. 왕자는 곧장 길을 떠나 곧 산의 뒤편에 자리한 장미 정원에 이르렀다. 정원으로 들어간 그는 손이 가시에 찔려 피범벅이 되는 것을 참아 가면서 장미 한 송이를 꺾고 '정말로 아름다운 장미들이구나.'라고 말하며 향기를 맡았다. 그런 다음 피처럼 빨간 물이 흐르는 시내로 가서는 '세상에, 굉장히 깨끗한 물이야.'라고 말하고 시냇물을 조금 마셨다. 그런 다음 길 한모퉁이에 사슬로 묶여 있던 개와 말에게 다가가, 개 앞에 놓인 풀은 말 앞으로 갖다 놓고 말 앞에 놓인 고기는 개 앞으로 옮겨 놓았다. 조금 더 걸어가니 문이 두 개 있었다. 열린 문을 닫고 닫힌 문을 열어서 그 안으로 들어가자 거인의 정원이 나왔다.

그곳 커다란 나무들 사이에 정말로 레몬 세 개가 열린 레몬 나무가 서 있었다. 레몬 세 개를 따 가지고 왔던 길로 되돌아 나와 막 정원 문을 지나려는데, 거인이 정원에서 레몬이 없어진 것을 알고는 천둥 같은 목소리로 고함을 질렀다.

"문을 닫아라! 저 놈을 잡아라!"

그러자 열린 문이 거인에게 말했다.

"나는 몇 년 동안이나 닫혀 있었다. 아무도 내게 와서 어떻게 지내느냐고 묻지 않았다. 그런데 이 젊은이가 나를 열어 줘서 기분이 상쾌해졌다. 나는 그를 붙잡을 수 없다!"

이리하여 왕자는 정원 문을 무사히 통과했다. 이번에는 거인이 말과 개에게 말했다.

"개야, 말아! 저 놈을 잡아라! 못 가게 막아라!"

그러자 말과 개가 입을 모아 대답했다.

"우리는 그를 붙잡지 않을 거야. 너는 몇 년 동안이나 우리에게 억지로 같은 음식을 먹였다. 그런데 저 젊은이는 고기와 풀을 바꾸어 주었지. 우리는 그를 막을 수 없어!"

이리하여 왕자는 말과 개 앞을 무사히 지나갔다. 이번에는 거인이 시내에게 말했다.

"피의 시내야! 저 놈을 가만두지 마라!"

시내가 말했다.

"나는 저 젊은이에게 나쁜 일을 할 수 없다. 너는 항상 나를 '피의 시내'라고 부르며 내 물을 마시지 않았어. 그런데 그 젊은이는 '세상에, 굉장히 깨끗한 물이야.'라고 말하며 내 물을 마셔 나를 기쁘게 했지. 난 젊은이가 이곳을 지나가게 할 것이다!"

무사히 시내를 건넌 왕자는 장미 정원에 이르렀다.

거인이 뒤에서 또 소리쳤다.

"가시 많은 장미야! 저 놈을 잡아라!"

그러자 수많은 장미 송이들이 모두 한목소리로 말했다.

"너는 한 번도 우리 향기를 맡은 적이 없어. 항상 '가시 많은 장미'라며 우리를 모욕했단 말이야. 그렇지만 이 젊은이는 우리의 가시도 마다하지 않았다. 손에 피가 흐르는데도 신경 쓰지 않았다고. 우리 중 하나를 꺾어 '정말로 아름다운 장미들이구나.'라고 말하며 향기를 맡아서 우리를 기쁘게 해 주었다. 그를 막을 수 없다!"

왕자는 이렇게 해서 장미 정원도 무사히 통과할 수 있었다. 거인은 어쩔 수 없이 정원에서 나와 왕자의 뒤를 쫓기 시작했다. 문을 통과하고 개와 말 앞을 지나서 시내에 다다른 거인이 시내를 건너려 하자 갑자기 거대한 물살이 일어나 거인을 휩쓸어 갔다.

아무것도 모르는 왕자는 계속해서 길을 가다가 지친 다리도 쉴 겸 길가에 앉아 칼로 레몬 하나를 잘랐다. 레몬이 두 조각으로 갈라지더니 그 안에서 아름다운 아가씨가 나와 왕자에게 말했다.

"물! 물!"

왕자는 아가씨가 물을 원한다고 생각하여 주위를 둘러보았지만 주위에는 시내도 샘도 없었다. 가엾게도 아가씨는 몇 번이고 물을 외치다 목이 말라 죽고 말았다.

왕자는 크게 낙심하여 자리에서 일어나 다시금 길을 걷기 시작했다. 잠시 후 피곤하여 나무 밑에 앉아서 쉬던 왕자는 두 번째로 레몬을 잘랐다. 그 레몬에서도 눈부시게 아름다운 아가씨가 나왔다.

"물! 물!"

이번에도 아가씨가 같은 말을 하자 왕자는 허둥지둥 사방을 둘러보았다. 하지만 산속에 물이 있을 턱이 없었다. 결국 두 번째 아가씨도 물이라는 말만 되뇌이다 죽고 말았다. 왕자는 몹시 슬퍼하면서 세 번째 레몬만은 꼭 물가에서 자르겠다고 결심했다.

한참 동안 길을 간 끝에 왕자는 드디어 도시에 도착했다. 도시에 딸린 정원에는 마침 커다란 분수가 있었고 주위에는 아무도 없었다.

왕자는 분수대에 앉아 떨리는 손으로 세 번째 레몬을 잘랐다. 이번에는 이전 아가씨들보다 곱절은 아름다운 아가씨가 레몬에서 나왔다.

"물! 물!"

왕자는 얼른 레몬을 분수 안으로 던졌다. 물속으로 들어간 레몬 처녀는 맘껏 물을 마시고 몸도 씻으며 즐거운 듯 크게 웃었다. 레몬 처녀가 목욕을 하고 있을 때 왕자가 말했다.

"레몬 처녀, 당신을 그런 모습으로 궁전에 데리고 갈 수는 없소. 여기서 잠시 기다리시오. 가서 당신이 입을 예쁜 옷을 가져오겠소. 병사들도 데리고 올 테니 그때 함께 궁전으로 돌아갑시다."

"알겠습니다. 저는 저 나무 위에 올라가 왕자님을 기다리겠습니다. 그런데 청이 하나 있습니다. 궁전에 가셨을 때 아버님과 어머님께서 왕자님 이마에 입을 맞추지 못하도록 하세요. 만약 입을 맞추면 왕자님은 저를 잊어버리실 겁니다."

왕자는 알겠다고 말한 후 손가락에서 녹옥 반지를 빼어 레몬 처녀에게 내밀었다.

"레몬 처녀, 이 반지를 손가락에 끼시오. 만약에 우리가 서로를 잊게 되면 이 반지로 알아봅시다."

왕자는 반지를 분수로 던졌다. 레몬 처녀는 반지를 잡아 손가락에 끼었다.

왕자가 궁전에 도착하자 왕과 왕비는 왕자를 껴안고 이마와 볼에 입을 맞추었다. 왕자가 말릴 사이도 없었다. 그리고 그 순간, 왕자는 거짓말처럼 레몬 처녀를 잊어버리고 말았다.

한편 레몬 처녀는 물에서 나와 분수가에 있는 커다란 플라타너스 나무로 다가가서 말했다.

"나무야, 몸을 굽혀라!"

플라타너스 나무는 천천히 몸을 굽혔다. 레몬 처녀가 나뭇가지에 올라앉자 나무는 다시 곧게 섰다. 레몬 처녀는 나뭇잎 사이에 몸을 숨긴 채 고개만 빠끔히 내밀어 아래를 내려다보고 있었다.

그때 어느 집의 아랍 하녀가 물을 길으러 분수에 나왔다. 그녀는 손에 들고 있던 양동이를 분수에 넣으려다가 깜짝 놀라며 멈추었다. 수면 위에 아름다운 레몬 처녀의 모습이 비쳤던 것이다. 아랍 하녀는 그것이 자신의 모습인 줄 알고 넋을 잃고 바라보다 혼잣말을 했다.

"이렇게 예쁜데 내가 왜 하녀 일을 하고 있지?"

양동이에 물을 채워 가지고 집으로 돌아간 하녀는 주인 마님에게 말했다.

"분수에서 양동이에 물을 채울 때 물에 비친 제 모습을 보고 제가 아름다운 아가씨라는 걸 알게 되었습니다. 왜 제게 하녀 일을 시키시나요? 앞으로는 물을 길으러 가지 않겠어요!"

마님은 웃었다.

"바보 같은 계집애, 머리를 들고 나무를 쳐다보았다면 예쁜 게 누군지 알 수 있었을 텐데."

아랍 하녀는 이 말을 듣고 분수로 달려갔다. 자세히 보니 나뭇가지 사이로 아름다운 처녀가 숨어 있었다. 하녀는 주인 마님의 말이 옳았음을 알고 레몬 처녀를 불렀다.

"아름다운 아가씨! 귀여운 아가씨! 저도 좀 나무 위로 끌어올려 주세요!"

마침 왕자가 오지 않아 지루해하던 레몬 처녀는 아랍 하녀를 나무 위로 올라오게 했다.

"나무야, 몸을 굽혀라!"

아랍 하녀가 호기심 가득한 시선으로 보고 있는 가운데 플라타너스 나무는 땅을 향해 서서히 구부러졌다. 아랍 하녀가 레몬 처녀 옆에 앉자 나무는 신통하게도 다시 원래 상태로 되돌아갔다. 레몬 처녀에게 질투를 느낀 아랍 하녀는 이것저것 꼬치꼬치 캐묻기 시작했다.

"당신이 요정이라면 당연히 마법의 비밀이 있을 텐데, 말해 주지 않겠어요?"

아무것도 모르는 순진한 레몬 처녀는 아무 의심 없이 말해 주었다.

"제 마법의 비밀은 머리에 있는 이 작은 황금 빗이에요. 만약 이 작은 황금 빗이 제자리에 없으면 저는 새로 변해 버려요."

한참 이런저런 이야기를 나누던 도중에 아랍 하녀가 말했다.

"레몬 아가씨, 머리칼이 엉클어져 있는데 머리를 좀 숙이면 제가 빗겨 드릴게요."

레몬 처녀는 순순히 머리를 숙였다. 아랍 하녀는 황금 빗으로 레몬 처녀의 머리를 빗는 척하다가 빗을 꽂혀 있던 자리가 아닌 반대편에 꽂았다. 레몬 처녀는 비둘기로 변해 날아갔다.

레몬 처녀가 새가 되어 날아간 후 아랍 하녀는 입고 있던 허름한 옷을 벗고 레몬 처녀처럼 나뭇잎 사이에 몸을 숨긴 채 왕자를 기다리기 시작했다.

한편 왕자는 나중에야 레몬 처녀를 기억해 내고는 부랴부랴 병사들을 모으고 비단 옷을 차려입은 다음 분수로 달려갔다. 그런데 막상 분수에 도착해 보니 레몬 처녀는 온데간데없고 웬 아랍 처녀가 나뭇가지 위에 앉아 있었다. 왕자가 깜짝 놀라 물었다.

"아니, 당신에게 무슨 일이 일어난 거요?"

아랍 처녀는 슬퍼하며 말했다.

"무슨 일이겠어요? 왕자님은 저를 잊어버리셨고, 저는 이곳에 계속 앉아서 햇빛을 쬐다 보니 이렇게 피부가 검게 변했어요. 너무 울어서 눈 모양도 변했고요."

왕자는 아랍 처녀의 말을 그대로 믿었다. 아랍 처녀는 왕자가 준 옷을 잘 차려입고 궁전으로 갔다.

왕과 왕비는 그녀를 보고 너무나 놀랐다. 왕자가 말한 아름다운 처녀와는 너무나도 거리가 멀었기 때문이다. 그렇지만 그들은 아들을 생각해서 아무 말도 하지 않았다. 이리하여 왕자와 아랍 처녀는 혼례를 치르고 성대하게 잔치를 벌였다.

한편 혼례식이 끝난 후 어느 날부터인가 궁전 정원에서는 이상한 일이 일어났다. 매일 하얀 비둘기가 날아와 나뭇가지에 앉아 정원사에게 이렇게 말하고는 날아가 버리는 것이었다.

"왕자의 잠은 꿀 같은 잠이 되고, 아랍 처녀의 잠은 독 같은 잠이 되어라. 내가 앉은 나뭇가지는 말라 죽어 꽃도 피지 않고 열매도 맺지 마라!"

이렇게 해서 비둘기가 앉았던 나무의 가지는 하나도 빠짐없이 시들시들 말라 버리고 말았다.

어느 날 궁전의 정원으로 나온 왕자는 나무가 모조리 말라 죽은 것을 보고 정원사에게 물었다.

"왜 나무를 잘 돌보지 않는 건가?"

정원사는 어쩔 수 없이 나무가 자꾸 말라 죽는 까닭을 말했다.

"그렇다면 모든 나뭇가지에 송진을 발라 비둘기가 앉으면 날아가지 못하게 하여 잡아라."

정원사는 왕자가 말한 대로 했다.

다음 날 여느 때처럼 비둘기가 날아와 나뭇가지에 앉으며 말했다.

"내가 앉은 가지는 말라 죽어 꽃도 피지 않고 열매도 맺지 마라!"

그러나 비둘기가 다시 날아가려고 했을 때는 이미 발이 끈적끈적한 송진에 달라붙어 움직일 수가 없었다. 정원사는 비둘기를 잡아 새장에 넣어 왕자에게 바쳤다. 왕자는 비둘기가 아주 마음에 들어 새장을 자기 방 천장 구석에 매달고 보살펴 주었다.

비둘기는 왕자가 방에 있을 때면 재잘재잘 사람처럼 이야기하다가 왕자가 방을 나가면 아무 소리도 내지 않았다. 아랍 처녀는 비둘기가 레몬 처녀임을 알아보고는 죽이려고 음모를 꾸몄다. 어느 날 그녀는 거짓으로 아픈 척하며 왕자에게 하소연했다.

"하얀 비둘기의 고기가 먹고 싶어요. 먹지 못하면 죽을 거예요."

왕자가 시장에서 하얀 비둘기를 사 오겠다고 말하자 아랍 처녀는 이렇게 말했다.

"아니에요, 저는 꼭 저 새장에 있는 비둘기 고기가 먹고 싶어요. 다른 것은 싫어요!"

왕자는 그녀를 설득하려 무척 애를 썼지만 결국 하인을 시켜 그 비둘기를 잡게 하고 말았다. 궁전의 정원은 비둘기의 새빨간 피로 물들었고, 피가 고인 곳에는 커다란 삼나무가 생겨났다. 아랍 처녀는 궁전 정원에 자란 삼나무를 보고는 화가 나서 또다시 고집을 피우기 시작했다.

"저 삼나무로 내 의자를 만들어 주세요."

왕자가 다른 삼나무로 의자를 만들어 주겠다고 했지만 아랍 처녀는 고집을 굽히지 않았다. 결국 이번에도 왕자는 그 나무를 베어 아름다운 의자를 만들어 주었다.

의자를 만들고 남은 삼나무는 어느 가난한 여인의 손에 들어가게 되었다. 여인은 땔감으로 쓰려고 나무 조각을 집으로 가져가 귀퉁이에 놓았다.

여인이 물건을 사려고 시장에 나가자 신기하게도 혼자 남은 나무 조각들이 저절로 움직이기 시작하더니 그 사이에서 레몬 처녀가 나타났다. 그녀는 온 집을 깨끗이 청소하고 음식도 만들고 설거지도 깨끗이 해 놓은 다음 방 안에 있는 옷장 안으로 들어가 숨었다.

저녁이 되어 집에 돌아온 가난한 여인은 누가 집을 이렇게 말끔하게 정돈해 놓았는지 궁금하여 여기저기 뒤지기 시작했다. 그러나 아무도 없었다.

"귀신이 한 짓일까?"

이때 레몬 처녀가 옷장에서 나왔다.

"저는 귀신이 아니에요. 저는 요정입니다. 그렇지만 지금은 당신 같은 사람이 되었어요."

레몬 처녀는 여인의 손등에 입맞춤을 하고 자식으로 받아 달라고 부탁했다. 여인은 아무도 없이 혼자 사는 처지였기 때문에 흔쾌히 레몬 처녀를 딸로 맞아들였다.

그러던 어느 날 왕자는 병에 걸려 자리에 눕게 되었다. 왕자를 진찰한 의원들은 국을 듬뿍 마시라고 권고했다. 이리하여 나라에 있는 모든 집에서 매일 따끈한 국을 한 그릇씩 끓여 궁전으로 보내게 되었다. 그러면 왕자는 입맛에 맞는 국그릇은 말끔히 비우고, 입맛에 맞지 않는 국은 한 입만 먹고 숟가락을 놓았다.

레몬 처녀도 맛있는 국을 만들어 그 안에 왕자가 분수에서 준 녹옥 반지를 넣고는 어머니에게 말했다.

"어머니, 왕자님을 위해서 저도 국을 만들었어요. 궁전에 갖다 주시겠어요?"

"그러마, 얘야."

가난한 여인은 궁전 안으로 가서 왕자에게 국그릇을 바쳤다. 왕자가 국을 한 술 먹어 보니 의외로 맛이 있었다. 그래서 두 숟갈째를 막 넘기려는데 입 안에 뭔가 딱딱한 것이 걸렸다. 입에서 꺼내어 살펴보니 그것은 자신이 레몬 처녀에게 준 녹옥 반지였다. 그제야 왕자는 아랍 처녀가 레몬 처녀가 아닌 것을 깨닫고, 급히 가난한 여인을 불러 물었다.

"아주머니에게 딸이 있습니까?"

"예, 하나 있습니다. 이전에는 요정이었지만 지금은 우리와 같은 사람이지요."

여인의 말을 들은 왕자는 크게 기뻐하며 그 자리에서 병을 훌훌 털고 일어났다. 왕자는 가난한 여인을 통해 그 동안의 사정을 다 듣고 난 다음 손뼉을 쳐서 하인을 불러들였다.

"가서 내 아내를 불러오너라!"

잠시 후 아랍 처녀가 방으로 들어 왔다. 그녀는 벌써 뭔가 낌새를 챈 듯 벌벌 떨고 있었다.

"이 거짓말쟁이 여자야! 네 죄를 잘 알고 있겠지? 무슨 벌을 원하느냐?"

"제발 살려만 주세요. 당나귀 마흔 마리에 묶여 우리나라로 가고 싶습니다!"

그리하여 아랍 처녀는 당나귀 마흔 마리의 꼬리에 묶여 산으로 쫓겨나고 말았다.

한편 궁전에서는 왕자와 레몬 처녀의 혼례식이 성대하게 열렸다. 그 잔치는 몇 날 며칠이고 계속되었다. 그 후 그들은 행복하게 오래 오래 잘 살았다.

마흔 번째 아들

옛날 어느 나라 왕에게 마흔 명이나 되는 아들이 있었다. 그의 아들들은 모두 한결같이 잘생기고 용감해서 사람들의 부러움을 샀다. 왕의 아들들이 이렇게 잘생기고 용감한 것을 본 대신들은 저마다 왕자를 탐냈다. 심지어는 저 왕자를 내 사위로 삼겠다, 이 왕자를 내 사위로 삼겠다는 둥 서로 언쟁을 벌이기도 했다.

이것을 본 왕은 아들들을 서둘러 결혼시키기로 결심하고 어느 날 친척들과 대신들을 불러들였다.

"나는 이제 아들들을 결혼시키겠소. 내 아들들에게 적당한 혼처가 있으면 말해 주시오."

그런 다음 왕은 아들들을 불러모아 결혼할 생각이 있느냐고 물었다. 이에 서른아홉 명은 결혼하겠다고 대답했지만, 유독 막내만은 반대했다.

"지금은 결혼하기에 적당한 시기가 아닙니다. 결혼하지 않겠습니다."

"애야, 형들은 다 좋다고 하는데 왜 너만 반대하느냐?"

"저는 아직 적당한 시기가 아니라고 봅니다. 그 까닭은 이렇습니다. 우리는 형제가 마흔입니다. 우리 모두가 따로따로 신부를 구해데려오면 그녀들은 서로 융화하지 못할 것이고, 그러면 우리 형제들 사이도 벌어질 것입니다. 가장 좋은 것은 자매가 마흔 명이 있는집안을 찾아서 혼사를 맺는 것입니다."

"애야, 그건 말도 안 된다. 딸을 마흔 명이나 둔 집안을 어디서찾을 수 있겠느냐?"

"왜 말이 안 되지요? 우리도 한 어머니에게서 마흔 명의 형제가태어났는데 우리 같은 경우가 없으란 법은 없지요."

막내아들의 말을 들은 왕은 버럭 화를 내며 소리쳤다.

"애야, 우리나라엔 그런 집안이 없다!"

"우리나라에 없는 것이 다른 나라에도 없다는 뜻은 아닙니다. 우리가 왕자들인데 못 할 일이 어디 있겠어요? 찾아내겠습니다."

왕은 막내아들을 어찌 설득해 볼 방법이 없음을 알고는 결국 그제안을 받아들였다.

"그래, 네가 원하는 대로 하렴. 가서 찾아 보도록 해라."

다른 왕자들도 왕의 말을 듣고 기뻐하며 차례차례 그의 손등에입을 맞추었다.

"만수무강하시어 나라를 더욱더 빛내시기 바랍니다. 허락해 주셔서 감사합니다. 그런데 한 가지 더 청할 것이 있는데 들어주시면감사하겠습니다."

"뭘 원하는지 말해라. 들어주겠다, 아들들아."

"말 마흔 마리, 옷 마흔 벌, 화살과 화살촉 각각 마흔 개, 그리고마흔 개의 배낭에 금과 진주를 가득 채워서 주십시오. 그러면 가서 신부들을 데려오겠습니다."

왕은 아들들이 원하는 것을 모두 준비해 주었다. 이리하여 마흔 명의 아들은 마흔 명의 신부를 찾아 길을 나서게 되었다.

산을 넘고 강을 건너고 초원을 지나 그들은 하염없이 말을 달렸다. 그러던 어느 날 그들은 커다란 나무 밑에서 하룻밤을 보내게 되었다. 나이 순서에 따라 맨 먼저 첫째 왕자가 보초를 섰고, 다른 왕자들은 몹시 피곤하여 곧 잠에 빠져들었다. 아침 무렵 막내 왕자에게 순서가 돌아왔다. 막내 왕자는 나무 주위를 한 바퀴 돌고는 혹여라도 형들이 무슨 일을 당하지 않도록 귀를 쫑긋 세웠다. 그런데 그때 어디선가 바스락거리는 소리가 들렸다. 자세히 보니 멀리서 거인이 쿵쿵 발소리를 울리며 걸어오고 있었다.

거인은 너무나 거대해 아랫입술은 땅에 윗입술은 하늘에 닿았고, 커다란 혀는 밖으로 나왔으며, 눈은 흡사 동굴 입구 같았다. 입에서는 연기와 불길이 뿜어져 나왔으며, 숨을 한번 들이쉴 때마다 먼 곳에 있는 것까지 입 속으로 삼키고 있었다.

막내 왕자는 겁이 났지만 형들을 생각해 용기를 내어 칼을 빼 들고 거인에게 달려들었다. 왕자가 힘차게 칼을 한 번 휘두르자 거인의 몸은 두 동강이 나서 소나무처럼 양쪽으로 쓰러졌다. 그 소리는 천지를 뒤흔들었다. 거인은 그 자리에서 숨이 끊어졌다. 막내 왕자는 접시만큼 커다란 거인의 귀를 잘라 착착 접어 호주머니에 넣고는 형들 옆으로 가서 잠을 청했다.

잠시 후 첫째 왕자가 잠에서 깨어나 주위를 둘러보니 보초가 없었다. 큰형은 마구 화를 내며 동생들을 깨워 누가 보초를 설 순서였는지 물었다. 동생들은 막내가 보초였다고 대답했다. 그들은 곤히 자는 막내를 흔들어 깨웠다.

"너는 왜 자고 있느냐? 우리를 여기까지 데리고 와서 짐승들의 밥을 만들 작정이냐?"

얼마 후 아침 해가 밝아 오자 왕자들은 다시 채비를 차리고 길을 떠났다. 꽤 먼 길을 걸은 후 저녁이 되어 또다시 커다란 나무가 있는 곳에 도착했다.

자정이 되자 또다시 막내 왕자가 보초 설 차례가 되었다. 막내 왕자가 가까운 마을로 가서 주위를 둘러보고 있을 때 아랍 인 한 명이 다가왔다.

"아니, 여기까지 무슨 일로 오셨습니까? 우리는 7년 동안 전쟁을 하고 있습니다. 페르시아 왕에게 마흔 명의 딸이 있는데, 거인이 그 딸들을 달라고 해서요. 왕은 딸들을 주지 못하겠다며 7년 동안이나 전쟁을 계속하고 있답니다. 그렇지만 이제는 싸울 힘도 남아 있지 않지요."

"그렇다면 그 거인이 사는 집이 어딘지 제게 가르쳐 주세요."

"말도 마시오. 그 대단한 왕도 거인을 어떻게 할 수 없었는데, 당신이 가서 어떻게 하겠다는 거요? 당신을 보면 단번에 죽여 버릴 거요."

그러나 막내 왕자가 눈 하나 깜짝하지 않자 아랍 인은 어쩔 수 없이 거인의 거처를 알려 주었다. 막내 왕자는 아랍 인에게 금화 한 주머니를 주고는 말을 타고 거인의 집으로 찾아갔다.

거인들은 바닥에 앉아 음식을 먹고 있다가 막내 왕자를 보고는 얼씨구나 하고 기뻐했다.

"먹이가 제 발로 굴러 들어오는구나."

거인들은 당장 막내 왕자를 잡아먹으려고 덤벼들었다. 그때 그 중 가장 어린 거인이 말했다.

"잠깐만, 저 애가 누군지 알아본 후 잡아먹읍시다."

어린 거인이 막내 왕자에게 말했다.

"우리는 이 세상에서 가장 강력한 거인들이라오. 페르시아 왕의 딸 마흔 명을 얻기 위해 페르시아와 7년 동안 전쟁을 하고 있소. 아마 그들에겐 이제 대항할 힘도 남아 있지 않을 것이오. 이렇게 우리를 찾아오다니 당신도 참으로 대단하오. 우리는 당신에게 해를 입히지 않을 거요. 그렇지만 당신은 이제부터 우리와 동지가 되어 페르시아 왕의 딸들을 데려오는 일을 도와주어야 하오."

막내 왕자는 거짓으로 그들을 도와주겠다고 말했다.

"내가 인간이니 이 일을 하는 데 더 적격일 겁니다. 페르시아 왕의 궁전을 가르쳐 주십시오. 내가 궁전에 가서 속임수를 쓴 다음 당신들에게 소식을 보낼 테니, 그때 오시면 되지 않겠습니까? 왕과 병사들을 죽이고 딸들을 데려옵시다."

거인들은 막내 왕자의 말을 믿고 도와줄 사람을 하나 딸려서 그를 페르시아 궁전으로 보냈다.

막내 왕자는 몰래 궁전으로 들어가 내부 지리를 잘 외워 둔 다음 몰래 함정을 준비해 놓고 거인들에게 돌아갔다.

"왕의 궁전을 샅샅이 돌아보았습니다. 들어가서 어떻게 나와야 하는지를 다 표시해 놓았지요. 지금 갑시다. 가서 왕과 병사들을 죽이고 딸들을 데려옵시다."

거인들은 기뻐하며 왕자를 따라 궁전으로 갔다. 막내 왕자는 미리 준비해 놓았던 함정 위로 그들을 유인했다. 거인들은 비명조차 질러 보지 못하고 깊고 깊은 우물로 빠져 버렸다. 막내 왕자는 커다란 돌을 던져 거인들의 숨통을 끊어 버렸다.

막내 왕자는 거인 소굴로 돌아가 남은 거인 둘도 마저 죽이고 귀를 잘랐다. 그런 다음 나무 밑에서 잠자고 있는 형들 곁으로 가서 아무 일도 없었던 것처럼 잠을 잤다.

한편 페르시아 궁전에서는 한바탕 소동이 벌어졌다. 어떤 용감한 사람이 거인들을 죽인 것을 한 아이가 보고서 왕에게 뛰어가 고했던 것이다.

"어떤 용감한 남자가 나타나 지존하신 왕의 적인 거인들을 모두 죽였습니다."

왕은 이 소식을 듣고 기뻐서 펄펄 뛰면서 어서 그 용감한 전사가 누구인지를 알아내려고 온 마을을 뒤지기 시작했다. 이 사람 저 사람에게 수소문하고 다니던 왕과 병사들은 나무 밑에서 자고 있던 왕자들을 깨워 누가 거인들을 죽였는지 물었다. 왕자들은 그런 말을 처음 들었기 때문에 무슨 일인지 몰라 의아해하면서 되물었다.

"거인이라니요? 누가 죽였단 말입니까?"

이때 막내 왕자가 대답했다.

"제가 거인들을 죽였습니다."

그러자 왕은 맨 처음 소식을 가져다 준 아이에게 이 왕자들 중 누가 거인들을 죽였는지를 물었다. 아이는 막내 왕자를 가리켰다.

"그러니까 당신이 거인들을 죽였단 말이군."

"예, 제가 죽였습니다."

이에 왕은 막내 왕자를 궁전으로 초대했다. 그러자 막내 왕자는 형들을 가리키며 말했다.

"저분들은 같은 부모 아래 태어난 저의 형님들입니다. 형님들 없이는 아무 곳에도 가지 않겠습니다."

"그렇다면 여러분 모두를 제 궁전으로 초대하겠소."

그리하여 왕은 막내 왕자와 다른 왕자들을 데리고 궁전으로 갔다. 그들은 마음껏 먹고 마시며 오랜 여행의 피로를 풀었다.

왕은 이들이 왕의 아들들이라는 것을 알고는 흔쾌히 마흔 명의 딸을 마흔 명의 왕자와 결혼시키기로 했다. 그러고는 혼인 예물로 수백 마리의 말과 낙타에 금은보화를 실어서 사위들의 나라에 보냈다.

이리하여 왕자들은 저마다 한 명씩 아리따운 신부를 데리고 금의환향했다. 마흔 쌍의 부부는 성대하게 혼례를 올리고 몇 날 며칠 잔치를 열었다. 이들은 모두 행복하게 오래오래 잘 살았다.

공주의 꿈 이야기

옛날에 한 왕이 살았다. 왕에게는 예쁘고 영리한 딸이 하나 있었다. 딸은 매일 아침 일어나 왕의 방으로 찾아와 그의 손등에 입을 맞추었다. 그러면 왕도 딸의 볼에 입을 맞추고 물었다.

"그래, 애야. 어젯밤에는 어떤 꿈을 꾸었느냐?"

이렇게 매일 왕은 딸의 꿈 이야기를 물었고, 그러면 딸은 지난밤에 꾼 꿈 이야기를 아버지께 들려 드렸다.

이러한 일이 몇 년 동안 하루도 빠짐 없이 계속되었다. 어느새 딸도 무럭무럭 자라 열다섯 살이 되었다. 어느 날 아침 공주는 여느때와 같이 잠자리에서 일어나 왕에게 지난밤에 꾼 꿈 이야기를 들려 드렸다. 그런데 어쩐 일인지 왕은 버럭 화를 내며 재상을 불려들였다.

"당장 저 아이를 데리고 나가 죽이고 피 묻은 옷을 내게 가지고 오너라!"

이제 웬 마른 하늘에 날벼락이란 말인가. 모든 대신들이 왕의 발밑에 엎드려 아무 죄 없는 공주를 죽여서는 안 된다고 애원했다. 그러나 왕은 끝내 자신의 결정을 되돌리지 않았다.

재상은 어쩔 수 없이 망나니 둘과 함께 공주를 데리고 궁전 밖으로 나갔다.

평소 공주를 애지중지했던 재상은 궁전에서 나오면서 행여 공주를 살릴 수 있을까 하고 모아 두었던 금은보화를 몰래 가지고 나왔다. 산에 이르자 재상은 망나니들에게 말했다.

"제발 공주님을 죽이지 말게. 이것들은 내가 오랜 세월 모은 금은보화라네. 모두 당신들에게 주겠네. 제발 공주님을 살려 주게나."

"말도 안 됩니다. 우리가 어찌 왕의 명을 거역하겠습니까? 그러다 발각되면 저희 목숨마저 위태로워질 수 있다고요."

공주도 그들 앞에 엎드려 애원했다.

"보세요. 이게 제가 가진 보석 전부예요. 이것들을 받고 저를 풀어 주세요."

그러나 망나니들은 꿈쩍도 않고 칼을 빼 들었다.

"안 됩니다. 우리는 왕을 배신할 수 없습니다."

망나니가 공주의 목을 치려는 순간 공주는 쓰고 있던 베일을 걷어 아름다운 얼굴을 드러냈다. 선녀처럼 아름다운 얼굴이었다. 망나니들은 공주의 미모에 그만 넋을 잃고 칼을 떨어뜨렸다.

"아이고, 공주님! 저희는 공주님을 죽일 수가 없습니다요."

그리하여 망나니들은 지나가는 토끼를 잡아 그 피를 공주의 옷에 묻혀 왕에게 보이기로 하고는 산을 내려갔다.

공주는 감사의 표시로 재상의 손등에 입을 맞추었다. 재상도 공주의 눈꺼풀에 작별의 입맞춤을 했다.

"공주님, 저는 이만 가 봐야 합니다. 신의 가호가 있기를."

홀로 남은 공주는 나무 밑에 앉아 울다가 우연히 근처를 지나가던 노인에게 발견되었다.

"아니, 애야, 너 이 산중에서 뭘 하고 있니?"

공주는 자신이 겪은 일들을 노인에게 말했다.

"그래, 참 안됐구나. 그렇다면 내 딸이 되어 주겠느냐?"

"예, 고맙습니다."

노인은 공주를 말에 태우고 말했다.

"눈을 감아라!"

공주는 노인의 말대로 눈을 감았다. 잠시 후 눈을 떠 보니 두 사람은 폐허가 된 거대한 저택 앞에 서 있었다. 그들은 저택 안으로 들어갔다. 노인은 공주에게 마흔한 개의 열쇠를 건네주며 경고했다.

"자, 이 열쇠들을 받아라. 마흔 개의 방은 열어도 되지만 저기 저 방만은 열지 말아라."

그러고는 옷장을 가리키며 말했다.

"필요한 게 있으면 저 옷장 문을 열고 '유모, 유모!' 라고 불러라. 그러면 유모가 나와 네가 뭘 원하든 다 들어줄 것이다."

노인은 이렇게 말하고 사라져 버렸다.

공주는 또다시 혼자 남게 되었다. 배가 고파진 그녀는 옷장을 열고 "유모, 유모, 배가 고파요."라고 소리쳤다. 옷장 문을 닫았다가 다시 열어 보니 그 속에는 온갖 산해진미와 맛있는 후식들이 잔뜩 들어 있었다. 공주는 배불리 먹고 빈 그릇을 옷장 속에 다시 넣었다.

이런 식으로 그녀는 원하는 것이 있으면 옷장 문을 열고 말만 하면 되었다. 맛있는 음식을 먹고 배가 부르면 그녀는 빗자루를 들고 집 안을 청소하면서 하루를 보냈다.

그러던 어느 날이었다.

"다른 방들은 다 청소했는데 저 마흔한 번째 방만 남았네. 그 방도 정리해야겠어."

공주는 아버지의 당부도 잊고 마흔한 번째 방의 문을 열었다. 그 방은 더럽고 먼지로 뒤덮여 있었다. 그런데 그 방에는 다른 방과는 다르게 밖이 내다보이는 커다란 창문이 나 있었다. 창문으로 다가가 보니 광활한 초원이 펼쳐져 있고 그곳에서 사람들이 밭을 갈고 씨를 뿌리고 있었다.

"아, 기뻐라. 사람들 얼굴을 볼 수 있다니!"

공주는 의자를 가져와 창가에 앉았다. 창 가까이 나무 한 그루가 있고 나뭇가지에 앵무새 한 마리가 앉아 있었다. 앵무새는 공주를 뚫어지게 쳐다보더니 말했다.

"불쌍한 아가씨, 불쌍한 아가씨. 늙은 아버지가 당신을 살찌워서 나중에 잡아먹을 거예요."

공주는 이 말을 듣고 너무나 놀랐다. 그래서 자기 방으로 돌아가 저녁때까지 엉엉 울었다. 밤이 되어 늙은 아버지가 돌아왔다.

"애야, 무슨 일이 있느냐, 아프냐?"

"아니요, 아프지 않아요."

"그런데 어째 슬퍼 보이는구나."

"아버지께서 저를 살찌운 다음에 잡아먹을 거라는 말을 들었어요. 그래서 울었어요."

아버지는 웃었다.

"누가 네게 그런 말을 하더냐?"

"앵무새가요."

"내가 그 방문을 열지 말라고 하지 않았더냐? 왜 열었니?"

"아버지, 저를 용서해 주세요. 너무 심심해서 그 방을 열고 청소나 하려다가 그만."

"그렇다면 이제 어쩔 수 없구나. 내일 예쁜 옷을 입고 그 창가에 가서 앉아라. 그리고 앵무새가 또 같은 말을 하면 '미친 앵무새야, 늙은 아버지가 너를 도련님 먹이로 기르고 있다!' 라고 말해라."

다음 날 아침 공주는 다시 그 창가에 가서 앉았다. 잠시 후 앵무새가 와서 공주에게 말했다.

"불쌍한 아가씨, 불쌍한 아가씨. 늙은 아버지가 당신을 살찌워서 나중에 잡아먹을 거예요."

"미친 앵무새야, 늙은 아버지가 너를 도련님 먹이로 기르고 있단다."

이 말을 들은 앵무새는 쩍 하고 한 번 울고는 깃털을 빠뜨리고 날아갔다. 그 후로 매일 공주가 창가에 앉아 있으면 앵무새가 나뭇가지로 찾아와 똑같은 말을 던졌다. 그러면 공주도 똑같은 대답을 했다. 그럴 때마다 앵무새는 하나씩 깃털이 빠졌고, 결국 대여섯 개의 깃털만이 남게 되었다.

그런데 사실 그 앵무새는 예멘 왕자가 애지중지 기르는 새였다.

"내 새에게 무슨 일이 있는 거지?"

예멘 왕자는 그 까닭이 궁금해 죽을 지경이었다. 어느 날 왕자는 새를 따라가 보기로 결정했다. 그날도 앵무새는 항상 앉는 나뭇가지에 앉아 있었다. 왕자가 나무 밑에서 고개를 들어 창문을 바라보니 그곳에는 아름다운 아가씨가 있었다. 앵무새가 무슨 말을 하자 아가씨도 뭐라고 대꾸하는 듯했다. 그 순간 앵무새는 쩍 소리를 내며 깃털을 떨구었다. 왕자는 앵무새도 잊고 아름다운 아가씨에게 한눈에 반해 버리고 말았다. 곧장 궁전으로 돌아온 왕자는 그날 이후로 식음을 전폐하고 웃지도 말하지도 않았다.

왕비는 아들이 걱정이 되어 물었다.

"아들아, 네게 무슨 걱정이라도 있느냐? 무엇을 생각하니? 왜 상심에 빠져 있니?"

"기운이 없어요. 저기 허름한 옛 저택에 어떤 아가씨가 살고 있어요. 사람인지 요정인지 귀신인지 모르겠어요. 매일 내 앵무새가 그 아가씨에게 찾아가 뭐라고 말하고 그러면 아가씨도 앵무새에게 뭐라고 대답해요. 그러느라 내 앵무새는 몇 개 남지 않은 깃털마저 다 빠져 버렸어요. 그런데 문제는 제가 그 아가씨에게 반해 버렸다는 거예요. 그 아가씨와 결혼하지 못하면 전 죽어 버릴 거예요."

왕비가 무슨 말을 해도 왕자는 듣지 않았다. 결국 왕비는 그 아가씨를 보러 가기로 마음을 정했다. 그런데 명색이 신랑감의 어머니인데 신붓감을 보러 가면서 빈손으로 갈 수는 없는 일이었다. 왕비는 무슨 선물을 가져가야 할지 고심하기 시작했다. 그러자 왕자가 보물창고로 내려가서 값비싼 팔찌 한 쌍을 골라 가져왔다.

"어머니, 이걸 갖다 주세요."

"아이고, 애야! 이건 네가 결혼할 아가씨에게 주려고 보관해 놓았던 건데……."

"어머니, 아무 말 마시고 이걸 갖다 주세요."

왕비는 할 수 없이 그 팔찌를 챙기고 아가씨를 찾아갈 채비를 했다.

한편 아버지는 딸인 공주에게 말했다.

"애야, 이곳은 예멘 왕의 땅이란다. 왕비가 아들인 왕자와 너를 결혼시키려고 곧 찾아올 것이다. 그들이 오면 꼭 내 말대로 해야 한다. 알겠느냐?"

공주는 아버지가 하는 말씀을 귀담아듣고는 시키는 대로 하겠다고 대답했다.

다음 날 아침 그녀가 일어나 보니 놀라운 일이 기다리고 있었다. 밤 사이 모든 것이 달라져, 저택은 먼지 하나 없이 말끔히 정돈되어 있고 현관에서 중간 계단까지는 하인들이 서 있으며 중간 계단부터 꼭대기까지는 아름다운 하녀들이 서 있었다. 그녀의 방문 앞에는 유모가 서 있었고, 방은 온통 아름다운 빨간색으로 치장되어 있었다. 공주는 붉은 옷으로 차려입고 휘황찬란한 붉은 의자에 앉아 왕비 일행을 기다렸다.

잠시 후 저택 문 앞에 마차가 멈추었다. 왕비는 현관문을 들어서서 시종장에게 물었다.

"아가씨는 어느 방에 계시느냐?"

시종장은 아주 무례한 태도로 짤막하게 대답했다.

"위층으로 올라가시죠."

왕비 일행은 위층으로 올라갔다. 그곳에서도 하녀들은 무례하게 길을 안내했다. 방문 앞에 서 있는 유모 역시 왕비에게 무례하게 대했다.

마침내 방에 들어선 왕비는 눈이 부시도록 아름다운 아가씨를 보고 숨이 멎을 듯 놀랐다. 그런데 그 아가씨는 무례하게도 다리를 꼬고 앉아 있었다.

"안녕하세요, 아가씨?"

"어서 오세요."

공주가 한 말은 단지 이 한마디뿐이었다. 왕비는 구석에 있는 의자에 앉아 보석함에서 팔찌를 꺼냈다.

"아가씨, 내 아들의 안부를 전해 주러 왔어요. 내 아들이 이걸 아가씨에게 전해 달라고 했다오. 내 아들은 예멘 왕의 왕자요."

공주는 아무 말 없이 웃기만 하더니 갑자기 소리를 질러 유모를 불렀다.

"유모! 유모!"

"부르셨습니까?"

"하필과 토필을 데려와."

유모가 밖에서 작고 귀여운 강아지 두 마리를 데려오자 공주는 채찍을 들고 강아지들과 놀기 시작했다. 눈앞의 왕비는 아랑곳없다는 태도였다. 그런데 강아지들이 서로 싸우고 놀다가 목에 건 개목걸이를 망가뜨리고 말았다.

유모가 말했다.

"아가씨, 개목걸이가 망가졌어요."

개목걸이는 보석들이 박힌 값비싼 것이었다. 공주는 망가진 개목걸이를 손에 들고 이리저리 돌려 보더니 강아지들을 험하게 꾸짖었다.

"이 개구쟁이들아!"

그러고는 들고 있던 개목걸이를 창 밖으로 던져 버렸다.

"유모, 왕비님이 가지고 오신 보석함 좀 줘 봐요."

공주는 보석함을 열고 팔찌를 꺼내어 강아지들의 목에 하나씩 끼워 주었다.

"아, 잘 맞네. 그렇지요, 유모?"

이 무례한 행동에 왕비는 너무 놀란 나머지 더 이상 앉아 있지 못하고 일어나 버렸다.

왕자는 눈이 빠져라 어머니를 기다리고 있다가 왕비가 탄 마차가 도착하자 단숨에 달려가 손을 부여잡고 물었다.

"어머니, 어찌 되었어요?"

"애야, 말도 마라. 기분이 상해 죽겠다. 아가씨가 예쁜 건 사실이더구나. 네가 말한 것보다 열 배 백 배 예쁘던걸. 그런데 얼굴만 예쁘면 뭐하니. 예의가 하나도 없는걸. 그 아가씨뿐만 아니라 하인들도 모두 예의가 없더구나."

왕비는 자신이 보고 들은 것을 하나도 빼놓지 않고 아들에게 말해 주었다.

"괜찮아요, 어머니. 내일 다시 한 번 가세요. 어쩌면 이번에는 어머니를 잘 맞이할 거예요."

왕자는 어머니에게 눈물을 흘리며 애원했다.

다음 날 아침 왕자는 또 보물 창고로 내려갔다. 그곳에서 그는 금강석으로 치장된 왕관을 골라 어머니에게 주었다.

"애야, 이것도 내가 며느리감에게 주려고 따로 마련해 둔 건데……."

그러나 왕자는 막무가내였다. 왕비는 어쩔 수 없이 왕관을 가지고 공주의 저택으로 두 번째 발걸음을 옮겼다.

한편 공주는 이번에는 옷, 의자, 보석을 온통 흰색으로 치장하고 의자에 앉아 있었다. 왕비가 저택에 도착하자 저택의 모든 하인들은 어제와 똑같이 무례하게 왕비를 맞았다. 방에 들어간 왕비는 또 구석에 놓인 의자에 앉도록 안내받았다. 왕비는 보석함을 열어 공주에게 왕관을 보여 주었다.

"내 아들의 안부를 전하러 왔어요. 내 아들이 이걸 아가씨에게 보냈다오."

공주는 아무 말도 하지 않고 있다가 손뼉을 치며 유모를 불렀다.

"어제 무슨 그릇의 뚜껑이 없어졌다고 했지요? 가지고 와 봐요. 이게 뚜껑으로 맞을지 모르니."

왕관은 유모가 가져온 그릇에 딱 맞았다.

"어머나, 기뻐라. 이제 이 그릇에도 뚜껑이 생겼네."

왕비는 너무나 기가 막힌 나머지 자리를 박차고 일어나 나와 버렸다. 궁전으로 돌아온 왕비는 아들에게 그 저택에서 보고 들은 일을 하나 하나 말해 주었다.

"선물이 유용하게 쓰였다니 다행이지 뭐예요. 내일 한 번만 더 가셔서 마무리를 지으세요."

왕자가 하도 애원을 하자 왕비는 마지막으로 한 번만 더 갈 작정을 하고는 보물 창고에서 아름답게 치장된 코란을 선물로 골랐다.

이번에 공주는 초록색 방에서 초록색 옷을 입고 초록색 의자에 앉아 있었다. 왕비가 도착하자 지난번과는 달리 현관문이 활짝 열렸다. 그리고 온 집 안의 하인들이 일렬로 서서 예의바르게 왕비에게 인사했다.

"어서 오십시오. 환영합니다."

위층에 서 있던 하녀들도 공손하게 왕비를 환대했다. 공주의 방 앞에 서 있던 유모도 왕비의 옷자락에 입을 맞추며 왕비의 손에 들려 있는 코란을 받았다. 공주도 의자에서 일어나 문 앞에서 손님을 맞이한 후 안으로 안내했다.

공주는 먼저 예의를 갖춰 왕비의 안부를 물은 다음 유모로부터 건네받은 코란에 입을 맞추곤 조심스레 높은 곳에 올려놓았다.

왕비가 말했다.

"아가씨, 나는 신의 뜻에 따라 아가씨를 내 아들의 아내로 맞이할까 해요. 우리 왕자는 외아들이라오. 왕에게 무슨 일이 생기면 그 자리에 오를 사람이지. 어떻게 생각하나요?"

"왕비님, 저에게는 늙으신 아버님이 있습니다. 아버님의 뜻을 여쭌 다음 말씀드려야 할 것 같습니다. 잊지 않는다면 저녁때 여쭈어 보겠습니다."

"잊지 말고 꼭 물어보세요, 아가씨."

왕비는 아버지께 묻는 것을 잊지 말라고 몇 번이나 신신당부를 하곤 그 집을 나섰다. 궁전에 도착한 왕비는 웃는 얼굴로 아들에게 말했다.

"오늘은 나를 환대해 주더구나. 아주 기뻤다."

왕비는 그곳에서 있었던 일을 아들에게 세세히 들려주었다.

다음 날 아침 왕비는 저택으로 갔다. 저택의 모든 사람들이 왕비를 따뜻하게 맞아 주었다.

"그래, 아가씨, 아버님께 여쭈어 보았나요?"

"예, 그런데 세 가지 조건이 받아들여진다면 이 결혼에 찬성하신다고 말씀하셨습니다. 첫째, 아드님은 데릴사위로 와야 합니다. 둘째, 아드님에게 앵무새가 있다고 들었는데 그 새를 죽이십시오. 셋째 신혼 첫날밤 그 앵무새의 머리는 제가 먹고 심장은 아드님이 먹어야 합니다."

"아가씨, 하나밖에 없는 아들을 어떻게 데릴사위로 주겠어요? 그리고 그 앵무새는 매우 허귀한 것인데 어떻게 죽일 수 있어요?"

"제 아버지가 원하는 것을 들어주실 의향이 없으시면 다시는 여기 오지 마세요."

왕비는 일어나 나갔다. 그날도 왕자는 문 앞에서 어머니를 기다리고 있었다.

"어머니, 어떻게 됐어요?"

"얘야, 그쪽에서 제시한 조건은 도저히 우리가 할 수 없는 일이란다."

"그게 어떤 건데요?"

왕비는 공주가 말한 조건을 하나 하나 말해 주었다.

"어머니, 별로 어려운 조건도 아닌데요, 뭐. 데릴사위로 간다고 해서 제가 죽는 건 아니잖아요. 그리고 앵무새는 새밖에 더 돼요? 아가씨가 머리를 먹으면 저는 심장을 먹을게요."

이리하여 그들은 혼례를 치렀다. 잔치는 며칠 동안이나 계속되었고 드디어 부부는 첫날밤을 맞게 되었다.

첫날밤 늙은 아버지는 옷장을 열고 황금 대야를 꺼냈다. 그리고 앵무새를 죽여 황금 대야에 그 피를 받은 다음 머리는 신부에게, 심장은 신랑에게 먹였다. 그러곤 다시 옷장에서 물받이 그릇 두 개를 꺼내 서로 다른 구석에 붙이고 앵무새 피를 한 방울씩 묻혔다. 그러자 한쪽 그릇에는 금이 쏟아지고 다른 하나에서는 은이 쏟아졌다. 모든 준비가 끝나자 아버지는 딸을 돌아보며 말했다.

"딸아, 여기로 와서 '신에게 간곡히 청합니다라고 말하는 사람에게 금 한 주걱을, 신의 영혼을 위하여라고 말하는 사람에게 은 한 주걱을 주십시오.' 라고 말해라."

이윽고 작별의 시간이 되었다. 아버지는 신랑 신부의 등을 한 번씩 쓸어 주며 말했다.

"행복하게 잘 살아라. 이제 내가 할 일을 다 했다. 너희는 다시는 나를 볼 수 없을 것이다."

공주는 사라지는 아버지의 뒷모습을 보며 면사포를 걷고 슬피 울었다.

시간이 흘러 공주는 아픈 과거를 잊고 왕자와 함께 행복하게 살았다. 그들은 매주 일요일이면 궁전의 문을 열고 창가에 앉아 '신에게 간곡히 청합니다.' 라고 말하는 사람에게는 금 한 주걱을 '신의 영혼을 위하여.' 라고 말하는 사람에게는 은 한 주걱을 주었다. 이렇게 해서 그 나라에는 더 이상 가난한 사람이 없게 되었고, 모든 집은 문지방은 은으로, 문은 금으로 만들었다.

한편 공주의 친정인 이스탄불의 왕은 몇 년째 전쟁을 치르고 있었다. 이집트 왕이 선전 포고를 했던 것이다.

그러던 어느 날, 이스탄불 왕이 재상과 함께 목욕탕에 가 있는 사이에 이집트 군대가 이스탄불을 침공하여 왕을 수배했다. 왕은 어쩔 수 없이 재상과 함께 도망자 신세가 되어 거지 행색으로 방방곡곡을 돌아다니게 되었다. 어느 마을에 도착하였을 때 그들의 처지를 딱하게 여긴 마을 사람이 말했다.

"아니 왜 이 마을에서 구걸을 하고 있습니까? 여기서 조금만 가면 도시가 있는데 그곳에 사는 왕은 '신에게 간곡히 청합니다.' 라고 말하는 사람에게는 금 한 주걱을, '신의 영혼을 위하여.' 라고 말하는 사람에게는 은 한 주걱을 준답니다. 그곳으로 가십시오."

그래서 왕과 재상은 공주의 궁전 안으로 들어갔다. 공주는 아버지와 재상을 알아보고 하인들에게 명령을 내렸다.

"당장 저 두 사람을 목욕탕으로 데리고 가 깨끗이 씻긴 후 한 사람에게는 왕의 옷을, 다른 한 사람에게는 대신의 옷을 입혀서 이리 모셔 오너라!"

왕과 재상은 벌벌 떨면서 걱정하기 시작했다.

"우리를 어쩌려고 그러지?"

하인들은 그들을 목욕탕으로 데리고 가 깨끗이 씻긴 후 좋은 옷을 입히고 공주의 방으로 안내했다. 그들이 방으로 들어오자마자 공주는 휘장을 젖히고, 남편에게 신호를 보내 왕좌에서 일어나게 했다. 그리고 재상의 손을 잡고 손등에 입을 맞추며 남편에게 말했다.

"이 분은 저의 생명의 은인입니다. 이 분은 자존심을 이기지 못했던 제 아버님이고요. 제가 어렸을 때 꿈을 꾸었더랬습니다. 아버님이 왕좌를 잃고 가난하게 살다가 제 덕분에 다시 왕위를 차지하는 꿈이었습니다. 제가 그 꿈을 말씀드리자 아버님은 성을 내며 망나니들을 시켜 저를 죽이라는 명령을 내리셨습니다. 그런데 저 재상이 저를 죽이려고 산으로 데려간 망나니들 앞에서 무릎을 꿇고 평생토록 모은 금은보화를 바쳐 제 목숨을 구해 주었답니다. 저는 죽는 날까지 저 분의 은혜를 잊지 못할 것입니다. 그러나 저 분도 저를 낳아 주신 아버님입니다. 그렇기 때문에 용서해야겠지요."

말을 마친 후 공주는 다시 왕자에게 말했다.

"부탁이 있습니다. 이스탄불로 군대를 보내 적군을 몰아내 주세요. 그리고 아버님을 다시 왕좌에 앉혀 주세요."

이에 예멘 왕은 즉시 군대를 보내 이스탄불에서 이집트 군을 몰아냈다. 왕은 딸의 꿈이 실현되는 것을 보곤 딸에게 어떻게 용서를 빌어야 할지 몰랐다.

"애야, 내가 커다란 실수를 저질렀구나. 나를 용서해 다오."

그 후 왕은 딸과 사위에게 작별 인사를 한 뒤 이스탄불로 돌아가 다시 왕좌에 앉았다. 이리하여 아버지와 딸은 모두 오래도록 행복하게 잘 살았다.

나 도 모 르 는 사 이 에 들 어 왔 어 요

옛날에 노모가 아들과 함께 살고 있었다. 아들은 할 줄 아는 게 없을 뿐더러 게으르기까지 했다.

노모가 항상 아들에게 "애야, 이것 좀 해라. 저기 좀 다녀와라." 하고 말했지만 아들은 "귀찮아요. 할 수 없어요. 갈 수 없어요." 하고 말하며 한 번도 말을 듣지 않았다.

어느 날 같은 동네 친구들이 산에 땔나무를 하러 가기로 했다. 노모는 아들의 친구들에게 애원했다.

"애들아, 제발 내 아들도 좀 데리고 가거라."

그래서 친구들은 이른 아침에 게으름뱅이를 데리러 그의 집으로 찾아왔다. 물론 게으름뱅이는 가지 않으려고 기를 썼다.

"난 귀찮아. 가기 싫어."

그는 누운 자리에서 꿈쩍도 하지 않았다. 어쩔 수 없이 친구들은 그의 팔다리를 잡고 번쩍 들어 산으로 데리고 갔다.

친구들은 열심히 산에서 나무를 베어 나귀 등에 실었다. 하지만 게으름뱅이는 한 손으로 머리를 받치고 나무 그늘에 모로 누워 일하는 친구들을 바라보고만 있었다.

"이봐, 게으름뱅이야. 너도 누워 있지만 말고 와서 나무를 베면 어때?"

"싫어. 귀찮아."

하지만 착한 친구들은 게으름뱅이 몫으로도 나무를 베어 나귀 등에 실었다.

"야, 게으름뱅이야, 그만 일어나. 집으로 돌아가자!"

"난 귀찮아."

게으름뱅이는 누운 자리에서 꼼짝도 하지 않았다.

"맘대로 해. 늑대들이 널 잡아먹으면 네 어머니도 너 때문에 속 끓이실 일이 없겠지."

이리하여 친구들은 게으름뱅이를 남겨 두고 산을 내려가 버렸다. 그래도 게으름뱅이는 그 자리에서 꼼짝도 하지 않았다. 그때 회색 뱀 한 마리가 머리를 들고 다가와 그를 물려고 했다.

"물고 싶으면 물어. 나는 귀찮아서 도망가고 싶지도 않아. 문다고 누가 무섭대?"

뱀은 게으름뱅이의 말이 마음에 들었다.

"게으름뱅이야, 소원이 있으면 내게 말해 봐."

"귀찮아. 난 아무것도 원하지 않아."

"그렇다면 심심할 때 '신의 뜻에 따라, 회색 뱀의 뜻에 따라.' 라고 말한 후 네가 원하는 것을 말해 봐. 네가 원하는 것은 모두 들어 줄 테니."

이 말을 남기고 뱀은 사라져 갔다. 게으름뱅이는 혼자 그 자리에 누워 해가 지고 다시 또 떠오르는 광경을 지켜보았다. 배가 고파진 그는 문득 뱀이 한 말을 떠올렸다.

"신의 뜻에 따라, 회색 뱀의 뜻에 따라 내게 국 한 그릇을 다오."

그러자 그의 앞에 뜨끈한 국 한 그릇이 나타났다. 그는 그 국을 맛있게 먹은 다음 나무 밑에 누워 잤다. 다시 아침이 되었다. 게으름뱅이는 심심해지자 엉뚱한 생각이 떠올랐다.

"신의 뜻에 따라, 회색 뱀의 뜻에 따라 왕의 딸이 내 아이를 가지기를 원한다."

그 후 얼마 안 있어 게으름뱅이는 산에 있는 게 지루해지기 시작했다.

"신의 뜻에 따라, 회색 뱀의 뜻에 따라 나를 내 오두막집으로 데려다 다오."

그러자 잠시 후 그는 집에 와 있었다. 노모가 말했다.

"왜 돌아왔니? 산에서 그냥 죽어 버리지 않고."

"어머니, 산에서 뱀 한 마리를 만났어요. 내가 뭘 원하든지 그 뱀은 다 들어줘요."

그는 산에서 있었던 일을 하나 하나 노모에게 말했다.

"그렇다면 많은 음식을 달라고 해 봐라."

"신의 뜻에 따라, 회색 뱀의 뜻에 따라 우리에게 많은 음식을 가저오너라."

그러자 눈 깜짝할 사이에 온갖 산해진미가 산더미처럼 쌓였다. 어머니와 아들은 앉아서 배불리 음식을 먹었다.

한편 궁전에 사는 왕의 딸은 영문도 모른 채 하루가 다르게 배가 부르더니 아홉 달하고 열흘이 지나자 덜컥 아들을 낳아 버렸다. 왕은 화가 머리끝까지 치밀어 딸을 죽이려 하였다.

"도대체 이 아이의 아버지는 누구냐?"

공주는 엉엉 울었다.

"아버지, 저도 모릅니다."

딸이 서럽게 울자 주위에 있던 대신들은 공주를 불쌍히 여겼다. 그래서 그들은 뜻을 모아 왕에게 청을 올렸다.

"왕이시여, 공주님을 죽이지 말아 주십시오. 아기가 커서 누군가를 보고 아버지라고 부르면 그 사람이 아버지입니다. 참고 기다려 보는 게 어떠실지요."

이리하여 공주는 궁전에 있는 방에 감금되었고, 죽지 않을 정도로만 먹을 것을 공급받았다. 그렇게 공주는 7년 동안 그곳에 갇혀 살았다. 7년이 지나자 대신들은 전국에 파발꾼을 보내어 아래와 같은 소식을 전달하게 했다.

"나이에 상관없이 나라 안의 남자란 남자는 모조리 궁전 앞 광장에 모여라!"

이리하여 궁전 앞 광장에 자리를 마련해 공주의 아들이 앉고, 그 앞을 전국에서 몰려든 남자들이 한 명씩 차례차례 지나가게 되었다. 하지만 온 나라의 남자란 남자는 모두 지나가도록 아이는 그 누구도 아버지라고 부르지 않았다.

왕이 물었다.

"여기에 오지 않은 사람은 없느냐?"

"한 오두막집에 게으름뱅이가 살고 있는데, 그 사람만 빼놓고 다 왔습니다."

"그렇다면 그를 데리고 오너라!"

사람들은 꼼짝하기 싫어하는 게으름뱅이를 겨우 들것에 실어 광장으로 데리고 왔다. 아이는 게으름뱅이를 보자마자 "아버지!"라고 외치며 달려가 그의 목을 껴안았다. 이리하여 공주와 그녀의 아들은 게으름뱅이의 오두막에 가서 살게 되었다. 공주는 자신이 어쩌다 이런 신세가 되었는지 도무지 이해할 수가 없었다.

'내가 왜 이렇게 계속 고통을 당하는 걸까?'

그때 게으름뱅이가 말했다.

"신의 뜻에 따라, 회색 뱀의 뜻에 따라 공주님이 좋아할 음식을 보내라!"

그러자 순식간에 진수성찬이 차려졌다. 공주는 그제야 게으름뱅이의 비밀과 자신이 어떻게 임신을 했는지를 알게 되었다.

다음 날 아침 공주는 게으름뱅이에게 말했다.

"여보, 저 바닷가에 궁전을 만들어 우리 거기로 이사해요."

"난 말하기 귀찮아."

공주는 몇 날 며칠이고 게으름뱅이에게 졸라 댔다. 결국 게으름뱅이는 공주의 성화를 견디지 못하고 이렇게 말했다.

"신의 뜻에 따라, 회색 뱀의 뜻에 따라 저 바닷가에 공주님이 좋아할 궁전을 만들어라."

다음 날 아침 일어나 보니 바닷가에 지금껏 본 적이 없는 으리으리한 궁전이 서 있었다. 모든 벽은 녹옥과 홍보석으로 장식되어 있었다. 공주와 게으름뱅이는 그곳으로 이사해 편하게 살았다.

어느 날 왕이 대신들과 함께 바닷가에 산책을 나왔다. 공주는 멀리서 아버지를 알아보곤 남장을 하고 나갔다. 그러곤 왕에게 말했다.

"저희 궁전에 오셔서 함께 식사나 하시지요."

이리하여 왕은 대신들을 데리고 공주의 뒤를 따라 궁전으로 갔다. 왕은 그 궁전을 보고 너무나 놀랐다. 평생 이렇게 멋진 궁전을 본 적이 없었기 때문이다. 왕은 벌린 입을 다물지 못하고 궁전 안을 둘러보았다. 황금 접시 위에는 갖가지 맛있는 음식들이 담겨 있었고, 하인들이 분주하게 움직이고 있었다. 왕은 황홀해서 정신을 차릴 수 없었다. 즐겁게 음식을 먹은 후에 공주는 게으름뱅이에게 가서 애원했다.

"여보, 황금 냄비 뚜껑 중 하나를 아무도 모르게 아버지 품에 넣어 주세요."

게으름뱅이는 공주가 시키는 대로 했다.

"신의 뜻에 따라, 회색 뱀의 뜻에 따라 황금 냄비 뚜껑이 아무도 모르게 왕의 품에 들어가라."

잠시 후 식사를 마친 손님들이 나룻배를 타고 막 바닷가를 벗어나려고 할 때 공주가 창문에서 하얀 손수건을 흔들며 소리쳤다.

"잠깐만, 가지 마세요!"

공주는 헐레벌떡 뛰어서 아래로 내려와 말했다.

"죄송합니다, 왕이시여. 우리 황금 냄비 중 하나가 뚜껑이 없어졌답니다. 어쩌면 병사들이 가져간 것일 수도 있으니 찾아봐도 되겠습니까?"

공주는 모든 병사들에게 정중하게 냄비 뚜껑에 대해 물었다. 그런 다음 대신들에게 물어볼 차례가 되자 왕이 말했다.

"이봐요, 젊은이. 그럼 내 몸도 수색하게나. 의심이 남지 않도록."

왕은 옷자락을 푸는 순간 황금 냄비 뚜껑이 떨어져 땅바닥을 굴렀다.

"아니, 세상에, 아니 어떻게 이 뚜껑이 내 품에 들어갔지? 나는 모르는 일이오."

그때 공주는 가발을 벗고 머리를 풀며 아버지의 손등에 입맞춤을 했다.

"아버지, 저도 그때 뭐라고 했나요? 그 아기도 제가 모르는 사이에 제 배로 들어왔어요."

그제야 왕은 딸을 알아보았다. 아버지와 딸은 오랜만에 서로 얼싸안고 입맞춤을 했다. 공주는 남편의 비밀을 아버지에게 얘기해 주었고, 왕은 좋은 사위를 얻었다며 기뻐했다.

왕은 딸과 사위를 위해 성대한 혼례를 치러 주었다. 그들의 혼인을 축하하는 잔치는 몇 날 며칠 계속되었다. 그날 이후로 게으름뱅이는 게으름 피우는 일을 그만두고 열심히 일하기 시작했고, 공주와 함께 오래도록 행복하게 잘 살았다.

어 부 의 아 들

옛날에 한 어부가 살았다. 그 어부에게는 아주 인물이 출중한 아들이 있었다. 어부는 아들이 장차 훌륭한 사람이 될 것을 기대하며 학교에 보냈다. 그러나 아버지의 바람과 달리 아들은 공부에 취미를 붙이지 못했다. 결국 어부는 꿈을 접고 아들을 생선 장수로 만들기로 결심했다. 그리하여 그는 아들을 위해 생선을 진열할 목판도 만들어 주고, 장식술이 달린 멋진 옷도 마련해 주었다. 다행히 아들은 아주 목소리가 좋았다.

열다섯 살이 되는 생일날 아들은 머리에 목판을 이고 생선을 팔러 나갔다.

"생선이오, 신선한 생선이 왔습니다!"

그가 이렇게 외치면 사람들은 누구 목소리가 이렇게 좋은가 싶어 밖으로 머리를 내밀곤 했다.

어느 날 어부의 아들은 생선이 담긴 목판을 머리에 이고 왕의 궁전 앞을 지나가게 되었다.

"생선이오, 신선한 생선이 왔습니다!"

그의 아름다운 목소리를 들은 공주가 창문으로 뛰어왔다. 공주는 어부 아들의 잘생긴 외모와 목소리에 반하여 사랑에 빠지고 말았다. 공주는 하녀를 불러 말했다.

"생선을 사라. 그리고 그 생선 장수의 목판에 금을 한 움큼 놔 두고 오너라."

하녀는 공주가 시키는 대로 했다. 어부의 아들은 매우 기뻐하며 집으로 돌아가 아버지에게 금을 자랑했다. 그러나 웬일인지 아버지는 별로 기뻐하지 않았다.

"이건 별로 좋은 징조가 아니구나, 애야."

하루, 이틀, 사흘, 어부의 아들이 궁전 앞을 지나갈 때마다 공주는 그에게 금을 듬뿍듬뿍 안겨 주었다.

그러던 어느 날, 공주는 어부의 아들을 궁전 안으로 불러들였다. 그녀는 그에게 여자 옷을 입히고 머리에 가발을 씌우고는 궁전 사람들에게 새 하녀를 맞아들였노라고 속였다. 공주는 어부의 아들에게 읽고 쓰는 것과 우드 _{몸통이 둥근 터키 고유의 현악기} 연주법을 가르쳤다. 그리하여 어부의 아들은 점차 공주에게 어울리는 남자로 변해 갔다.

어느 날 공주는 어부의 아들에게 말했다.

"저는 당신의 아내가 되고 싶어요."

"그건 좋지만, 당신은 언젠가는 내가 생선 장수라는 것을 떠올려 그것을 문제 삼을 겁니다. 그러면 나는 그걸 견딜 수가 없을 겁니다."

"저는 당신을 사랑해요. 그런 일은 절대로 없을 거예요."

결국 어부의 아들도 공주를 아내로 맞이하기로 마음을 먹었다. 어부의 아들은 매파를 통해 왕에게 공주와 결혼하고 싶다는 청을 넣었고 왕은 청혼을 받아들였다. 그들은 혼례를 치르고 정식으로 부부가 되었다.

어느 날 어부의 아들이 공주에게 말했다.

"어느 날 당신이 화를 내며 내가 생선 장수라는 것을 문제 삼는다면 그때 나는 혀가 굳어 말을 못 하게 될 것이오. 그리고 죽을 때까지 다시는 말을 하지 않을 것이오."

세월이 흘렀다. 둘은 매일매일 즐거운 시간을 보내며 행복하게 살았다. 그런데 어느 날 둘이 서로 장난치다가 어부의 아들이 실수로 공주를 아프게 때렸다. 공주는 화가 나서 말했다.

"아니, 뭐예요! 내가 생선 장수의 목판인 줄 알아요!"

이 말을 하자마자 어부의 아들은 혀가 굳어 말을 못 하게 되었다. 공주는 자신이 한 말을 후회했지만 이미 엎질러진 물이었다. 공주는 남편의 발밑에 엎드려 애원하기 시작했다.

"제가 실수를 했어요. 다시는 이런 일이 없을 거예요."

그러나 어부의 아들은 아무런 말도 하지 않았다.

다음 날 새벽 어부의 아들은 자리에서 일어나 공주가 준 온갖 귀하고 좋은 것들을 그대로 놔둔 채 속옷만 입고 집을 나왔다. 정처 없이 걷다 보니 부둣가였다. 저 멀리 배가 보였다. 어부의 아들이 손짓을 하자 배가 다가왔다. 어부의 아들은 밥만 먹여 주면 무슨 일이든지 하겠다고 애원했고, 선원들은 그를 가엾게 여겨 배에 태워 주었다.

어부의 아들은 우드를 아주 잘 쳤고, 선장을 비롯한 모든 선원들은 그를 아주 좋아했다. 어부의 아들은 배를 타고 세상 여기저기를 돌아다니게 되었다.

한편 남편이 떠나고 나자 공주는 몸져눕게 되었다. 어느 날 그녀는 아버지 왕에게 편지를 썼다.

"아버지, 제가 잘못을 저질러 남편이 집을 나가 버렸어요. 남편을 찾으러 길을 나서고자 하니 허락해 주세요."

왕도 딸의 처지를 가엾게 여겨 허락해 주었다. 공주는 멋진 배를 만들고, 그 배에 많은 선원들과 남장한 하녀들을 태웠다. 그리고 남장을 한 채 배를 타고 바다를 돌아다니다가 보이는 항구마다 정박해서 잘생기고 우드를 잘 치며 말을 못 하는 어부의 아들에 대한 소식을 물었다. 지성이면 감천이라던가. 마침내 어부의 아들을 보았다는 사람이 나타났다.

"예, 어떤 배에 말을 못 하는 선원이 있었습니다. 우드를 아주 잘 쳤지요. 그가 탄 배는 이집트로 갔습니다."

공주는 그 길로 이집트를 향해 뱃머리를 돌렸다. 공주를 태운 배가 이집트에 정박하자 수많은 이집트 인들이 으리으리한 공주의 배를 구경하기 위해 몰려들었다. 소문이 퍼지자 이집트 왕까지 대신들을 이끌고 나와 배를 둘러보았다. 공주는 이집트 왕을 극진히 대접했다.

공주의 접대에 감동한 왕은 그 배를 떠나면서 말했다.

"답례로 당신을 제 궁전으로 초대하겠습니다."

공주가 남장을 했기 때문에 왕은 그가 여자라는 것을 까맣게 몰랐다. 공주 일행이 이집트 왕의 궁전에서 풍성한 음식을 대접받고 있을 때 여흥을 돋우기 위해 악단이 들어왔다. 공주는 음악을 연주하는 악사들 중에 어부의 아들이 있는 것을 보았다.

공주는 이집트 왕에게 말했다.

"저 청년은 우드를 참 잘 치는군요."

"그렇소. 우드를 아주 잘 치지만 불행하게도 벙어리라오."

"아닙니다. 그는 벙어리가 아닙니다."

"무슨 말씀이오? 그는 벌써 여섯 달 동안이나 내 궁전에 머물고 있소. 하지만 한 번도 말하는 것을 본 적이 없소."

"그렇다면 전하, 오늘밤 제게 저 청년을 보내십시오. 그가 말하도록 만들겠습니다. 만약 그래도 그가 말을 못 한다면 제 배에 탄 선원 전부를 전하께 드리겠습니다."

이렇게 해서 이들은 벙어리 청년을 놓고 내기를 했다.

이집트 왕은 약속대로 벙어리 청년을 공주에게 보냈다. 공주는 아침까지 남편의 발밑에 엎드려 빌었다.

"여보, 제가 얼마나 힘들게 여기까지 왔는지 상상도 못 하실 거예요. 저를 거절하지 마시고 말 좀 해 보세요."

그렇지만 공주가 무슨 말을 하건 아무 소용이 없었다. 어부의 아들은 입도 벙긋하지 않았다.

아침이 되어 공주는 왕을 찾아갔다.

"전하께서 내기에 이기셨습니다. 제 선원 모두를 가지십시오."

공주는 선원들을 데리고 궁전으로 들어와 다시 왕에게 말했다.

"오늘 밤 그 벙어리 청년을 제게 보내 주십시오. 만약 내일 아침까지 그가 말을 못 한다면 더 이상 제가 드릴 것은 없으니 저를 교수형에 처하십시오."

왕은 깜짝 놀라며 공주를 만류했다.

"이러지 마시오, 젊은이! 이런 내기는 하지 맙시다. 당신은 아직도 젊소."

그러나 공주는 고집을 꺾지 않았다.

"아니요, 제가 죽든지 청년이 말을 하든지 둘 중 하나입니다. 만약 그 벙어리 악사가 말을 하게 된다면 제 배와 선원들 모두를 돌려

주십시오. 하지만 그가 말을 하지 않는다면 저를 죽이십시오."

그리하여 왕과 공주는 다시 내기를 하게 되었다.

그날 밤 공주는 어부 아들인 남편에게 통사정을 했다.

"전 이제 죽어요. 정말 제가 죽기를 바라시나요?"

그러나 어부의 아들은 꿈쩍도 하지 않았다. 결국 아침이 되었다. 공주를 목매달아 죽이기 위해 광장에 의자가 마련되었다. 사람들이 사형 집행 장면을 구경하기 위해 구름처럼 몰려들었다. 어부의 아들도 군중들 사이에 끼여 있었다.

공주가 의자 위로 올라가 밧줄을 막 목에 걸려고 하는 순간 어부의 아들이 군중을 헤치고 뛰어나왔다.

"잠깐만, 멈추시오. 그 사람은 선원이 아니라 공주요!"

바로 그 순간 공교롭게도 망나니가 건 밧줄이 뒤로 묶은 머리를 건드리면서 공주의 아름다운 금발이 흘러내렸다. 그 자리에 있던 사람들은 모두 깜짝 놀랐다. 어부의 아들은 이집트 왕 앞에 나아가 그 동안의 사정을 이야기했다.

이리하여 공주는 이집트 왕으로부터 하인과 선원들, 배 그리고 남편을 되돌려 받을 수 있었다.

남편은 공주의 진심을 믿게 되었고, 부부는 비로소 화해했다. 그 후 고향으로 돌아온 그들은 다투는 일 없이 행복하게 살았다. 공주는 다시는 남편에게 생선 장수라는 말을 하지 않았다.

오빠가 일곱 있는 여자아이

옛날에 어떤 부부가 살았는데, 그들에게는 아들 일곱이 있었다. 아들들은 매일 사냥한 동물들을 내다 팔아 살림을 꾸려 나갔다. 그러던 어느 날 어머니에게 태기가 보였다. 칠형제는 어머니에게 말했다.

"어머니, 이번에도 아들을 낳으신다면 우리 형제는 모두 집을 나가 버리겠어요."

어머니는 아무 대답도 하지 않았다.

아홉 달 열흘이 흘러 산고가 시작되었다. 아들들은 산파를 부르러 바쁘게 뛰어갔다.

"산파 할머니, 우리는 지금 사냥하러 나갑니다. 어머니가 딸을 낳으면 지붕 꼭대기에 빨간 깃발을, 아들을 낳으면 검은 깃발을 달아 주세요."

오랜 진통 끝에 어머니는 딸을 낳았다. 그녀는 매우 기뻐하면서 아들들이 돌아오기를 기다렸다. 그러나 평소에 형제를 좋아하지 않앗던 산파는 심술을 부려 지붕 꼭대기에 검은 깃발을 달았다.

저녁이 되어 사냥을 마친 칠형제는 집 맞은편에 있는 성으로 올라갔다. 거기서 바라보니 지붕에선 검은 깃발이 휘날리고 있었다.

"우리 어머니가 또 아들을 낳으셨구나."

칠형제는 말머리를 돌려 집이 아닌 머나먼 곳으로 떠났다.

세월이 흘러 혼자 남은 여동생은 오빠들이 있다는 사실도 모른 채 무럭무럭 자랐다. 어느 날 길에서 놀고 있는데 친구들이 그녀를 '오빠 일곱 있는 여자아이'라고 불렀다. 그 말에 여동생은 깜짝 놀라 집으로 뛰어가 어머니에게 물었다. 어머니는 처음에는 사실을 말하기를 주저했으나 딸이 조르자 견디지 못하고 설명해 주었다.

"얘야, 너는 오빠가 일곱이나 있단다. 어느 날 산에 사냥을 하러 갔다가 다시는 집으로 돌아오지 않았지."

그러자 딸이 고집을 부리기 시작했다.

"저도 오빠들을 찾으러 가겠어요."

"얘야, 네가 어떻게 가겠냐는 거냐? 가는 길에는 괴물들이 있고, 산에는 거인들도 있는데. 너를 한입에 삼켜 버릴걸."

어머니가 무슨 말을 해도 딸은 포기하지 않았다. 결국 어머니는 재로 당나귀를 만들고 딸의 손에 지팡이를 하나 쥐어 주었다.

"절대 '워'하고 말하지 말고 항상 '이랴, 이랴'하고 말해라. '워'하는 순간 당나귀는 재로 변할 것이고, 그리하면 너는 더 이상 길을 가지 못해 거인들의 먹이가 될 거란다."

어머니는 몇 번이나 신신당부를 했다. 딸은 계속 '이랴, 이랴'하면서 꽤 멀리까지 갔다. 그런데 피곤하여 잠시 쉬려고 '워'하며 당나귀를 멈추는 순간 재로 된 당나귀는 스르르 흩어져 버렸다. 딸은 울면서 집으로 돌아갔다.

"얘야, 그러게 내가 뭐라 그랬니?"

어머니는 화가 나서 딸에게 잔소리를 했다. 그래도 딸은 다시 가겠다고 고집을 피우기 시작했다. 어머니는 어쩔 수 없이 또 재로 된 당나귀를 주었다.

딸은 또 '이랴, 이랴' 하면서 길을 갔다. 그런데 숲 속으로 들어가자 무서워서 자기도 모르게 '워' 하는 소리를 내고 말았다. 당나귀는 또 스르르 흩어져 재가 되었다. 가엾은 딸은 또 울면서 집으로 돌아왔다.

어머니는 몹시 화가 나서 고래고래 소리를 질렀다. 그러나 딸은 어머니가 화를 내건 말건 꼭 오빠들을 찾으러 가겠다고 고집을 피우고 울었다. 어머니는 딸이 가엾어 다시 한 번 재로 당나귀를 만들어 주면서 당부했다.

"다시는 내가 당부한 말을 잊지 마라. 한 번만 더 그러면 아예 내 얼굴을 볼 생각을 하지 마라."

딸은 이번에는 어머니가 한 말을 잊지 않고 그대로 이행했다. 당나귀가 어디로 가든지 딸은 '이랴, 이랴' 하면서 갔다.

그리하여 딸은 마침내 칠형제가 사는 산에 이르렀다. 산속에 있는 어느 오두막집 앞에 도착하자 재로 된 당나귀는 스르르 흩어졌다. 여동생은 오빠들이 살고 있는 집에 당도했다는 것을 알았다. 문은 활짝 열려 있었다. 여동생이 안으로 들어갔지만 그곳에는 아무도 없었다. 집 안을 둘러보니 부엌에는 갖가지 음식과 양념, 토끼고기가 가득 있었다. 딸은 팔을 걷어붙이고 음식을 만들었다. 토끼고기로 배를 채운 딸은 방에 있는 옷장 안으로 들어가 숨었다.

저녁이 되자 칠형제는 집으로 돌아왔다. 그런데 집 안을 둘러보니 부엌에 맛있어 보이는 음식이 차려져 있었다. 그들은 영문을 알 수 없었지만 배가 고픈 터라 음식을 먹고 일찍 잠자리에 들었다.

아침이 되어 모두 일을 하러 나가려는데 칠형제 중 한 명이 말했다.

"막내야, 너는 오늘 집에 숨어서 동정을 살펴라. 누가 우리 저녁 밥을 준비했는지 알아보고, 다시 우리 집에 오면 붙잡아 두렴."

이리하여 막내가 혼자 남아 숨어서 기다리고 있으려니 웬 여자가 옷장에서 나와 집안일을 하기 시작했다. 막내는 얼른 뛰어나와 그녀의 팔을 잡았다.

"너는 누구냐? 사람이냐, 귀신이냐?"

"저도 당신 같은 사람입니다."

"여기서 무얼 하고 있느냐?"

그녀는 사실은 자신이 칠형제의 누이동생임을 밝혔고, 오누이는 얼싸안고 기뻐했다. 저녁때가 되어 다른 형제들도 집으로 돌아왔다. 그들도 누이동생이 새로 생긴 것을 매우 기뻐하면서 함께 식사를 하고 이야기를 나누었다.

그때 큰형이 말했다.

"애야, 여기는 불이 없단다. 절대 불을 꺼뜨리지 마라."

칠형제는 고양이를 한 마리 기르고 있었다. 그 고양이는 사람 말을 이해하고 사람처럼 말까지 하는 영리한 동물이었으므로 칠형제는 고양이를 몹시도 귀여워하고 소중히 여겼다. 그런데 어느 날부터인가 칠형제가 예전처럼 관심을 주지 않자 고양이는 여동생을 질투하기 시작했다. 그리하여 고양이는 여동생이 오빠들에게 혼 좀 나라고 몰래 불을 꺼 버렸다.

상심한 여동생은 불을 찾으려고 길을 나섰다. 길을 따라 계속 걷다 보니 맞은편에 있는 집의 굴뚝에서 연기가 나왔다. 여동생이 달려가 문을 두드리니 문이 열리고 거대한 거인 부인이 나왔다. 여동생은 무서운 걸 참고 말했다.

"안녕하세요, 아주머니?"

"인사를 하지 않았더라면 너를 당장 잡아먹었을 거야."

"제게 불 좀 주시겠어요?"

"그래, 알았다. 주마."

거인 부인은 체에 재를 담고 재 위에 타다 남은 불씨를 놓아 여동생에게 건네주었다. 여동생이 걸을 때마다 체의 미세한 구멍 사이로 재가 솔솔 떨어졌다. 여동생은 집에 도착해 타다 남은 불씨를 살려 요리를 했다. 저녁이 되어 오빠들이 돌아오자 여동생은 낮에 있었던 일을 들려주었다.

"아이고, 얘야. 큰일 났구나. 거인 부인이 네가 흘린 재를 따라 우리 집으로 와서 너를 잡아먹어 버릴 거다."

형제들은 고심 끝에 묘책을 생각해 냈다.

"문 앞 마당에 구덩이를 파자. 그러면 거인 부인이 우리 집에 들어오려고 하다가 그 구덩이로 떨어지겠지? 그때 우리가 머리를 잘라 버리자고."

아침이 되었다. 오빠들이 집을 나가려는데 거인 아들이 재의 흔적을 따라 문 앞까지 왔다. 거인은 문을 열자마자 구덩이에 빠져 버렸다. 칠형제는 거인 아들의 목을 잘라 한쪽으로 던져 버리고 몸은 구덩이에 묻었다.

"이제 살았다!"

모두들 기뻐하며 마음 편히 사냥을 하러 나갔다. 여동생은 빵을 만들려고 쭈그리고 앉았다. 잠시 후 거인 부인이 으르렁거리며 집으로 찾아왔다. 여동생은 너무도 무서웠지만 그녀를 맞이해 들이곤 고양이에게 심부름을 시켰다.

"가서 기름을 가져오너라. 아주머니에게 대접할 빵에 바르게."

고양이는 여동생을 질투했기 때문에 그녀가 한 말을 알아듣지 못한 척했다.

"뭐라고요? 머리를 가져오라고요?"

그러고는 밖으로 나가서 거인 아들의 머리를 가지고 왔다. 거인 부인은 그것을 보고 너무나 놀라 천지가 진동할 만큼 소리를 질렀다. 그리고 아들의 입에서 이를 뽑아 여동생의 발을 푹 찔렀다. 여동생은 그 자리에서 쓰러지고 말았다. 거인 부인은 그녀가 죽었다고 생각하고 자기 집으로 돌아갔다.

저녁때가 되어 집으로 돌아온 칠형제는 여동생이 쓰러져 있는 것을 보고 엉엉 울었다.

"우리 여동생이 죽었으니 우리가 여기에 있을 필요가 없어."

형제는 여동생의 시체를 말에 싣고 고양이를 데리고 부모님이 살고 있는 집으로 돌아갔다.

부모님은 아들들이 돌아와서 기뻤지만, 딸의 주검을 보고 통곡했다. 땅에 묻기 전에 딸의 주검을 깨끗이 씻던 어머니는 발에 무엇인가가 꽂혀 있는 것을 보고 중얼거렸다.

"아니, 이게 도대체 뭐지? 가엾게도 발에 무언가가 꽂혀 있네."

그러면서 거인의 이를 뽑자, 신기하게도 딸은 다시 살아났다. 아버지 어머니와 오빠들은 너무나 기뻐서 어쩔 줄 몰랐다. 딸은 자신이 겪은 이야기를 들려주었고, 거인과 고양이의 위협에서 벗어났다.

그 후 아버지, 어머니, 팔남매는 행복하게 오래오래 잘 살았다.

내 운명의 남편

옛날에 한 왕이 살았다. 왕에게는 아름다운 딸이 셋 있었다. 자매가 모두 미모가 출중했기 때문에 세상 사람들은 모일 때마다 그 아름다움에 대해 말하곤 했다.

어느덧 자매가 성장하여 결혼할 시기가 되었다. 세 딸 모두에게 각처에서 혼담이 쇄도했으나, 어떤 젊은이는 왕 마음에 안 들고, 또 어떤 젊은이는 왕비 마음에 들지 않아서 도대체 혼사가 이루어지지 않았다.

어느 날 왕비가 남편인 왕에게 말했다.

"아이들 시집 보내기가 왜 이렇게 힘든지 모르겠어요. 우리 딸들을 어떤 젊은이에게 주면 다른 젊은이들이 마음 아파할 것이고, 그러면 내 딸들이 행복하지 않을 텐데요. 제게 생각이 있는데 한번 들어보시겠어요? 황금으로 된 공을 세 개 만듭시다. 그리고 방방곡곡에 심부름꾼을 보내 공주와 혼인하고 싶은 사람은 사흘 동안 궁전 앞 광장으로 모이라고 하는 거예요. 그런 다음 딸들이 차례로 황금 공을 던져 그 공이 누구한테 가든지 그 젊은이와 결혼시키는 거예요. 그러면 아무도 반발하지 못하겠죠? 딸들도 자신들의 운명에 만족하며 가정을 이룰 거고요."

왕은 왕비의 생각이 좋다고 생각했다. 이리하여 그는 딸들을 불러 그러한 결정을 알리고, 궁정 보석상을 불러 이틀 안으로 황금 공세 개를 만들라고 명령했다.

공들이 준비되자 심부름꾼들이 온 나라를 돌아다니면서 왕의 뜻을 전했다.

"여러분, 못 들었다는 말은 하지 마시오! 우리 왕께서 세 딸을 시집 보내려 합니다. 이 달 마지막 목요일에 큰딸이, 금요일에 둘째 딸이, 토요일에는 막내딸이 궁전 발코니에서 황금 공을 던질 것입니다. 그 공이 누구에게 가든지 왕은 공을 받는 사람에게 딸을 줄 것입니다. 공주님과 결혼하길 원하는 사람은 이때 궁전 앞으로 오시오!"

남자들은 흥분하기 시작했다. 모두 '아! 그 공이 내게 온다면 얼마나 좋을까?' 하며 설레었다.

드디어 그 달의 마지막 목요일이 다가왔다. 궁전 앞은 마치 잔칫날처럼 붐볐다. 왕의 큰딸과 결혼하기를 원하는 젊은이들은 가장 좋은 옷을 차려입고 그녀가 황금 공을 던지기를 기다렸다.

때가 되어 왕, 왕비 그리고 세 딸이 발코니로 나왔다. 그리고 마침내 환호성 속에서 큰딸이 황금 공을 광장에 던졌다. 그런데 공은 아무에게도 부딪히지 않고 데굴데굴 굴러서 궁전 맞은편에 있는 허름한 오두막 앞에 멈추었다.

광장에 모여 있던 사람들은 이 일에 불만을 품고 소리치며 거세게 항의했다. 왕은 딸에게 한 번 더 던지라고 명령했다. 병사가 오두막으로 달려가 공을 가져왔다.

큰딸이 한 번 더 던졌다. 모두 숨을 죽이며 기다렸다. 공이 어디로 갈까? 그런데 뜻밖에도 그 공이 다시 그 오두막으로 굴러가는 것이 아닌가? 사람들은 또 항의를 했다. 왕도 삼세번이라며 딸에게 한 번 더 던지라고 했다. 하지만 이번에도 황금 공은 그 오두막집으로 굴러가 멈추었다.

이렇게 되고 보니 사람들도 더 이상 할 말이 없었다. 사람들은 광장을 떠나 저마다의 집으로 뿔뿔이 흩어졌다. 큰딸은 자신의 운명에 순응했다.

왕의 명령에 따라 시녀들이 큰딸을 치장시켰다. 혼례복을 입고 면사포를 쓴 큰딸은 마차를 타고 궁전 맞은편 오두막집으로 갔다.

큰딸은 떨리는 가슴으로 문을 열고 안으로 들어가 구석에 앉아 기다렸다. 하지만 아무리 기다려도 아무도 오지 않았다.

지루해진 큰딸은 일어나 집 안을 돌아다니기 시작했다. 그때 문하나가 눈에 들어왔다. 손으로 살짝 미니 문이 열리며 크고 으리으리한 궁전이 눈앞에 펼쳐졌다. 지금까지 자기가 살았던 아버지의 궁전은 여기에 비하면 조그만 집 한 채에 불과했다.

큰딸은 눈이 휘둥그레져서는 안으로 들어가 천천히 거닐어 보았다. 어디를 보아도 너무나 멋져 입을 다물 수가 없었다. 그녀의 눈에 들어오는 물건들은 모조리 홍보석, 녹옥, 청옥, 금강석, 진주 그리고 금 같은 귀금속으로 만든 것이었다. 기둥에는 황금 띠가 둘러져 있고, 방과 복도는 다양한 색깔의 대리석으로 만들어져 있었다. 큰딸은 사방을 둘러보며 그저 감탄할 따름이었다.

"아버지는 이 나라의 왕인데도 이 정도로 부자는 아니야."

이렇게 둘러보고 있을 때 어디선가 검은 고양이 한 마리가 나타났다. 고양이는 그녀가 어디를 가든지 졸졸 따라오며 곁에서 떨어지지 않았다. 큰딸은 짜증을 내며 고양이를 쫓아 버렸지만, 고양이는 잠깐 만에 또다시 나타나 또 뒤를 따라다녔다. 큰딸은 화가 나서 고양이를 집어 들고 마구 때렸다. 고양이는 아프다고 소리를 지르며 도망쳐 버렸다.

고양이가 가 버리고 난 후 큰딸은 어떤 문 앞에 멈추었다. 황금 손잡이가 달린 문이었다. 안으로 들어가 보니 방 한가운데에 맛있는 음식이 한 상 가득 차려져 있었다. 큰딸은 혼자 식탁에 앉아 음식을 먹기 시작했다. 바로 그때 검은 고양이가 다시 나타났다. 고양이는 배가 고픈지 큰딸의 발에 몸을 문질러 댔다. 화가 난 큰딸은 고양이를 잡아 호되게 때린 다음 문을 열어 고양이를 바깥으로 던져 버리고는 문을 안에서 잠가 버렸다.

큰딸은 배가 부르자 구석에 놓인 긴 의자에 앉았다. 저녁이 되자 주위가 어두워지기 시작했다.

"이 어둠 속에서 뭘 하지?"

이때 식탁에 놓여 있던 초들에 저절로 불이 붙었다. 너무 놀란 큰딸은 그 방을 뛰쳐나와 복도를 걸으면서 방문을 하나 하나 열어 안을 기웃거려 보았다. 한결같이 아름답게 치장된 방들이었고, 방마다 촛불이 타고 있었지만 이상하게도 인기척은 없었다.

드디어 마지막 방의 문을 열어 본 공주는 넋을 잃고 말았다. 지금까지 본 적이 없는 아름다운 침실이었던 것이다. 반짝반짝 광이 나는 호두나무로 만든 침대에는 금색 장식술이 달려 있었고, 공단 이불은 눈이 부시도록 선명한 붉은색이었으며, 침대와 베개는 호사스러운 청옥으로 장식되어 있었다. 바닥에는 두꺼운 페르시아 양탄자가 깔려 있었다. 수정 촛대는 반짝반짝 빛나고 커다란 창문에 달린 붉은 우단 휘장은 바닥까지 늘어져 있었다. 그리고 마지막으로 황금으로 장식된 실내화가 침대 다리 밑에 가지런히 놓여 주인을 기다리고 있었다.

눈에서 졸음이 뚝뚝 흐르던 큰딸은 이 아늑한 방과 침대를 보곤 더 이상 참을 수 없어 방 안으로 들어갔다. 큰딸은 침대 다리 밑에 놓인 빨간 비단 보자기에서 푸른 비단 잠옷을 찾아 입고는 침대로 들어가 잠을 잤다.

얼마나 시간이 흘렀을까? 큰딸은 잠결에 소란스러운 기척을 느끼고 잠에서 깨어났다. 밖에선 거세게 폭풍이 몰아치고 있었다. 그녀는 너무 무서워 침대 안에 꼭꼭 숨어서 폭풍이 멈추기만 기다렸다. 그러나 폭풍은 시간이 갈수록 더욱 격렬해졌다. 난데없이 방문이 열렸다 닫히는가 하면 창문 유리가 와장창 깨졌다.

폭풍은 아침이 되어서야 잦아들었다. 어렵사리 아침을 맞은 큰딸은 침대에서 벌떡 일어나 그곳을 도망쳐 나가 궁전으로 돌아갔다. 그녀는 아버지 어머니와 여동생들에게 지난밤 겪은 일을 하나 하나 이야기해 주었다. 그러나 그 궁전이 무척이나 아름답더라는 말은 한마디도 하지 않았다.

이제 왕의 둘째 딸이 황금 공을 던질 차례였다. 둘째 공주와 결혼하기 원하는 젊은이들이 멋진 옷을 입고 궁전 앞 광장으로 모였다. 왕과 왕비, 그리고 세 딸이 발코니로 나왔다.

둘째 딸은 군중을 향하여 황금 공을 던졌다. 공은 광장 앞에 모인 수많은 사람들을 비껴 나가 다시 어제의 그 허름한 오두막집 문에 부딪혀 멈추었다.

어제 그랬던 것처럼 젊은이들은 이의를 제기하며 한 번 더 황금 공을 던지라고 소리치기 시작했다. 왕은 어쩔 수 없이 공을 다시 가지고 오게 했다.

둘째 딸은 다시 공을 던졌다. 그 공은 다시 한 번 그 오두막집의 문에 가서 부딪혔다. 광장에 모인 사람들은 "삼세번! 삼세번!"이라고 소리쳤다.

왕은 군중들의 뜻에 따라 둘째 딸에게 공을 다시 던지라고 했다. 그러나 이번에도 공은 같은 장소에 가서 멈추었다. 둘째 딸도 자신의 운명을 따르는 수밖에 없었다. 하녀들은 둘째 공주를 치장하고 신부복을 입히고 면사포도 씌워 오두막집 안으로 들여보냈다.

공주는 오두막집 안에서 한동안 앉아 있다가 자리에서 일어나 눈앞에 보이는 문을 열었다. 문이 열리자 그녀 역시 언니가 그랬던 것처럼 눈앞에 펼쳐진 광경을 보고 놀랐다.

둘째 공주는 안으로 들어가 휘황찬란한 궁전의 복도를 거닐었다. 그렇게 걷고 있을 때 갑자기 검은 고양이가 나타났다. 고양이는 그녀 주위를 맴돌며 다리와 치마에 머리를 비벼 댔다. 그녀도 언니처럼 화를 내며 고양이를 쫓아 버렸다. 그래도 고양이는 가지 않았다. 결국 둘째 공주는 고양이를 잡아 호되게 때렸다. 고양이는 고통스레 울면서 그녀 곁을 떠났다.

둘째 공주는 고양이와 헤어져 계속 걸었다. 문이 반쯤 열린 방이 나오기에 들여다보니 식당이었다. 식탁에는 김이 모락모락 나는 음식이 차려져 있었다. 공주는 식탁에 앉아 음식을 배불리 먹었다.

그녀가 맛있게 음식을 먹고 있을 때 검은 고양이가 다시 나타났다. 고양이는 애원하듯 공주의 다리와 치마에 몸을 문지르며 음식을 달라는 표정을 지었다. 공주는 화가 머리 끝까지 치밀어서 고양이를 발로 찬 다음 문 밖으로 던져 버렸다. 고양이는 구슬프게 울면서 어딘가로 사라져 갔다.

바로 그때 식탁 위에 놓인 초들에 저절로 불이 붙었다. 공주는 깜짝 놀라 이게 무슨 조화인가 주위를 휘둘러보았다. 아무도 없었다. 얼마 후 졸음이 밀려오자 그녀는 자리에서 일어나 복도를 거닐며 이 방 저 방 구경하고 돌아다녔다. 공단과 비단으로 장식된 방이며 금강석, 금, 청옥, 녹옥으로 장식된 가구들, 수정 샹들리에, 비단 양탄자, 대리석 기둥 등 어느 것 하나 진기하지 않은 것이 없었다.

드디어 둘째 공주도 언니처럼 침실 앞에 도착했다. 이제 더 이상 졸음을 참을 수 없었던 그녀는 방 안으로 들어가 침대에 몸을 던지고 잠에 빠져들었다.

달콤하게 잠을 자고 있을 때 갑자기 우지끈 소리가 들려와 그녀는 잠에서 깨었다. 창문들이 세차게 열렸다 닫혔으며 문도 꽝 소리를 내며 닫혔다. 천둥과 번개가 치며 천지가 진동했다. 그녀는 머리만 이불 밖으로 내놓은 채 벌벌 떨면서 아침이 오기만을 기다렸다.

이윽고 주위가 밝아지자 천둥도 멈추었다. 공주는 벌떡 일어나 한달음에 아버지의 궁전까지 달려갔다. 그녀는 지난밤 겪은 일들을 부모님께 낱낱이 들려주며 언니가 한 말이 사실임을 다시 한 번 확인시켜 주었다. 그렇지만 둘째 공주도 그 궁전의 아름다움에 관해서는 한마디도 하지 않았다.

그날은 막내 공주가 황금 공을 던질 차례였다. 막내 공주가 황금 공을 던지려고 발코니로 나왔다. 막내 공주와 결혼하고 싶은 그 나라의 젊은이들이 멋지게 차려입고 궁전 광장에 모여들었다. 왕과 왕비 그리고 두 언니도 발코니로 나왔다.

막내 공주는 있는 힘을 다하여 황금 공을 던졌다. 광장에 모인 모든 사람들의 관심이 그 공에 쏠렸다. 그러나 공은 그 누구에게도 부딪히지 않고 다시 그 오두막집 문 앞에 멈추었다. 광장에 있는 모든 사람들이 크게 실망하여 소란을 피웠다.

"도대체 이게 무슨 조화야?"

"공주님들이 던진 공은 왜 항상 저리로 가지?"

"이건 말도 안 돼. 다시 한 번 던져라!"

군중들이 원망하는 소리가 높아지자 왕은 손짓으로 알겠다는 표시를 하고 황금 공을 도로 가져오게 했다. 막내 공주는 다시 한 번 있는 힘을 다해 군중을 향해 공을 던졌다.

그러나 공에 날개가 달렸는지, 공은 그 누구에게도 부딪히지 않고 곧장 오두막집 문 앞에 가서 멈추었다. 사람들은 이전에도 그랬던 것처럼 한 번 더 던지라고 아우성을 쳤다. 왕은 마지막으로 한 번 더 던질 것을 허락했다.

하지만 세 번째로 던진 공 역시 데굴데굴 굴러 오두막집 앞에 멈추었다. 광장에 모인 사람들은 이번에도 상심하여 뿔뿔이 흩어져 갔다.

하녀들은 막내 공주를 아름답게 치장하고 그 오두막집 문 앞에 데려다 주었다. 언니들이 자신들이 겪은 일을 막내에게 다시 한 번 들려주었지만 막내 공주는 개의치 않았다.

막내 공주는 문을 열고 들어가 집 안을 돌아보기 시작했다. 벽에 붙은 어떤 문을 열어 보니 눈부시게 아름다운 궁전이 나타났다. 그녀는 얼굴에 쓴 면사포를 걷고 궁전 안에 발을 들여놓았다.

'언니들은 왜 이렇게 아름다운 궁전에서 도망쳤을까?'

그녀는 궁전 안을 여기저기 돌아보며 마냥 즐거워했다.

'내 운명에 순응한 건 정말 잘한 일이야. 이렇게 아름다운 궁전에 오게 되다니.'

그때 그녀 곁에 검은 고양이가 나타났다. 검은 고양이는 그녀와 함께 걸으면서 때때로 그녀의 다리에 몸을 비벼 댔다. 막내 공주는 고양이가 마음에 들었다.

"여기에 나 혼자 있는 건 아니잖아. 고양이 친구도 있어."

그녀는 고양이를 품에 안고 쓰다듬어 주었다.

"녹옥 빛 눈동자와 부드러운 털을 가졌구나. 정말 아름다워."

검은 고양이도 자기를 때리지 않고 예뻐해 주는 착한 공주가 맘에 드는 듯했다. 공주는 고양이를 어깨에 태우고 함께 걷기 시작했다.

드디어 그녀는 궁전 식당에 도착하게 되었다. 문은 반쯤 열려 있고 식탁에는 방금 요리한 듯한 김이 모락모락 나는 음식들이 있었다.

그녀는 검은 고양이와 함께 방 안으로 들어가 식탁에 앉았다. 공주는 어떤 음식을 먹든지 고양이에게도 나눠 주었다. 고양이는 공주가 주는 음식을 기쁘게 받아 먹으며 공주의 치마에 몸을 비벼 댔다. 막내 공주와 고양이는 사이좋게 식사를 마쳤다.

날이 어두워지자 식탁에 있던 초들이 저절로 켜졌다. 공주는 조금 놀랐지만 크게 호들갑을 떨지는 않았다. 계속 앉아 있자니 지루하고 졸렸다. 공주는 밖으로 나가 복도를 거닐기 시작했다.

그녀는 어느덧 침실까지 오게 되었다. 공주는 온갖 보석으로 치장된 방을 보고 한눈에 반해 버렸다.

"세상에, 이렇게 아름다운 궁전에 왜 사람이 살지 않지? 이 궁전에는 모든 것이 있는데 주인만 없어."

공주는 옷을 벗고 침대로 들어갔다. 검은 고양이도 품에 안았다. 둘은 함께 잠이 들었다.

막내 공주는 아침까지 깨지 않고 푹 잤다. 편한 밤을 보내고 다음 날 아침에 눈을 떴을 때 그녀는 다시 한 번 놀랐다.

침실에는 형형색색의 옷을 입은 아름다운 하녀와 하인들이 줄지어 서 있었다. 한 사람의 손에는 황금 주전자, 또 한 사람의 손에는 황금 세숫대야, 다른 사람의 손에는 진주와 금실로 수놓인 수건이 들려 있었다. 그들은 잠에서 막 깨어난 막내 공주를 위해 온갖 시중을 들어 주었다. 그런데 고양이가 보이지 않았다.

그녀는 크게 실망하여 하녀에게 물었다.

"나의 사랑하는 친구는 어디 있어요?"

그러나 그 누구도 대답하지 않았다. 마치 거기 있는 사람 모두가 벙어리인 것 같았다. 계속 다그쳐 봐도 마찬가지였다. 하녀와 하인들은 막내 공주가 원하는 것은 뭐든지 다 들어주었지만 말은 한마디도 하지 않았다.

막내 공주는 멋진 궁전에서 이틀 밤을 보냈다. 밤이 되면 검은 고양이와 만나 궁전을 거닐며 놀다가 함께 저녁을 먹은 후 잠자리에 들었다. 그러나 아침이 되면 고양이는 사라져 버렸고, 하녀들은 고양이에 대해 물어도 아무런 대답을 해 주지 않았다.

드디어 그곳에 머문 지 사흘째가 되었다. 막내 공주는 밤에 침대에 누워 자는 척하고 있다가 고양이가 어디로 가는지 알아보기로 결심했다.

검은 고양이는 여느 때처럼 공주와 함께 침대에 누웠다. 무슨 일이 일어날까 하는 생각에 막내 공주는 가슴을 졸이며 기다렸다.

드디어 자정이 되었을 때 탁 하는 소리가 들렸다. 막내 공주가 누운 채 머리를 약간 들어 주위를 보니 검은 고양이가 침대에서 빠져나가고 있었다. 공주는 실눈을 뜨고 고양이의 행동을 주시했다. 검은 고양이는 방 안을 한 바퀴 돌더니 침대로 뛰어올라 막내 공주의 얼굴을 한참 바라보며 그녀가 잠들었는지를 확인했다. 공주가 자고 있다고 확신한 고양이는 다시 침대에서 바닥으로 뛰어내려 방 한가운데서 몸을 세 번 털었다. 그러자 그 자리에 키 크고 잘생긴 젊은이가 나타났다.

'황금 공이 세 번이나 이 오두막집 앞에서 멈춘 이유가 이것이었나? 그러니까 내 운명의 남편감은 이 사람인가 봐.'

젊은이가 방 한가운데서 비단 옷을 매만지고 있을 때 막내 공주는 침대에서 일어났다. 잘생긴 젊은이는 깜짝 놀라 어떻게 할 바를 몰라 했다. 막내 공주가 말했다.

"검은 고양이님, 당신은 사람이었으면서도 왜 지금까지 내게 말하지 않았죠?"

조금 정신을 가다듬은 젊은이가 말했다.

"공주, 모든 일에는 때가 있는 법이오. 나도 공주에게 나에 대해 말하려고 했소. 이제 결국 알게 되었으니 이후로 우리는 죽을 때까지 함께해야 하오. 이제 당신은 나의 신부가 될 것이오. 그렇지만 낮에는 당신과 함께할 수 없소. 밤에만 보러 오겠소."

"이해할 수 없어요. 왜 낮에는 제 곁으로 오지 못한다는 거죠?"

"서두르지 마시오. 때가 되면 알게 될 것이오."

"알겠어요. 그런데 하인들은 계속 저와 얘기하지 않을 건가요?"

"그들도 이제부터는 당신과 말을 할 것이오. 당신이 물어보는 것에 대답할 것이며, 모든 명령을 따를 것이오."

젊은이가 말한 대로 다음 날부터 하인과 하녀들은 공주가 묻는 말에 대답하기 시작했다. 그들은 항상 웃는 낯으로 돌아다녔고, 공주가 무엇인가를 원하는 기미가 보이면 지체 없이 달려왔다. 공주가 잠을 잘 때면 하인들은 그녀를 방해하지 않도록 발뒤꿈치를 들고 걸어다녔고, 그녀의 잠을 깨우지 않도록 속삭이며 말했다. 이렇게 며칠이 지나갔다.

어느 날 저녁 공주가 젊은이에게 말했다.

"허락해 주신다면 언니들을 식사에 초대하고 싶어요. 제가 얼마나 행복하게 사는지 보여 주고 싶어요."

"당신이 원하는 대로 하시오. 이곳은 당신의 궁전이기도 하니까. 하인도 하녀도 궁전도 모두 당신의 소유나 다름없소. 공주는 나를 때리지도 않았고, 쫓아내지도 않았소. 이곳에 있는 모든 것, 내 목숨조차도 당신 것이오."

한편 왕의 궁전에서는 며칠이나 막내로부터 아무 소식이 없자 걱정이 태산 같았다. 그리하여 언니들은 유모를 보내 상황을 살펴보고 오게 했다.

유모가 오두막집으로 가 문을 두드리자 하인이 문을 열고 무슨 용건인지를 물었다. 유모는 자신이 막내 공주의 유모이며, 궁전에서 그녀를 걱정하고 있어 그녀가 어떤지 알아보러 왔다고 말했다.

하인들은 유모를 막내 공주에게 안내했다. 유모는 막내 공주가 무척 호강하며 사는 것을 보고 한 번 놀라고, 공주가 사는 으리으리한 궁전을 보곤 또 한 번 놀랐다. 화려한 궁전에 압도된 유모는 자신이 왜 이곳에 왔으며 무엇을 말하려 하는지조차 잊어버릴 지경이었다.

"공주님, 임금님과 왕비님과 언니 공주님들께서 걱정을 하고 계십니다. 공주님이 어떻게 계신지 다들 궁금해하고 있지요. 공주님을 만나서 어떻게 살고 계신지 알아보라고 저를 보내신 겁니다."

막내 공주는 큰소리로 웃었다.

"유모, 걱정할 게 뭐 있어요. 보시다시피 저는 아주 행복해요. 왕자님도 아주 잘생기고 마음씨 좋은 사람이에요. 가서 본 대로 전하세요. 그리고 언니들을 내일 점심에 초대한다고 전해 주세요."

"알겠습니다. 제가 본 것을 모두 전하겠습니다. 언니 공주님들을 내일 점심 식사에 초대한다는 것도요."

유모는 궁전으로 돌아가 자신이 보고 들은 것을 침이 마르도록 소상하게 이야기했다. 언니들은 고생하며 지낼 줄 알았던 막내가 호강하며 산다는 말에 샘이 나서 잠을 이루지 못했다.

그들은 아침이 밝기가 무섭게 예쁘게 차려입고 오두막집으로 갔다. 문이 열리자 화려한 내부가 한눈에 들어왔다. 하인들은 그녀들을 안으로 정중히 모셨고, 하녀들은 그녀들 주위로 다니며 분주히 움직였다.

잠시 후 막내 공주가 웃음을 지으며 나타나 언니들을 맞이했다.

"어서 오세요, 언니들!"

막내 공주는 언니들을 안으로 안내했다. 막내 공주가 얼마나 멋지고 아름답게 치장했던지, 언니들은 동생이 입은 옷, 팔찌, 목걸이, 귀걸이를 시샘에 찬 눈길로 훔쳐보느라 정신이 다 없었다.

막내 공주는 언니들을 긴 의자에 앉힌 후에 혼자 생각에 잠겼다.

'아, 남편이 낮에도 내 곁에 있다면 얼마나 좋을까. 그러면 언니들에게 소개시킬 수 있을 텐데.'

바로 그때 뒤에서 낯익은 목소리가 들렸다.

"명령만 하십시오, 공주님."

뒤를 돌아보니 남편이 웃는 모습으로 서 있었다. 막내 공주는 기뻐서 어쩔 줄 몰랐다.

"아, 잘 오셨어요. 저도 지금 당신을 생각하고 있었어요."

"무엇이든지 원하기만 하시오. 나는 언제나 당신 곁에 있으니. 나를 오늘 언니들에게 소개하고 싶다니 당신의 뜻에 따르겠소. 식사를 할 때 언니들에게 정원으로 나 있는 창문을 보라고 하시오. 언니들은 창문을 통해 나를 볼 수 있을 것이오."

막내 공주는 기쁜 마음으로 남편과 헤어져 언니들 곁으로 갔다.

막내 공주는 오두막에 들어와 지금까지 겪은 일들을 언니들에게 말해 주었다. 언니들은 마음속으로 검은 고양이를 때리고 내쫓은 것을 크게 후회했지만 때늦은 일이었다.

정오가 되었다. 막내 공주가 손뼉을 치자 문이 열리면서 하인 세 명이 방 안으로 들어왔다.

"부르셨습니까, 왕비님?"

"식사는 준비되었나요?"

"물론 준비되었습니다."

막내 공주는 일어나 언니들을 식당으로 안내했다. 식당에서 막내 공주는 언니들에게 앉을 자리를 지정해 주었다. 언니들은 풍성하게 차려진 식탁을 보곤 더더욱 동생을 질투하게 되었다. 식사를 막 시작하려 할 때 첫째 공주가 막내 공주에게 물었다.

"아니 그런데, 네 남편은 어디에 있니? 전혀 보이지 않는구나."

"서두르지 마세요. 곧 보게 될 거예요."

식사를 한참 하고 있을 때 막내 공주가 불현듯 언니들에게 말했다.

"정원이 아주 예쁜데, 보셨어요?"

동생의 말에 언니들은 아무 생각 없이 옆으로 돌아앉아 정원 쪽으로 나 있는 낮은 창으로 밖을 내다보았다. 다음 순간 그녀들은 그만 먹던 것이 목에 걸릴 정도로 놀랐다. 정원에 태양처럼 잘생긴 남자가 서 있는 것을 보았던 것이다. 두 자매는 질투가 나서 견딜 수가 없었지만 막내 공주에게는 아무 말도 하지 못했다.

잠시 후 식당으로 검은 고양이 한 마리가 들어왔다. 고양이는 식탁으로 펄쩍 뛰어올라 접시에 담긴 칠면조 고기를 물어 가지고 나가 버렸다.

첫째 공주와 둘째 공주는 이번에도 역시 화들짝 놀라며 "악!" 하고 비명을 질렀다. 하지만 막내 공주는 말없이 자리에서 일어나 검은 고양이를 따라갔다.

고양이는 어두운 복도를 지나 한없이 갔다. 고양이를 따라가던 막내 공주는 어느 순간 길을 잃어버리고 말았다. 주위를 돌아보니 바로 맞은편에 문이 하나 나 있었다.

공주는 왠지 모를 두려움을 느끼며 그 문을 향해 걸었다. 문을 열자 방 안에는 번쩍번쩍 빛나는 황금 침대에 천사처럼 아름다운 여인이 잠자고 있었다. 아름다운 금발의 여인이었다. 그런데 머리카락 끝이 침대 머리맡에 있는 장미 줄기에 친친 감겨 있어 헤어나오지 못하고 있었다.

황금 침대 옆에는 또 황금으로 만든 요람이 있었다. 요람에는 달덩이 같은 아기가 들어 있는데, 얼굴에 계속 햇빛이 내리비치는 바람에 이마와 볼에서 구슬땀이 흐르고 있었다. 아기는 더운지 계속 울기만 했다.

막내 공주는 가엾은 생각이 들어 손수건으로 아기의 얼굴에 맺힌 땀을 닦아 주었다. 그리고 자기 머리에 쓰고 있던 비단 베일을 벗어 요람과 아기 얼굴에 차양을 쳐 주었다. 그러고 나니 아기는 더 이상 울지 않았다.

그런 다음 막내 공주는 침대에 누워 자고 있는 여인 곁으로 다가가 머리카락을 장미 줄기에서 풀어 주었다.

일을 마친 막내 공주가 막 문을 나서려는데 남편이 나타났다.

"아니, 공주. 어떻게 여기까지 왔소? 침대에 있는 저 아름다운 여자는 요정이라오. 만약 잠에서 깨어나 침대에서 일어나면 당신과 나를 죽일 것이오. 빨리 이곳을 나갑시다."

바로 그때 요정이 침대에서 일어나 왕자에게 다가왔다.

"무서워하지 마세요, 왕자님. 인간들 중 어떤 이는 착하고 어떤 이는 악해요. 그런데 이 아가씨는 착한 사람이군요. 내 머리카락을 장미 줄기에서 풀어 주었고, 내 아기도 햇빛에서 보호해 주었으니 말이에요. 만약 아가씨가 선행을 베풀지 않았다면 당신도 아가씨도 가만 놔두지 않을 작정이었어요. 그렇지만 아가씨가 착한 일을 했으니 내 궁전에 있는 모든 것을 두 분이 다 가져도 좋아요. 이 궁전에서 행복하게 오래오래 사세요."

요정은 이 말을 마치자마자 요람에 있는 아기를 데리고 사라져 버렸다. 요정이 사라진 후 왕자는 크게 한숨을 내쉬었다.

"나는 이제 해방되었어!"

왕자는 공주를 돌아보고 말했다.

"공주! 당신은 나를 커다란 재앙에서 구해 주었소. 이제부터 나도 당신처럼 자유롭게 돌아다닐 수 있소. 나도 당신처럼 사람이었던 때가 있소. 나의 아버지도 왕이었디오. 그런데 어느 날 내 앞에 저 요정이 나타나 나를 계속 따라다녔던 것이오. 이제부터 우리 헤어지지 말고 함께 삽시다."

그들은 사이좋게 손을 잡고 궁전으로 돌아가 좋은 옷으로 갈아입었다. 그리고 막내 공주의 아버지가 사는 궁전으로 갔다.

막내 공주는 왕자인 남편을 아버지, 어머니와 언니들에게 소개시켜 준 후 자신이 겪은 일을 하나 하나 말해 주었다. 왕과 왕비는 번듯한 막내 사위를 맞게 되어 매우 흡족해했다.

왕자와 공주는 허름한 오두막집의 문을 부수고 궁전에 걸맞은 웅장한 문을 새로 만들었다. 온 나라 백성들의 축복 속에서 혼례를 치른 두 사람은 아름다운 궁전에서 오래도록 행복하게 잘 살았다.

터키 민담을 소개하며

● ● ● ● ●

터키 사람들의 조상은 원래 몽골 초원에서 살았다. 그들은 역사 속에서 '튀르크'라는 이름으로 불린 유목민의 한 갈래이다. 한문 자료에서는 돌궐 족突厥族이라고 불렸다. 이들 돌궐 유목민은 몽골 서부 알타이 산맥에서 발흥하여 6세기 중엽에 대제국을 건설했으며, 8세기에 들어와 같은 튀르크 계 유목민인 위구르 족에게 쫓겨 몽골 초원을 떠나 서쪽으로 이주한다. 오늘날 터키 인들의 조상은 바로 이들 서쪽으로 이주한 튀르크 계 유목민이다.

그들은 중세에 아랍 지역을 횡단하여 서쪽으로 이동하는 과정에서 대부분 이슬람으로 개종하였고, 아랍과 이란 문자를 도입하여 만든 오스만 어를 사용했다. 1923년에 문자 개혁을 하여 알파벳을 쓰기는 하지만 터키 어는 한국어, 핀란드 어, 헝가리 어와 같은 알타이 어족에 속하는 까닭에 문장 구조나 모음 조화, 어미 활용 등에서 동일한 원칙을 보인다. 또 한국어와 소리와 뜻이 같거나 비슷한 낱말도 적지 않다.

터키는 지리적으로 아시아와 유럽을 연결하는 위치에 있다. 이스탄불의 마르마라 해 동쪽 지역을 '아시아 터키'로 서쪽 지역을 '유럽 터키'로 부르는 것도 터키의 지정학적 특이성을 대변한다. 그런 까닭에 유사 이전부터 여러 민족이 터키 지역을 오갔고, 자연스럽게 다양한 문화와 역사가 얽히게 되었다.

또한 터키에는 티그리스 강과 유프라테스 강의 원류가 있어 히타이트, 그리스, 비잔틴 등의 문명이 모두 이 땅에서 일어났다 해도 지나친 말은 아니다.

이 땅의 역사를 거슬러올라가 보면, 기원전 1800년경 인도유럽어족에 속하는 히타이트 족이 중앙아시아에서 남하하여 메소포타미아에 철기 문화를 기초로 하는 히타이트 왕국을 건설하였고, 그 후 서쪽에서 프리기아 인과 그리스 이주민들이 와서 정착했다. 기원전 1200년경에 일어났다고 하는 트로이 전쟁도 이와 관련이 있다. 그 후 기원전 550년경에는 동쪽에서 페르시아가, 기원전 334년에는 서쪽에서 마케도니아의 알렉산더 대왕이 침입해 와 이 지역은 전란에 휩쓸렸다. 에게 해에 접한 터키 서부 지역에 지금도 그 무렵의 유적이 남아 있다. 330년에는 콘스탄티누스 대제가 오늘의 이스탄불 자리에 콘스탄티노플을 건설하였다. 그 후 로마 제국이 동서로 나뉘면서 콘스탄티노플은 동로마 제국(비잔틴 제국)의 수도가 되었고, 이곳을 중심으로 비잔틴 문화가 번영하였다.

이후 11세기 들어 '셀주크튀르크'라는 이름으로 중앙아시아의 강자로 부상하면서 비로소 튀르크 족은 역사의 전면에 등장하게 된다. 그들은 지중해까지 진출하여 1071년에는 비잔틴 제국을 몰아내고 지금의 터키 땅인 아나톨리아 반도에 정착했다. 셀주크는 13세기 몽골의 침략을 받을 때까지 이 땅의 주인으로 군림했다.

13세기에 셀주크튀르크를 대신하여 아나톨리아 반도를 지배한 사람들은 오스만튀르크다. 오스만 제국을 세운 그들은 1453년에는 약 11세기에 걸쳐 번영하였던 동로마 제국을 멸망시키고, 콘스탄티노플을 이스탄불이라 개명하여 오스만 제국의 수도로 삼은 후 제국이 공식적으로 멸망하는 20세기 초까지 이 땅을 지배했다. 지금의 터키 사람들은 바로 이들 오스만튀르크의 후예이다.

술탄이 지배하던 오스만 제국은 16세기에 이르러서는 그 세력을 서아시아에서 발칸 반도, 북아프리카까지 떨쳤다. 그러나 영토의 확장은 제국의 통치를 어렵게 하여 결국 산업 혁명과 근대화에 뒤지는 결과를 초래하고 말았다.

그 결과 영토는 점점 줄어들었고, 오스만 제국의 세력도 차츰 쇠퇴하여 과거의 영광스러운 모습은 찾아볼 수 없게 되었다. 더욱이 제1차 세계 대전에서 독일 측에 가담했다가 패전 후 많은 영토를 잃고 그리스의 침입까지 받는 등 시련을 겪게 되었다. 이때 그리스의 침입을 격퇴하고 술탄제를 폐지시켜 1923년에 공화국을 선포한 사람이 무스타파 케말이다. 그는 아타튀르크 즉 '터키인의 아버지'로 불릴 만큼 터키 인의 존경을 한몸에 받는 위대한 인물로 역사에 남아 있다.

오늘날 터키의 영토는 78만 제곱킬로미터로 남한의 약 일곱 배에 달한다. 북쪽으로 흑해, 남쪽과 서쪽으로 지중해와 에게 해를 접하고 있으며, 유럽 쪽으로는 불가리아와 그리스, 아시아 쪽으로는 러시아, 이란, 이라크, 시리아와 국경을 맞대고 있다.

터키의 기후는 지역에 따라 변화가 심하다. 서쪽 에게 해와 남쪽 지중해에 접한 평야 지대는 전형적인 지중해성 기후가 나타나 여름은 덥고 건조하며 겨울은 온난하고 비가 많다. 북쪽으로 흑해에 면한 평야 지대에는 온대 습윤 기후가 나타나며, 동부는 메소포타미아 지방을 비옥하게 만들며 페르시아 만으로 흘러 들어가는 티그리스 강과 유프라테스 강이 발원하는 산악 지대이다. 한편 아나톨리아 고원은 사방이 산으로 둘러싸여 늘 건조한 대륙성 기후를 나타내며, 초원과 사막으로 이루어져 있다.

이처럼 길고 파란만장한 역사와 광범위한 지역을 거쳐 이동해 온 유목민의 경험을 바탕으로, 또 아름다운 자연을 배경 삼아 터키 인들은 다양한 구비 문학을 꽃피워 왔다. 터키 민담은 신화의 신성성, 초자연성이나 전설의 역사성, 사실성과는 거리를 둔 흥미 본위 이야기의 범주를 벗어나지 않는다. 대개 허구적이고 환상적인 기법을 통해 흥미를 유발하고, 그 안에 삶의 지혜와 도덕적 교훈을 담고 있다. 터키 민담은 대부분 "옛날, 아주 먼 옛날"로 시작하는데, 이는 아예 구연자가 이 이야기는 꾸며 낸 허구라고 처음부터 선언하는 수 사이다. 맺을 때는 "행복하게 살았다."로 끝내어 권선징악의 도덕률을 보여 준다.

터키 사람들은 주로 스텝 지역에서 유목 생활을 하였기에 민담에도 말과 양이 자주 나온다. 말은 이동 수단이었으며, 양은 먹을 것과 입을 것을 해결해 주었기 때문에 일찍부터 가장 친근한 동물이었다. 같은 이유로 양치기들도 많이 등장한다. 또한 인도나 중국 등 동양의 나라가 자주 등장하는 동시에 유럽이나 이란의 민담과 유사한 부분도 많은데, 이는 터키 인들이 예부터 동서양과 긴밀한 교류를 가져 왔기 때문일 것이다. 또한 민담이 시공을 달리하여 타 지역으로, 타 민족에게, 세대에서 세대로 구전되는 특성과도 무관하지 않을 것이다.

터키 민담은 선과 악의 대결, 착한 사람과 괴물의 대립과 같은 구도로 전개되어 결말에는 항상 선이 승리하는 것으로 마친다. 등장 인물로는 거인, 마녀 또는 노파, 아랍 인, 왕, 대머리 소년 켈올란, 요정 등이 가장 빈번하다. 이중 거인은 외양이나 정신적인 면이 인간과 비슷한데, 먼지와 바람을 일으키며 번개처럼 걷기 때문에 보통 사람이 한 달 걸릴 거리를 순식간에 간다. 인육을 좋아해서 항상 냄새를 맡아 주위에 인간이 있는지 없는지 알아낸다. 그들은 정원이 있고 높고 두꺼운 벽과 가시 덩굴로 둘러싸인 커다란 궁전에 살며, 그 궁전에는 세상에서 가장 아름다운 여자들이 명령을 기다리고 있고, 마법의 비둘기나 신비로운 음악을 연주하는 악기, 마법의 검, 머리에 쓰면 투명 인간이 되는 모자, 마법의 문을 여는 열쇠 같은 보물도 있다.

거인은 젖가슴이 한쪽은 등에 한쪽은 앞가슴에 달려 있어서 엄마라고 부르며 등에 있는 젖을 빨면 어머니처럼 대해 주며 해를 입히지 않는다. 때로는 원하는 소원을 다 들어 주고 난관도 해결해 준다. 하지만 저를 해치려 하면 그 자리에서 잡아먹어 버린다. 거인들을 도와주는 등장 인물은 대부분 아랍 인 노파나 거인의 아들딸이다.

마녀와 노파는 대부분 나쁜 역할을 도맡아 한다. 목에 마법의 목도리를 두르고, 걸어서 1년 걸릴 먼 길을 항아리를 타고 눈 깜짝할 사이에 가며, 돈이나 보석을 주면 아무리 나쁜 일이라도 한다. 마녀들은 웃는 얼굴과 달콤한 말로 착한 사람들을 속여서, 초반에는 순조롭게 일이 풀리는 듯하지만 결국 응징당한다.

또다른 중요한 등장 인물로 아랍 인을 들 수 있다. 그들은 비범한 능력을 발휘해서 좋은 일을 하는 인물이다. 윗입술은 하늘에 아랫입술은 땅에 닿고, 동에 번쩍 서에 번쩍 어디든지 순식간에 가며, 사람들이 어려움에 처하면 달려가서 도와준다. 주인공이 끼고 있는 마법의 반지를 핥거나 마법의 칼을 빼들면 그 자리에서 나타나 "명령만 하십시오!"라고 말한다. 만약 주인이 죽음의 위협에 처했을 때에는 당장 군대를 이끌고 나와 구해 주며, 주인이 하루 안에 금으로 된 궁전을 세워야 한다고 말하면, 즉시 사라져 궁전을 짓는다.

등장 인물로는 또 왕이 있다. 금이나 은으로 된 궁전에 살며, 자식이 전혀 없거나 외동딸을 두고 있거나 아들만 둘 또는 셋, 아니면 딸만 셋을 거느리고 있다. 왕비는 한 명인 경우가 대부분이다. 왕은 마음대로 사람을 처형할 수 있고, 공주와 결혼하고자 하는 젊은이에게 불가능한 일을 시키고는 그 일을 끝내지 못하면 젊은이를 죽인다. 왕이 지혜로운 사람으로 묘사되는 경우는 드물며, 아주 포악한 왕은 아들인 왕자들에 의해 죽임을 당하기도 한다.

위에서 언급한 등장 인물 외에 터키 민담의 특징이 되는, 반드시 언급해야 할 인물이 켈올란이다. 터키 인의 지혜를 대표하는 인물로 민담에서 가장 사랑받는 주인공인 켈올란은 가난한 부부 또는 홀어머니의 아들이며, 키도 작고 나이도 어리다. 게다가 대머리라는 약점까지 가지고 있지만, 켈올란은 기상천외한 꾀를 내어 적들을 쳐부수고 부자가 된다. 상대가 왕일지라도 마찬가지다.

켈올란에게 가장 중요한 것은 정의이다. 도둑이나 폭군, 부당한 짓을 한 사람, 거인들은 켈올란의 꾀에 항상 지고 만다. 포악하고 부당한 왕을 폐위시키고 켈올란이 왕이 되는 결말도 흔히 볼 수 있다. 이는 민담의 특징인 주인공은 아무리 어려운 난관이 있어도 이를 극복하고 악과 싸워 반드시 승리한다는 공식을 그대로 보여 준다.

명석한 두뇌와 지혜로 모든 어려움을 딛고 행복을 얻는 켈올란의 이야기는 어린이들에게 완벽하지 않더라도 착하게 살고 머리를 잘 쓰면 성공할 수 있다는 교훈을 주며, 켈올란의 대머리는 듣는 이의 흥미를 유발하는 요소로 작용한다.

터키 민담에는 이처럼 인간 모습을 한 등장 인물 외에 환상의 산물인 요정도 등장한다. 요정들에겐 요정의 나라 요정 왕이 따로 있어서 그들끼리 모여서 산다. 그들은 사람이나 비둘기로 변신할 수 있는 능력이 있어 주로 어려움에 처했거나 슬픔을 겪는 사람을 도와주는 역할을 한다.

인간이 요정 나라의 왕이나 왕비를 사랑하는 이야기도 많은데, 그런 이야기들에서 주인공은 소원을 이루어 요정으로 변하지만 꿈에서 사랑의 묘약이든 마법의 술을 마시고 다시 본래의 인간의 모습으로 돌아온다. 반대로 요정이 인간을 사랑해서 인간이 되는 경우도 있다. 때로는 요정의 나라에 사는 토끼, 뱀, 물고기, 닭, 쥐 같은 동물들이 요정의 명령에 따라 왕이나 평범한 백성으로 변신하여 인간과 혼례를 올리는 이야기도 있다.

이 책에 소개된 민담들을 통해 정의를 가장 중요한 덕목으로 여기며 지혜와 용기를 숭상하는 터키 인들의 정신 세계를 만나 볼 수 있을 것이다.

엮은이 이난아

한국외국어대학교 터키어과를 졸업하고, 터키 국립 이스탄불 대학에서 터키 현대문학 석사, 국립 앙카라 대학에서 터키 현대문학 박사를 마쳤다. 대표 논문으로는 「터키 현대시 고찰」, 「터키 근대문학의 태동」, 「오르한 파묵론」, 「오르한 파묵의 작품 세계와 소설 「새로운 인생」 읽기」, 「작가 페야미 사파의 사상서에 나타난 동서양 문제」, 「터키 문학에 나타난 여성 문제」, 「소설 「하얀 성」에 나타난 정체성 문제—동서양 문제를 중심으로」 등 다수가 있다. 『세계의 시문학』, 『세계 문학의 기원』, 『문학과 에로티시즘』 등을 공저하였고, 장편 소설 『위험한 동화』, 『새로운 인생』, 『살모사의 눈부심』 등을 우리말로 옮겼다. 터키에서 『한국 현대 단편소설 모음집』을 출간하기도 했다. 지금은 한국외국어대학교 외국문학연구소 연구 교수로 있다.

세 계 민 담 전 집 7

터 키 편

1판 1쇄 펴냄 2003년 9월 15일
1판 4쇄 펴냄 2022년 3월 21일

엮은이 | 이난아
편집인 | 김준혁
발행인 | 박근섭
펴낸곳 | 황금가지

출판등록 | 2009. 10. 8 (제2009-000273호)
주소 | 06027 서울 강남구 도산대로 1길 62 강남출판문화센터 5층
전화 | 영업부 515-2000 편집부 3446-8774 팩시밀리 515-2007
홈페이지 | www.goldenbough.co.kr

도서 파본 등의 이유로 반송이 필요할 경우에는 구매처에서 교환하시고
출판사 교환이 필요할 경우에는 아래 주소로 반송 사유를 적어 도서와 함께 보내주세요.
06027 서울 강남구 도산대로 1길 62 강남출판문화센터 6층 민음인 마케팅부

© 황금가지, 2003. Printed in Seoul, Korea

ISBN 978-89-8273-587-5 04800
ISBN 978-89-8273-580-6 (세트)

㈜민음인은 민음사 출판 그룹의 자회사입니다.
황금가지는 ㈜민음인의 픽션 전문 출간 브랜드입니다.